英国ちいさな村の謎⑩

アガサ・レーズンの不運な原稿

M・C・ビートン　羽田詩津子 訳

Agatha Raisin and The Fairies of Fryfam

and "Agatha's First Case"

by M. C. Beaton

コージーブックス

挿画／浦本典子

アメリカのフォート・ローダーデールのローズ・メアリーと
トニー・ピーターズに愛をこめて捧げる

アガサ・レーズンについて

アガサはバーミンガムのスラム街にある公営団地に住むスタイルズ夫妻のもとに生まれた。ミドルネームはない。キャロラインとかオリヴィアといったミドルネームが最低ふたつはほしかったのに、とのちのちアガサは残念に思ったものだ。両親のジョセフとマーガレットのスタイルズ夫妻はどちらも無職で飲んだくれだった。一家は生活保護のお金と、ときどき両親が発作的にする万引きでどうにか生活していた。

地元の小学校に通いはじめたとき、アガサはとても内気で繊細な子どもだったが、たちまち横柄で攻撃的な態度をとるようになり、他の生徒たちに敬遠されていた。

十五歳になると、両親はそろそろ娘に食い扶持《ぶち》を稼いでもらおうと考え、母親がビスケット工場の仕事を見つけてきた。ベルトコンベヤーで流れてくるビスケットの包みを検査する仕事だった。

家出できるだけのお金が貯まるとすぐに、アガサはロンドンに行き、ウェイトレスの仕事を見つけ、夜間クラスでコンピューターの使い方を勉強した。しかし、レストランのお客、ジミー・レーズンと恋に落ちてしまった。ジミーは黒髪で明るいブルーの目をした魅力たっぷりの男性だった。彼は気前がよく、アガサの目にはお金持ちのように見えた。実はジミーは遊びのつもりだったのだが、アガサは彼に夢中になっていたのであくまで結婚を求めた。

二人は結婚してフィンズベリー・パークの下宿屋の一室に引っ越したが、ジミーのお金はたちまち底を突いた（そもそも、お金をどこで手に入れていたのか、ジミーはとうとう言おうとしなかった）。そして、彼は酒に溺れ、アガサの暮らしは悪化の一途をたどった。

アガサには大きな野心があった。だから、ある晩、家に帰ってくるとジミーが酔っ払ってベッドに伸びていたので、荷物をまとめて逃げだした。

まず、PR会社の秘書の仕事を見つけた。節約に節約を重ねてお金を貯めたとき、幸運が舞いこみ、ついに自分自身の会社を経営するようになった。アガサは飴《あめ》と鞭《むち》を巧みに使い分けることができたので、宣伝業界で大きな成功をおさめた。

だが、アガサには前々からの夢があった。子どもの頃、一度だけ両親にすばらしい休暇に連れていってもらい、コッツウォルズのコテージを一週間借りて過ごしたことがあった。そのすばらしい休日と美しい田舎の風景をアガサは忘れたことがなかった。

だから充分なお金が貯まると、早期引退をして、コッツウォルズのカースリー村にコテージを買ったのだった。

村のキッシュ・コンテストに、店で買ったキッシュを自分で焼いたとごまかして出品したあとで殺人事件が起きたのがきっかけで、アガサは最初の探偵仕事をすることになった。コンテストの審査員が毒殺され、疑いをかけられたアガサは真犯人を見つけなくてはならなくなったのだ。アガサの数々の冒険は〈英国ちいさな村の謎〉シリーズの第一巻『アガサ・レーズンの困った料理』と、それに続くシリーズ作品に描かれている。アガサは探偵仕事ではそこそこ成功をおさめているものの、恋愛の方は不運続きだ。いつかアガサはあこがれの男性と幸福になれるのだろうか？　乞うご期待！

アガサ・レーズンの不運な原稿

主要登場人物

アガサ・レーズン……………………元PR会社経営者
サー・チャールズ・フレイス……………准男爵
ジェームズ・レイシー……………………アガサの隣人
ロージー・ウィルデン……………………パブの女主人
ハリエット・フリーマントル……………村の女性グループの一員
エイミー・ワース……………………………村の女性グループの一員。不動産屋勤務
ポリー・ダート………………………………村の女性グループの一員
キャリー・スマイリー………………………村の女性グループの一員
ミスター・ブライマン………………………不動産屋
バリー・ジョーンズ…………………………庭師
トリー・トランピントン＝ジェームズ……実業家
ルーシー・トランピントン＝ジェームズ…トリーの妻
ベティ・ジャクソン…………………………家政婦
トミー・フィンドレイ………………………大尉
リジー・フィンドレイ………………………トミーの妻
フランプ……………………………………巡査
パーシー・ハンド……………………………警部
ミセス・ブロクスビー………………………牧師の妻

1

アガサ・レーズンは家を売り、カースリーと永遠に別れを告げることにした。

ともあれ、そういう計画だった。

すでにノーフォークのフライファムにあるコテージを借りていた。ノーフォークについては、その村も別の場所もまったく知らなかったが、占い師に運命の人はノーフォークにいると言われたから向かうことにしただけだ。隣人であり、愛する人であるジェームズ・レイシーがさよならも言わずにどこかに出かけてしまったので、アガサはノーフォークに引っ越すことを決意し、地図にピンを指してフライファム村を選びだしたのだった。フライファム警察署に電話して地元の不動産屋を教えてもらい、コテージを借りたので、あとはただカースリーのコテージを売って出発するだけだった。

しかし、問題はコテージを見に来る連中だった。とびきり魅力的な女性には、ジェームズの隣に住んでほしくなかった。でも、感じの悪い不愉快な人間だと、村にそんな人間を迎え入れたくなかった。

十月の初めにはノーフォークのコテージに引っ越すつもりでいて、今は九月も終わりかけている。鮮やかな色の秋の木の葉がコッツウォルズの小道を舞い、眠気を誘う暖かく穏やかな日々が続いていて、夜になると霧がたちこめた。カースリーがこれほど美しく見えたことはない気がした。しかしアガサは断固としてジェームズ・レイシーへの未練を捨てるつもりだった。フライファムもきっと同じように美しいにちがいない。

アガサがぺしゃんこになりかけた気持ちに活を入れようとしていたとき、ドアベルが鳴ったので、ドアを開けた。小柄でぽっちゃりした夫婦が立っていた。

「おはようございます」女性が明るく挨拶した。「バクスター＝センパーと申します。おうちを拝見に伺いましたの」

「不動産屋を通して予約を入れていただかないと」アガサは無愛想に応じた。

「ああ、そうですね。でも外に〝売り家〟の立て札があったので」

「お入りください」アガサはため息をついた。「どうぞ見て回ってください。何か質問があればキッチンにいますから」

キッチンのテーブルにブラックコーヒーのカップを置き、煙草に火をつける。窓越しに猫たち、ホッジとボズウェルが庭で遊んでいるのが見えた。猫だったらどんなにいいかしら、とアガサは苦々しく考えた。希望のない愛とも責任とも請求書とも無縁で、ただえさをもらうのを待ちながら、日だまりでごろごろしているだけでいいのだから。

夫婦が歩き回っている足音がした。そのうち引き出しが開けたり閉めたりされる音が聞こえてきた。

階段の下に行って叫んだ。「家をごらんになるのよね。パンティのあいだをひっかき回すんじゃなくて」ぎくりとしたような沈黙が広がった。それから二人は階段を下りてきた。「家具は置いていかれるのかと思ったんです」女性が言い訳した。

「いいえ、倉庫に預けるつもりです」アガサはうんざりしてきた。「ノーフォークで買う家を見つけるまで、とりあえずコテージを借りることになっているの」

ミセス・バクスター＝センパーはアガサの背後に視線を向けた。「まあ、そこは庭なんですね？」

「見てのとおりよ」アガサは彼女の方に煙草の煙を吐きかけた。

「見て、ボブ。キッチンの壁をぶち抜いたら、すてきなサンルームが作れるわよ」

おお、いやだ、とアガサは思った。ガラスと白い木材でできた醜い建て増し部分がわたしのコテージの裏手から突きだすなんて。

夫婦はお茶かコーヒーが出るのを期待しているかのように、その場に突っ立ったままでいる。

「じゃ、お見送りします」アガサはそっけなく言った。

乱暴にドアを閉めたとき、ミセス・バクスター＝センパーが夫に言っているのが聞こえた。「なんて失礼な人かしら！」

「でも、家は申し分なかったな」夫が意見を言った。

アガサは受話器をとると不動産屋に電話した。「今は売らないことにしました。ええ、ミセス・レーズンです。いいえ、売りたくないのよ。いいから立て札を片づけてちょうだい」

受話器を置いたとき、アガサはここしばらくなかったほど幸せな気分になった。カースリーを去るだけでは、何も達成できないのだ。とりあえず様子を見ることにしよう。

「じゃあ、ノーフォークには行かないことにしたの？」その日遅く、牧師の妻のミセス・ブロクスビーが叫んだ。「この村を出て行かないことに決めてくれて、本当にうれしいわ」

「いえ、ノーフォークには行くわよ。少し気分転換もしたいし。だけど、しばらくしたら戻ってくるわ」

牧師の妻は灰色の髪をした柔和なまなざしの感じのいい顔立ちの女性だった。フラットシューズ、だぶついたツイードのスカート、シルクのブラウス、古ぼけたカーディガンという地味な服装は、アガサとは正反対だ。アガサはがっちりした体型だったが、形のいい脚をストッキングに包み、注文仕立ての短いスカートとジャケットで装っている。つやつやした髪はおしゃれなボブにカットし、クマみたいな小さな目はミセス・ブロクスビーとはちがい、身構えながら用心深く世間を眺めていた。

二人は親しい友人同士だったが、いまだに互いを苗字で呼びあっている。ミセス・ブロクスビー、ミセス・レーズンと。それが二人の所属しているカースリー婦人会の古めかしい習慣なのだ。

二人は牧師館の庭にすわっていた。秋の午後は暖かく、黄金色の光が降り注いでいた。

「で、ジェームズ・レイシーのことはどうするの?」ミセス・ブロクスビーが穏やかにたずねた。

「ああ、彼のこと、すっかり忘れていたわ」

牧師の妻はアガサをじっと見つめた。あたりは静かだった。遅咲きのバラの鮮やかな赤い色が、牧師館の黄金色に染まった壁に映えている。庭の向こうには墓地が広がり、傾いた墓石が繁った芝生に影を落としていた。教会の塔の時計が六時を打った。

「夕闇が迫ってきたわね」アガサは言った。「そうね、まだジェームズを乗り越えられていないわ。だから、ここを去ろうと思ったの。去る者は日々に疎《うと》し、でしょ」

「うまくいかないわよ」ミセス・ブロクスビーはカーディガンのほつれた毛糸を引っ張った。「あなたは自分の頭の中に家賃無料で彼を住まわせているんだもの」

「それってセラピーみたいな言い方ね」アガサは自分を正当化したくてそう言った。

「でも当たっているでしょ。あなたがノーフォークに行っても、彼を頭の中から追いだす努力をしない限り、彼はその村までついていくわよ。それにまたそこで殺人事件に遭遇しないようには願っているけど、正直言って、誰かがジェームズを殺してくればいいのにって思うこともあるわ」

「ひどいわ、そんなことを言うなんて！」

「つい口が滑って。気にしないで。だけど、どうしてノーフォークで、どうしてその村なの？　フライファムでしたっけ？」

「地図にピンを刺したのよ。ほら、例の占い師にそこに行けって言われたから」

「教会ががらがらなのも不思議じゃないわね」ミセス・ブロクスビーは半ばひとりごとのようにぼやいた。「透視能力者や占い師のところに行く人は信仰心がないと思うわ」

アガサは居心地が悪くなった。「面白半分に行ってみるだけよ」

「面白半分も高くつくわね。コテージを借りるんでしょ。ノーフォークの冬は猛烈に寒いわよ」

「ここだってとても寒いわ」

「たしかに。でもノーフォークはすごく……平坦なの」

「ノエル・カワードの芝居のせりふみたい」

「あなたがいないと寂しくなるわ。ジェームズが戻ってきたら電話して知らせた方がいい？」

「いいえ……やっぱりお願い」

「そうだと思ったわ。さ、お茶をいただきましょう」

気がつくと出発の日が迫っていた。カースリーから逃げだしたいという気持ちはすすでに消えていたが、まだ晴れの日が多く、いつになく暖かだったし、フライファムのコテージにべらぼうな手付金を払っていたので、しぶしぶスーツケースに服を詰め、車のトランクと新しく車にとりつけたルーフラックに荷物を積みこんだ。

出発の日の朝、掃除婦のドリス・シンプソンに鍵を預けてから、家に引き返してきてホッジとボズウェルをなだめてキャリーケースに入れた。ライラック・レーンに出て名残惜しげにジェームズのコテージをちらっと見てから、角を曲がり緑の丘を登ってカースリーを後にした。猫は後部座席でケースにおさまり、助手席には地図が広げてある。

ずっと太陽が照っていたのに、ノーフォーク郡との境に来たとたんに空はかき曇り、陰気で平坦な田舎の風景が広がった。

五世紀にアングロ・サクソン人に侵略されたあとノーフォークはイースト・アングリアの一部になった。ノーフォークというのは「北の民族の家」という意味だ。この一帯はもともとイギリスでもっとも広大な沼沢地帯だった。高い場所にはローマ人の駐屯地の遺跡がある。ローマ人は排水溝を造ろうとし、フェンズと呼ばれる沼沢地帯に何本かの道路を建設した。しかしアングロ・サクソン人がやって来ると、彼らの試みは放置され、排水溝や水路などの最初の排水システムがようやく造られたのは十七世紀になってからだった。

コッツウォルズの曲がりくねった道や丘陵に慣れているアガサにとって、見渡す限り続く平坦な土地は気が滅入った。

道路の待避所に乗り入れると、道路地図を調べた。背後で猫たちがそわそわとケースの中をひっかいている。「もうじきよ」アガサは二匹に声をかけた。フライファムは見つからなかった。この付近の陸地測量地図をとりだし、ようやく発見した。どこにあるのかわかってから改めて先ほどの道路地図を見ると、フライファムの文字がまっさきに目に飛びこんできた。さっきはどうして見つけられなかったのかしら？　その村は網の目のように走る田舎道の真ん中にあった。村に通じる道の道路番号を慎重に書き留めると、また出発した。空はどんどん暗くなってきて雨がしとしとと降りはじめ、フロントウィンドウを曇らせる。

ようやく道路標識にフライファムという文字を発見し、安堵の息を吐きながら白い矢印の方向に折れた。とたんに道の両側は松並木になり、丘陵地帯になった。またひとつカーブを曲がると、フライファムと書かれた看板があり、ようやくめざす村に着いたことを教えてくれた。アガサはまた車を停め、不動産屋がくれたコテージまでの詳しい地図をとりだした。アガサの新しい仮住まい、ラベンダー・コテージは村の広場のはずれにあるパックス・レーンにあった。

ずいぶん大きな広場ね、とアガサは思いながら、広場を一周した。石英の壁でできた家々と、パブと教会がひとつずつ肩を並べるように建っている。墓地沿いに延びているのがパックス・レーンにちがいなかった。その道はとても狭く、反対側から車が来ませんようにと祈りながら、ゆっくりと進んでいった。アガサはバックが絶望的なほど苦手なのだ。ヘッドライトをつけた。すると色あせた標識が見えた。『パックス・レーン』

そこで左折し、でこぼこした横道に入った。コテージはその突き当たりだった。二階建てのレンガと石英でできた建物で、かなり古く、大きな庭の方にわずかにかしいでいる。とても広い庭だ。アガサはこわばった体で車から降りると、生け垣越しにコテージを眺めた。

鍵はドアマットの下に置いておくと不動産屋は言っていた。アガサはかがんで鍵を見つけた。古い教会のドアに使われているみたいな大きな鍵だ。錠前は固かったが、力いっぱいひねるとドアが開いた。ドアの内側にスイッチを見つけ、明かりをつけて見回した。玄関ホールは狭かった。左手にはダイニング、右手はリビングだ。天井には黒い梁《はり》が低く走っている。廊下の突き当たりのドアを入ると、モダンなキッチンがあった。

アガサは食器棚の扉を開けた。たくさんの皿や鍋やフライパンが入っている。車に戻ると食料品の入った大きな箱を運び入れた。キャットフードの缶をふたつとりだして開けると、中身をふたつのボウルに空け、別のボウルふたつに水を入れた。それから猫たちを連れに、また車に戻っていった。二匹がおとなしくえさを食べているのを確認すると、他の荷物をすべて家に運んでいき、すべてを玄関ホールに置いた。まずほしいのは一杯のコーヒー、それに煙草だ。運転しているときに火をつけた煙草をうっかりブラウスの前見頃に落としてあわや事故になりかけてから、車内では禁煙するようにしていた。

キッチンで片手にコーヒーのマグ、もう一方の手に煙草を持ってすわったとき、ふたつのことに気づいた。キッチンには電子レンジがないということ。最近は「本物」の料理に手を出すことをあきらめ、電子レンジ料理に戻っていたのだ。二つ目はコテージがとても寒いこと。立ち上がるとセントラルヒーティングを稼働させるサーモスタットを探しはじめた。捜索の末、なんとラジエーターがないことを発見した。リビングに行ってみた。雄牛をローストできそうなほど巨大な暖炉がある。暖炉のわきには薪の入ったバスケット。さらに、たきつけと古新聞がひと山置いてある。アガサは火をおこした。ありがたいことに薪は乾燥していたので、たちまち陽気にパチパチはぜはじめた。改めて家じゅうを見て回った。キッチン以外のどの部屋にも暖炉がある。ただし、キッチンの食器戸棚の中にはガスヒーターがしまわれていた。

馬鹿馬鹿しいったらないわね、とアガサは思った。この家を暖めるのにひと財産かかりそうだわ。おまけに庭はとても広かったので、庭師に手入れを頼む必要がありそうだ。芝生には落ち葉が厚く積もっている。土曜の午後遅くだったので不動産屋とは月曜まで連絡がとれないだろう。

食料品をとりだし冷凍食品をしまうと、裏口を開けた。裏庭には色あせた芝生があるぐらいだ。アガサは何度か目をしばたたいた。庭の奥で奇妙な色つきの小さな光がちらちら揺れている。ホタル？　この寒いノーフォークでまさかね。点滅している光の方へ歩いていくと、いきなり光は消えた。

おなかがぐうっと鳴った。そういえばずっと何も食べていなかった。アガサは家に鍵をかけてパブに歩いていき、食事をとることにした。小道を半分まで歩いたところで、猫用のトイレを出してこなかったことに気づきうめいた。コテージに引き返すと、その作業を終え、それからまた出発した。

パブは〈グリーン・ドラゴン〉という名前だった。緑色のドラゴンの下手な絵がパブのドアにかかっている。アガサは店に入っていった。数人のお客は男性ばかりで、しかも全員がとても小柄だった。彼女が入ってくるのを見て、店内が静まり返った。音楽もスロットマシンもテレビもない静かなパブだった。バーカウンターの向こうには誰もいない。アガサのおなかがまたぐうっと鳴った。

「誰かいないの？」彼女は叫んだ。振り返って他のお客たちを見ると、すぐさま全員が石敷の床に視線を落とした。

アガサはいらいらしながらまたバーカウンターに向き直った。まったくもう、ろくでもない場所に来ちゃったわ。いまいましかった。ハイヒールがカツカツと急いで近づいてくる音がして、カウンターの向こうに女性が現れた。船首像のように堂々として美しいブロンド女性だ。なめらかな桃色とクリーム色の肌と染めているのではない本物のブロンドのゆるやかに波打つ豊かな髪。目はとても大きく、びっくりするほど青かった。

「何をお持ちしましょうか、奥さん？」女性は穏やかな声でたずねた。

「おなかがすいているの。食べる物は何かない？」

「申し訳ありません。食事は出していないんです」

「まあ、あきれた」すっかり憤慨して、アガサは声を張り上げた。「この古くさい村には食べ物にありつける場所がないっていうの？」

「でも、今日はついてましたね。家族用のステーキパイが少し残っています。よかったら召し上がります？」

彼女はアガサにまばゆい微笑を向けた。

「ええ、いただくわ」機嫌を直してアガサは答えた。

女性はカウンターのフラップを持ち上げた。「そこを通ってください。あなたは〈ラベンダー・コテージ〉を借りたミセス・レーズンですね」

アガサが彼女についてカウンターの奥に歩いていくと、中央に磨かれたテーブルが置かれた広いがしょぼくれたキッチンに出た。

「どうぞすわってくださいな、ミセス・レーズン」

「あなたのお名前は？」

「ミセス・ウィルデンです。ビールはいかがですか？」

「ご面倒でなければ、ワインを一杯いただけるかしら？」

「ええ、いいですとも」

ミセス・ウィルデンは姿を消し、まもなくワインのデカンターとグラスを手に戻ってきた。それからナイフ、フォーク、ナプキンをアガサの前に並べた。アガ製オーブンレンジの扉を開くと、ステーキパイが一切れのった皿をとりだした。それを大きな皿に盛ると、さらにオーブンレンジの別の扉を開き、ローストポテトのトレイをとりだす。別の扉からは人参、ブロッコリー、豆の皿が出てきた。お皿に料理を山盛りにすると、アガサの前に置き、さらにどこからかとりだしてきた湯気を立てているグレービーの容器と、パリッとしたロールパンのバスケットと黄色のバターの大きな塊を添えた。食事はとてもおいしかった。それればかりか、ワインはアガサがこれまで飲んだこともないほどすばらしい味だった。ふだんはワインの味のちがいなどわからないが、なぜかこれはとても特別なワインだとわかった。准男爵の友人、サー・チャールズ・フレイスがここにいれば、これを飲ませ、どういうワインか教えてもらえたんだけど。ミセス・ウィルデンにたずねようとしたが、美しい人はカウンターの方に去ったあとだった。

アガサはおなかがはちきれそうになるまで食べると、すっかりくつろいだ気分になり、ほろ酔いでカウンターの方に戻っていった。

「お口に合いましたか？」ミセス・ウィルデンがたずねた。

「どれもこれもおいしかったわ」アガサは言いながら、財布をとりだした。「おいくらかしら？」

美しいブルーの目に驚きの表情が浮かんだ。

「申し上げたでしょ、食事は出していないって」

「でも……」

「ですから、わが家の食事とワインをごちそうしたんです」ミセス・ウィルデンは言った。「おうちに帰って寝た方がいいわ。きっとお疲れでしょうから」

「ごちそうさまでした」アガサは財布をしまった。「近いうちに、あなたとご主人をぜひ夕食に招待させてくださいね」

「それはご親切に。でも、主人は亡くなりましたし、夜はいつもここで仕事をしているので」

「ごめんなさい、ご主人のこと知らなくて」アガサは気まずくなった。ミセス・ウィルデンはカウンターのフラップを上げてアガサを通した。「〝家族用の〟ステーキパイとおっしゃったから、てっきり……」

「母とわたし、という意味で言ったんです」

「まあ、そうなの、ご親切にありがとう。じゃあ、みなさんに一杯ずつごちそうさせてもらえるかしら？」お客たちは低い声でしゃべっていたが、アガサの言葉にぴたっと黙りこんだ。

「今夜はけっこうです。みんなを甘やかさないでくださいな、ねえ、トム？」

トムと呼ばれた節くれ立った指をした老人は何やらぼそぼそつぶやき、悲しげに空のビールジョッキを見つめた。

アガサはドアに向かった。「本当にごちそうさまでした」もう一度お礼を言った。「ああ、そういえば、裏庭のはずれで奇妙な光が瞬いていたんです。このあたりにはホタルみたいな昆虫がいるのかしら？」

一瞬、パブじゅうが針一本落としても聞こえるほど静まり返った。全員が彫像さながら凍りついたかのようだった。ミセス・ウィルデンはグラスを手にとり、磨きはじめた。「そういう昆虫はいませんよ。お気の毒に、旅のあとで目が疲れていたんじゃないかしらね」

アガサは肩をすくめた。「かもしれないわ」それから夜の闇の中に出ていった。

そのとき、暖炉の前に火よけのついたてを置いてこなかったことを思い出した。愛する猫たちが焼け焦げているのではないかと心配でコテージまで走った。バッグを探って滑稽《こっけい》な鍵をとりだす。錠前に油を差さなくちゃ。ドアを開けるとリビングに飛び込んでいった。火は赤々と燃え、猫たちはその前に寝そべっていた。ほっと胸をなでおろすと、かがんで暖かい二匹の体をなでた。それから二階に上がっていった。寝室はふたつあり、片方にはダブルベッド、もう片方にはシングルベッドが置かれていた。彼女はダブルベッドの部屋を選んだ。大きな厚手のカバーがかかっている。バスルームをのぞくと、投げ込み電熱器で浴槽のお湯を沸かすシステムのようだった。水が温まるまでには気が遠くなるほどの時間がかかりそうだ。電熱器のスイッチを入れると顔を洗い、歯を磨き、ベッドにもぐりこんで夢も見ない眠りに落ちていった。

明るく晴れた朝だった。アガサは温かいお風呂に入ると、服を着て、二杯のブラックコーヒーと煙草三本といういつもの朝食をとった。猫たちを裏庭に出してやり、それからキッチンに戻って不動産屋の家財リストに目を通すことにした。賃貸物件に精通しているアガサは、リストを確認しておく重要性をいやというほど知っていた。手付金を全額取り戻したかったので、最初からなかった品物が紛失したと言いがかりをつけられ、値切られたくなかった。

リストを半分まで確認したとき、玄関のドアがノックされた。ドアを開けると、四人の女性が立っていた。

リーダーは手足の長い中年女性で、チェックのシャツにダウンベストをはおり、膝の出たコーデュロイのズボンをはいていた。

「ハリエット・フリーマントルと申します。ケーキをお持ちしました。わたしたち全員がフライファム女性グループに所属しているんです。ご紹介させてください。こちらがエイミー・ワース」

だぶついた服を着た小柄で生気のない女性が恥ずかしそうに微笑み、アガサにチャツネの容器を差しだした。

「それからポリー・ダート」ツイードの服を着たげじげじ眉に唇の上に産毛が生えている大柄な田舎くさい女性。「スコーンを持ってきました」彼女は大声で言った。

「キャリー・スマイリーです」最後に進みでてきた女性は三十代でまだ若く、黒髪、黒い目、Tシャツにジーンズをはき、スタイルがよかった。「手作りのエルダーベリーのワインをお持ちしました」

「どうぞお入りくださいな」アガサは先に立ってキッチンに案内していった。

「カトラーじいさんの家はずいぶんきれいに改装されたのね」キッチンのテーブルにプレゼントを置きながら、ハリエットが言った。

「カトラー?」アガサは電気ポットのスイッチを入れながら訊き返した。

「ここに昔から住んでいた老人よ。娘がここを貸しているの」エイミーが言った。

「彼が亡くなったとき、コテージはひどい有り様だったのよ。あの人は一切物を捨てなかったから」

「娘さんが家を売らなかったのは意外ね。ここでは借り手を見つけるのはむずかしいでしょうに」

「さあ、どうかしらね」ハリエットが言った。「ともかくあなたが最初の借り手よ」

「コーヒーでいいかしら、みなさん？」アガサがたずねると、四人ともイエスと返事をした。「それから、ミセス・フリーマントルのケーキをいただきましょう」

「ハリエットと呼んでちょうだい。ここではみんなファーストネームで呼びあっているのよ」

「すでにご存じでしょうけど、わたしはアガサ・レーズンよ。住んでいるカースリー村では婦人会に所属しているわ」

「婦人ですって？」キャリーが叫んだ。「そういう名称なの？」

「ちょっと古めかしいのよ」アガサは言った。「それにお互いのことは苗字で呼びあっているわ」

ハリエットはおいしそうなチョコレートケーキを上手に切り分け、皿に並べた。用心しないと体重が増えそうね、とアガサは心の中で思った。まずボリュームたっぷりのパブの食事。お次はチョコレートケーキ。

コーヒーが注がれると、全員がカップと皿を手にしてリビングに移動した。

「火をつけましょうか？」アガサがたずねた。

「いいえ、暖かく着こんできたから」ハリエットが他のメンバーに相談もせずに答えた。

「せめてセントラルヒーティングぐらいあるかと思ったのに」アガサが愚痴をこぼした。「ただでさえ賃貸料が高いのに、このうえ薪代も払わなくちゃならないなんてうんざりだわ」

「あら、薪ならどっさりあるわよ」ポリーが言った。「庭の隅に小屋があって、薪がぎっしり入ってるわ」

「気づかなかったわ。でも、到着したときはもう暗かったから。そうそう、庭のはずれで奇妙な光を見かけたの」

沈黙が広がり、キャリーがたずねた。「何かなくなったものがある？」

「ちょうどリストを確認していた最中だったの。だから、まだわからないわ。どうして？」

また沈黙。

するとハリエットが言った。「ここにいるあいだ、わたしたちの女性グループの名誉会員にならない？　キルトを作っているのよ」

「それ、どういうものなの？」

口いっぱいにケーキを頬張りながらアガサはたずねた。どうして例の光のことはみんな話題にしようとしないのかしら？

「パッチワーク・キルトよ。ほら、きれいな色の四角い布を古い毛布に縫いつけていくの」

負けず嫌いなアガサは裁縫ができないことを認めたくなかった。

「楽しそうね」と嘘をついた。「そのうち参加させてもらうかも。みなさん、ご親切ね。こんなにいろいろなプレゼントを持ってきてくださって本当にありがとう」

「今夜なのよ」とハリエットが言った。「今夜、みんなで集まるの。七時に迎えに来るわ。夕べの祈りが終わったらすぐに。あなたは英国国教会？」

「そうよ」答えたものの、実はどこの信徒でもなかった。もっとも、ミセス・ブロクスビーとの友情のおかげで、英国国教会の一員として認められているのではないかと感じていた。

「そう、それなら、今夜教会で落ち合って、そこから向かいましょう」ハリエットが言った。

アガサは気分がすぐれないので、どこにも行けそうにないと嘘をつこうとしたが、ポリーがいきなり口をはさんだ。「ああ、そうそう。あなたの失恋について聞かせてよ」

アガサは真っ赤になった。

「何の話かしら？」

「こっちに引っ越して来る人がコッツウォルズの村に住んでいるって聞いて、どうしてまた同じような村にコテージを借りたがるんだろうって不思議だったの。それで、きっと男性ともめて逃げだしたいんじゃないかしら、っていう結論になったのよ」ハリエットが言った。

あんたのこと、大嫌いになったわ、とアガサは心の中で思った。ただし、顔には笑みを浮かべたまま全員を見回した。アガサ・レーズンがこれからとんでもない嘘をつくことを示すサメのような笑みだ。

「実を言うとね、今、本を書いているの」アガサは言った。「ひっそりと静かに執筆できる場所を探していたのよ。コッツウォルズだと、ロンドン時代の旧友たちがしょっちゅうやって来るから、自分の時間がとれなくて。今夜はおつきあいするけど、少しひきこもって仕事をするつもりでいるわ」

「何を書いているの？」エイミーがたずねた。

「探偵小説」

「どういうタイトル？」

「『お屋敷の死』よ」アガサはその場でタイトルをでっちあげた。

「で、誰が探偵役なの？」

「准男爵よ」

「ピーター・ウィムジー卿みたいな本を書くつもりなの？」

「仕事の話はこれくらいにしてもらえるかしら？　あまり話したくないの」

「ひとつだけ教えて」エイミーが身をのりだした。「これまでに出版された本はあるの？」

「いいえ、これが処女作よ。実は実際に探偵をしているの。だから、これまでの冒険を小説にするのもおもしろいかなって思ったのよ」

「警察のために働いているってこと？」ハリエットがたずねた。

「ときどき警察と協力して仕事をしているわ」もったいぶって言うと、これまでの事件について自慢話を始めた。いらだたしいことに、わくわくするところまで来たとたん、ハリエットがいきなり立ち上がった。

「ごめんなさい、そろそろ帰らなくては」

アガサは彼女たちを見送っていった。庭の門までいっしょに歩いていき、さよならと手を振った。それから日差しを楽しみながら、しばらく門に寄りかかっていた。

ハリエットの声が聞こえてきた。「もちろん、嘘をついているのよ」

「そう思う？」エイミーの声だ。

「ええ、そうですとも。全部嘘っぱちに決まってる。たぶん文章なんて一行だって書けないでしょ」

アガサは拳を握りしめた。嫉妬深い女。目に物見せてやる。絶対に本を書きあげるわ。文章を書くぐらい朝飯前よ。宣伝担当だったとき、さんざんプレスリリースを書いたのだ。アガサはコンピューターとプリンターを買って、こちらに持ってきていた。だんだんわくわくしてきた。自分の名前がベストセラーリストのトップに載ったら、ジェームズはきっと注目してくれるにちがいない。

家に戻る途中、車の停めてある私道の方を生け垣越しに見た。何かなくなったものはあるかって訊かれたけど、どういう意味だったのだろう？

キッチンのドアを開けて庭のはずれまで行くと、木立の陰に小屋があった。そこには薪が山積みになっている。足元にじゃれつく猫といっしょにキッチンに戻ってきた。

少なくともこの子たちはこの家で幸せそうね。二匹にえさをやると、リストの点検に戻ったが、四人の訪問者たちのことが頭から離れなかった。あの女性たちには夫がいるのかしら？ 全員が未亡人ってことはないでしょうね。

リストのすべての品を点検し終えると、〝本物のベンガルカレー〟と書かれた冷凍食品の中身を鍋に入れた。やっぱり電子レンジを買わなくちゃ。熱々のまずい料理を食べると、例の本の執筆にとりかかることにした。

アガサはキッチンのテーブルにコンピューターを置くと、「一章」とタイプし、画面をじっとにらみつけた。気がつくと、本を書く代わりに、キルトの集まりをサボる言い訳を考えていた。「偏頭痛がするの」だめだ。あの四人は寄ってたかって薬を飲ませようとするだろう。「急用ができた」どんな？ そもそも、どうやって連絡を取ればいいの？ そうだ、パブのミセス・ウィルデンなら知っているかもしれない。

パブまで行って訊くことにした。

パックス・レーンを歩きながら、田舎のあらゆるものを観察することにしよう、と決心した。作家とはそういうものだ。バラやサンザシの赤い実が右手の生け垣に見える。いいわね。「バラとサンザシの赤い実が宝石をちりばめたランプのように輝いていた……」だめ、やり直し。「バラとサンザシの深紅の実がランプのように垂れ下が

って いて……」

だめだわ、もう一度。「サンザシの実が生け垣で星のように輝いていた」いいえ、実は星には見えない。花なら見えるかもしれないけど。やれやれ、作家になりたがる人なんているの？

パブは閉まっていた。アガサはどうしたものかと立ち尽くした。村の広場の真ん中にカモの池がある。ただしカモはいなかったが。池のほとりにはベンチがある。アガサはそこまで歩いて行き、ベンチにすわって池を眺めることにした。

「どうも」

ぎくっとして飛び上がった。骨張った老人がいつのまにか隣にすわっていた。

「こんにちは」アガサは挨拶を返した。

老人はベンチの上をにじり寄ってきて、アガサにくっつくようにしてすわった。ハムスープと煙草の臭いがした。古ぼけたツイードのスーツ、白いシャツ、ストライプのネクタイからして、どうやら日曜日に教会に行くときの服装のようだ。大きな深靴はよく磨きこまれている。

そのとき膝に何かが触れるのを感じて見下ろすと、老人が節くれ立った手をそこにのせていた。

アガサはその手をどかして、老人の膝に置いた。「お行儀よくしてください」厳しく言った。

「あっちで、あんたをひでえ目にあわせた男のことは、心配しなさんな。わしらがあんたの面倒を見てあげるさ」

アガサは立ち上がって歩きだしたが、顔は火照《ほて》っていた。失恋したと村じゅうの人間が決めつけているのかしら？　なんていまいましい連中なの。月曜の朝いちばんで不動産屋に行き、契約をキャンセルしたいと言おう。

広場のはずれから小道が延びていて、そこには商店が並ぶ小さな一角があった。カースリーと同じような郵便局兼雑貨店、電器店、ローラ・アシュレイ風の服を売っている店。そして突き当たりには不動産屋の〈ブライマンズ〉があった。ウィンドウの物件広告を眺めた。家の価格はコッツウォルズよりも安いことは安かったが、それほどちがわなかった。

わびしい気分でぶらぶらと広場に戻ってくると、家に戻り、残りの荷物を出して有意義な一日を過ごすことにした。

午後に庭師が訪ねてきて、特別にやってほしいことはあるかとたずねた。落ち葉を掃いて、芝を刈り、花壇をきれいに整えてほしいと頼んだ。庭師は筋肉隆々とした若者で、タトゥーを入れ、ふさふさした濃い茶色の髪をしていた。バリー・ジョーンズと名乗り、明日、作業に来ると言った。アガサは礼を言ってから、帰ろうとする彼にたずねた。

「奇妙な光のことを知っている？　ゆうべ庭のはずれで妙な光が瞬《またた》いているのを見かけたんだけど」

青年は振り向きもしなかった。「何も知らないですね」そう言うとさっさと帰っていった。

あの光についてはどこか妙だわ。もしかしたらあれは毒のある危険な昆虫で、地元の人間はそのことを言うと、観光客が怖じ気づいて村に来なくなることを恐れているのかもしれない。

アガサは家事に戻った。服をクロゼットにかけながら、本格的に寒くなっても薪の火だけで家はちゃんと暖まるかしら、と心配になった。不動産屋も、そのことをまえもって言ってくれたらよかったのに。

気がつくとそろそろ六時で、教会に行き、そのあとキルトをするために出かけなくてはならなかったがおっくうになってきた。でも持ってきたテレビガイドを調べたが、ろくな番組はやっていなかったし、独りぼっちでいるのは寂しかった。

家の鍵を閉め、晩禱《ばんとう》に間に合うように教会に徒歩で向かった。無信仰の時代だというのに、教会は意外にも満員だった。牧師の説教は迷信とは対極の信仰についてだったので、アガサはぼんやりと例の光のことを考えた。この村にはどことなく閉鎖的で時代錯誤の雰囲気が漂っている。世界じゅうで戦争と洪水と飢饉《ききん》が猛威をふるっているというのに、ここフライファムでは帽子をかぶった女性とスーツを着た男性たちが、声を張り上げて「日暮れて四方《よも》は暗く」と歌っているのだ。季節の移り変わりと教会の行事、すなわち聖ミカエル祭、聖燭祭、収穫祭、降臨節、クリスマスによって支配されている安全なイギリスの村の外では、何ひとつ問題など起きていないかのように。

教会の中庭で待っていると、ハリエットがさっき会った三人といっしょに近づいてきた。四人ともさっきと同じ服装だったが、帽子をかぶっていた。ハリエットはフェルト製のプディングの容器のような帽子、エイミーは麦わら帽、ポリー・ダートはツイード製の釣り用帽子、キャリーは野球帽。

アガサは注文仕立てのパンツスーツとシルクのブラウスに着替えていたので、おめかししすぎた気がした。

「さて、行きましょ!」ハリエットが言った。

そこへ一組の男女が激しく口論しながら通り過ぎた。

「そんなうんざりすること言わないでよ、トリー」女性が言った。グッチのエンヴィの香りがアガサの鼻孔までふわっと漂ってきた。アガサは足を止めて、二人をじっくり眺めた。女性はアガサの分類だと「今風の」美人だった。ようするに、世間では賞賛される美人ということだ。ブロンドの髪を肩先まで伸ばし、仕立てのいいツイードのスーツはスカートのサイドにスリットが入り、十デニールのストッキングに包まれた形のいい脚がのぞいている。スリットがかなり深くて、ストッキングの上部のガーターがちらっと見えたのでパンティストッキングではないことがわかった。目は淡いブルーで、目と目のあいだはほどよい間隔だ。ただ頬骨は高かったが、鼻は口に近すぎたし、大きな口は角張った顎に近すぎた。男性の方は年上で、小柄で小太り、頭は薄くなりかけ、赤ら顔で短気そうだった。

「行きましょう、アガサ」ハリエットがせっついた。

「あの人たちは誰なの？　夫婦？」

「ああ、あれがうちの村の自称名士よ。バスルームのシャワーを販売して一儲けしたの。それと奥さんのルーシー。トランピントン＝ジェームズ夫妻よ。滑稽よね？」ハリエットの声は中庭の向こうまで聞こえるほどだった。「つい最近まで二重姓は貴族階級にだけ与えられていたのに、今じゃ、ロウアーミドルクラスの成金まで使っているんだから」

「少し手厳しすぎるんじゃない？」アガサがたしなめた。

「とんでもない。あの夫婦はぞっとする連中よ、おいおい、わかるでしょうけど」ハリエットは言った。

「どうしたらわかるの？」

「あの人たちは新入りをもてなすのが昔からの名士の義務だと考えているのよ。まあ、見ていてごらんなさい」

「これからどこに行くの？」

「わが家よ」

ハリエットの家は広場の反対側に建つ四角いヴィクトリア時代初期の家だった。ハリエットは先に立って薄暗いが広いリビングにみんなを案内すると、スタンドのスイッチを入れた。

「まず一杯やらない？」アガサが喜々としてジントニックを頼もうとしたとたん、ハリエットが機先を制した。「そうだわ、キャリーのエルダーベリーワインをいただきましょう」

アガサは部屋を見回した。長い窓と高い天井があったが、かさばる家具が詰めこまれ狭苦しかった。壁はセンスのないグリーンに塗られ、馬や死んだ狩りの獲物を描いたくすんだ色彩の絵がかけられている。

エイミーは毛布と布の入った箱を持ってきて、隅にあった大きなたんすから裁縫道具をとりだした。

「あなたはキャリーといっしょに作業したらいいんじゃないかしら」エイミーが言った。「あなたが片側から縫いつけていき、キャリーは反対側から縫いつけていくの。並んですわれば、毛布を二人の間に広げられるわ」

ハリエットがエルダーベリーワインをなみなみと入れたグラスをのせたトレイを運んできた。アガサはおそるおそるすすってみた。とても甘く、かすかに薬くさい味がした。

「ここにいる全員が未亡人なの？」アガサはみんなを見回しながら質問した。「ご主人はいないの？」

「うちの主人はエイミーとポリーのご主人といっしょにパブにいるわ」ハリエットが言った。「キャリーは離婚したの」

「日曜はパブが閉まっているんだと思ったわ。ランチタイムに行ってみたら、閉まっていたから」

「日曜は夜に開くのよ」ハリエットはグラスを干すと、トレイに戻した。「そろそろ始めましょ」

キャリーに四角い布地をひと山渡されながら、こんなの簡単にできるはずよ、とアガサは思った。ただ縫いつければいいんでしょ。

「そうじゃないわ」アガサが布地の端に針を突き刺すと、キャリーが言った。「まず縁をしつけ糸でかがってから、縫いつけるの。それから、しつけ糸をはずすのよ」

アガサはぎゅっと顔をしかめながら、滑りやすい小さな四角いシルク生地の縁をかがりはじめた。シルクは針を突き刺したとたん、縁がほつれてしまった。その布地はこっそり床に落とし、多色使いのウールの布片をとった。横目でキャリーを見ると、ほとんど見えないぐらいのきれいな細かい針目で、すばやく布地の四辺を縫っている。

裁縫が下手なことからみんなの注意をそらすために、話しかけることにした。

「ゆうべパブのミセス・ウィルデンに、すばらしい食事をごちそうになったのよ。彼女はびっくりするほどきれいよね」

「雄猫並みに身持ちが悪いのは残念よね」ポリーが辛辣《しんらつ》に言うと、丈夫そうな黄色い歯で糸を切った。

「あら、そうなの？」アガサは興味しんしんで、みんなのこわばった顔を眺め回した。

「とてもやさしい人だと思ったけど」

「あなた、結婚していなくてよかったわね」エイミーはほとんど涙声になっている。

「いつご主人は亡くなったの、アガサ？」キャリーがたずねた。

「かなり前よ。でも、そのことは話したくないの」夫が過去からいきなり現れ、ジェームズ・レイシーとの結婚を阻止しようとした直後に殺されたなんて絶対に話したくなかった。「あの光のことはまだ不思議でならないわ」アガサはしゃべり続けた。意外にもおしゃべりで気が散っていると、四角い布地の縁をちゃんとかがることができた。

「また光を見たの？」ハリエットがたずねた。

「いいえ」

「じゃあ、そういうことでしょ。長旅で疲れていたから、光を見たと思いこんだのよ」

アガサは光を話題にするのをあきらめた。この女性たちは自分たちだけならもっと気楽に噂話をするのだろう。アガサはまだよそ者あつかいだから、みんな、会話に歯止めをかけて自由に話そうとしないのだ。

一時間後、ハリエットが「さて、今夜はこのぐらいにしましょう」と言ったときには、学校からようやく解放された生徒のような気がした。

アガサは帰り際に玄関ホールの花瓶に飾られた秋の葉のドライフラワーに見とれた。

ハリエットは木の葉の束を引き抜くと、アガサに差しだした。

「どうぞ差し上げるわ。木の葉はグリセリンに漬けてあるから、冬じゅうもつわよ」

アガサはドライフラワーを手に家に歩いて帰った。たしかリビングの暖炉のわきに石製の大きな花瓶があったはずだ。コテージに入ると、足首にホッジとボズウェルがまつわりついてきたので、相棒に猫たちを連れてきてよかったと思った。

廊下に行き、ドライフラワーをカウンターに置く。窓から見ると、またもや光が躍っていた。

アガサはドアを開けて庭を歩いていった。とたんに光は消えてしまった。

ぶつぶつ言いながら、アガサは家に戻った。奇妙なことが起きているわ。あの光は想像じゃないし、わたしの視力は確かよ。

花瓶をとりにリビングに行った。花瓶はなくなっていた。勘違いだったのだろうか。キッチンの引き出しからリストをとりだしてみる。そう、たしかに石製花瓶が「リビングの備品」のところに載っている。

アガサはふいに怖くなった。ドアに鍵がかかっているかを確かめると、寝室に向かった。おなかがぐうっと鳴って、夕食を食べていないことに気づいたが、階下に戻るのは恐ろしかった。お風呂に入り、寝間着に着替えて上掛け布団の下にもぐりこむと、布団を頭の上までひっぱりあげ夜の恐怖を締めだそうとした。

2

朝になると、またもや晴れわたっていて、アガサはゆうべ怖がったことが恥ずかしくなった。ノリッチまで行き、電子レンジを買って朝食をとると、セントラルヒーティングがないと不動産屋に文句をつけるためにフライファムへ引き返すことにした。ノリッチで過ごしたことで、都会暮らしに慣れているアガサはぐんと気分がよくなっていた。電子レンジを買ってから、〈マークス＆スペンサー〉に行き電子レンジで調理できる食品を買いこみ、コレステロールたっぷりのボリュームのある朝食をとり、安いガラスの花瓶を買った。それから、自信まんまんでフライファムに戻ってきたのだった。

買ってきた物をしまい猫たちにえさをやると、不動産屋に歩いていった。

〈ブライマンズ〉のドアを開けて入っていくと、コンピューター画面の前にエイミー・ワースのしょぼくれた姿があったので、驚くと同時に腹が立った。

「どうしてここで働いているって言わなかったの？」アガサは文句を言った。

「言っても意味がないように思えたから」エイミーは弁解した。「わたしはただのタイピストだし。家を貸す仕事にはまったくタッチしていないの」

「じゃあ、担当は誰なの？」

「ミスター・ブライマンよ。呼んでくるわ」

別に秘密にすることないのに、とアガサは憤慨しながら考えた。エイミーがまた現れると、奥の部屋のドアを開けて手で押さえた。「ミスター・ブライマンがお会いするそうです」

アガサは彼女のわきを通り過ぎた。血色が悪く涙目で分厚い唇をしたまだ若い男性が立ち上がって、片手を差しのべた。「ようこそ、ミセス・レーズン」

握手をすると、相手の手は汗ばんでいた。なんて汗っかきの若者なのかしら。シャツ姿だったが、脇の下にも汗染みができている。おまけに羊のような不快な臭いを発散させていた。エイミーもきのうと同じ服を着ている。たぶんフライファムでは、誰もお風呂に入ろうとしないのだろう。

アガサは椅子にすわった。「セントラルヒーティングがないと事前に言ってくれるべきだったわ」アガサは切りだした。

「でも、薪は無料ですよ」彼は反論した。「薪はどっさり積んであります」

「寒くなってきたときに、あれだけたくさんの暖炉を使っていちいち掃除したくないわ」

「ガスヒーターをふたつご用意しましょう。キッチンに置いてあるのと同じようなものを。今日、持っていきますよ」

「どこか他のコテージはないの？」

「お貸しできるものはないんです。売り家だけで。フライファムの多くの家がセカンドハウスなんですよ。冬は無人のままで、みんな夏の季節だけやって来ます。セカンドハウスの需要は常にありますが、冬はあまり人がいないんですよ」

「わかったわ、ヒーターで我慢します。ところで、他にも問題があるの」

彼は問いかけるように眉をつりあげた。

「きのう備品リストを調べたの。まちがいなくリビングには石製花瓶があった。ところが消えてしまったのよ。庭の隅で光が点滅していたので、調べに行って戻ってきてみたら花瓶が消えていたの」

「ああ、それは無視できると思います、ミセス・レーズン。ただの古い花瓶ですから」

「わたしは無視するつもりはないわよ」アガサは言い張った。「この村には警官がいないの？　いるはずでしょ。警察署に電話して、ここを紹介してもらったんだから」

「フランプ巡査がいますが、わざわざ通報するまでも――」

「わたしは通報するつもりよ。彼はどこにいるの？　警察署を見かけていないけど」

「お屋敷に通じる道路をちょっと行ったところです」

「で、そのお屋敷はどこなの？」

「広場の北です。あなたがやって来たのと反対の方向に村から延びている道です」

「わかったわ。いつヒーターを届けてくれるつもり？」

「スペアキーがありますから、お留守だったら玄関ホールに置いておきます」

「猫たちを脅かさないでね」

「ペットを飼っていることは知りませんでしたよ、ミセス・レーズン。猫のことはひとこともおっしゃらなかった」

アガサは立ち上がると、けんか腰で彼をにらみつけた。

「あら、あなたはペットを飼ってはいけないとはひとことも言わなかった。猫お断りなら、コテージを借りないわ」

彼女はきびすを返すと、大股で部屋を出ていった。エイミーのことは無視した。この村の連中にはうんざりだ。まだ着いたばかりだというのに！

車をとるために家に引き返すと、ドアの内側に四角い封筒が落ちていた。開いてみる。固い厚紙に文章がしたためられていた。

「この村にようこそ。どうか今日の午後四時にお茶にいらしてください。ルーシー・トランピントン＝ジェームズ」

お屋敷への招待状ね。ま、いいわ、他にやることもないし。

カースリーのミセス・ブロクスビーに電話をかけた。

「ジェームズからはまだ連絡がないわ」牧師の妻は開口一番に言った。

「そのことで電話したんじゃないの」アガサは嘘をついた。「ただ、みんなどうしているかしら、って思って」

「相変わらずよ」ミセス・ブロクスビーは陽気な口調だった。「ノーフォークはどんなところ？」

「陰気ね。小さな村で、人口の大部分は夏だけこっちの家で過ごすみたいなの。住宅難のことを考えると、誰でも共産主義者になりかねないわ」

「だったら、あなたの家も冬のあいだ誰もいなくなるんだし、ホームレスの家族を見つけてあげましょうか？」

「いいえ、けっこうよ」アガサは身震いをこらえながら答えた。

「そうだと思った」聖女のようなミセス・ブロクスビーでも意地悪をするの？　まさかそんなはずないわよね。

「実は奇妙な光のことで電話したの」アガサはその光について、そして地元の人々がそれについて話題にすらしたがらないことについて話した。

「解決すべき謎がでてきたのね」ミセス・ブロクスビーは意気ごんで言った。

「ここで運命の人と出会うはずなのよ、占い師によれば」

「まだ早いわよ。そっちに着いたばかりでしょ。いずれあなたは何かしら騒ぎを起こすと思うわ。そうそう、チャールズが電話してきて、どこにいるのか知りたがっていたわ」

アガサはチャールズ・フレイスのことをちょっと考えた。軽薄でけちで気まぐれな男。

「いいえ、誰かと出会う運命なら、彼にそばでうろちょろしてほしくないわ」

「じゃあ、まだめぼしい男性はいないのね？」

「膝に手を伸ばしてきたおかしな老人と汗臭い不動産屋、それに庭師以外に、男性とは話してもないわ。それにコテージにはセントラルヒーティングがなくて、薪の暖炉だけなのよ」

「そっちはかなり寒くなるわよ。本当に戻ってこないの？　セントラルヒーティングがないっていうのを口実にできるわよ」

「まだ戻るつもりはないけど、あなたの言うとおりね。その気になれば、いつでもこの場所を引き払える。今日にでも出ていくつもりだと不動産屋に言おうかと思ったけど、もう少し様子を見るわ」

電話を切ると、ぐんと気分がよくなった。もちろん荷物をまとめて出ていってもいい。だけど、まず地元の警官がどう言うかを聞いてみよう。

村を出て少し走ると、すぐに警察署が見つかった。外に車を停め、ベルを鳴らした。わきの短い私道にはパトカーが停めてあるので、フランプ巡査は家にいるはずだ。

しばらくしてドアが開いた。フランプ巡査は長身でやせていて額が後退しかけた悲しげな顔つきの男だった。エプロンをつけ、フライパンを手にしている。

「今日は非番なんです」彼は用心深く言った。

アガサはそれを無視した。「アガサ・レーズンと申します。〈ラベンダー・コテージ〉を借りたばかりなの。庭のはずれで奇妙な光が見えて、花瓶がひとつなくなったんです」

「入ってください」彼はうんざりしているようだった。「ただし、ランチは作らせてもらいますよ」

アガサは彼のあとから警察署のオフィスを通り抜け、石敷きのキッチンに入っていった。キッチンはぞっとするほど汚く、酸っぱいミルクの臭いが漂っていた。しかもひどく暑い。警官はフライパンをアガ製オーブンレンジのコンロにのせると、油を入れ、卵をふたつ割り入れ、さらにベーコン二枚とパン二枚を放りこんだ。フライパンから脂身の煙が細く立ち上り、すでに脂だらけで真っ黒なコンロの上に広がっていく。

アガサはパンくずだらけのプラスチック製トップのテーブルの前にすわった。肘をついたとき、片方の肘をこぼれたマーマーレードにのせてしまったことに気づいた。ようやくフランプはフライパンの中身を欠けてひびが入った皿に移し、彼女と向かい合わせにすわった。

「それで」とアガサはいらつきながら催促した。「あの光はどういうことなの？」

「子どもたちのいたずらですよ」

「ということは、事実として知っているのね？」

「根拠のある推測です」彼は揚げパンの端を卵の黄身につけてから口に押しこんだ。

「じゃあ、本当のところはわからないわけ？」

フランプはもぐもぐと口を動かし、マグにお茶をなみなみと注ぎ、ごくりと飲んで口を手の甲でふくと言った。「大切な物はとられたことがないんです。ただのがらくたばかりで。価値のない絵とかクリーム入れとかフォーク三本とか、そんなものばかりですよ」

「わたしのコテージに来て、指紋を採ってもらえない？」

「おれは指紋採取はしていないんです。それは犯罪捜査部《CID》の仕事だし、鑑識の連中はがらくたの盗難のために道具一式を持ってここまで来てくれっこないですよ」

「誰かがふざけた真似をして村人を怖がらせていても、あなたは気にならないようね。みんな、なぜかそれについて話題にしようとしないのよ」

「まあ、そうでしょうね。あんたにはね」

「どうして？」

「みんな妖精のしわざだと思っているんですよ」

アガサはまじまじと巡査を見つめた。「まあ、ふざけないで。庭のはずれに妖精がいるなんて！」

「事実です」

「妖精は事実じゃないわ！　それと、顎に卵がついてるわよ。ねえ、わたしが会った女性たちは愚かな田舎者じゃないわ。あの人たちは妖精なんて信じないでしょうよ」

「いや、信じてますよ。妖精を寄せつけないために家の周囲に塩をまいている人もいます。小皿に入れたミルクとかそうしたプレゼントを置いている人もいる」

アガサは困惑して巡査を見つめていたが、はっと気づいた。「ああ、そういうことなのね。わたしをからかっているんでしょ」

「いいえ。説明しているんですよ、ミセス・レーズン。ここはイギリスでもとても古い地方なので、奇妙なことがちょくちょく起きるんです」

「妖精なんて信じないし、あなただって信じていないはずよ」アガサは立ち上がった。「これ以上お時間をとらせないわ。謎は自分で解きます。実はわたしは探偵なの」

アガサはキッチンのドアのところで振り返ったが、巡査は最後の揚げパンで残った卵を一心不乱にすくっていた。

アガサは不機嫌になって車に乗りこんだ。ゆっくりと車を走らせ、お屋敷の門で停止した。ここがお屋敷にちがいない。腕時計を見る。三時半。早すぎる。窓を開けた。フライファムの村は松林に囲まれていたので、空気は甘くかぐわしかった。午後の日差しと暖かさに混乱したのか、蜂がのんびりと車内に飛びこんできた。はたいて退治しようかと思ったが、そんなことをするのは無理だ。そこで蜂が外に出ていくまで座席で身を縮めていた。

まったく妖精とは！　怠け者の巡査は観光客を小馬鹿にしようとしているのだろう。そういう結論を出した。

牧師の妻のミセス・ブロクスビーのことが頭に浮かんだ。アガサが相変わらずジェームズ・レイシーに愛情を抱き続けていることに、ミセス・ブロクスビーは反対で、歯がゆく思っていることは知っている。でも、わたしに同情し、気持ちを理解し、支えになってくれてもいいのに。実のところ、占い師のご託宣を別にしたら、ノーフォークに逃げてきた理由はジェームズを忘れるためだった。本心ではジェームズがカースリーに戻ってきたときに自分がいないと知って寂しく思ってほしかったが、一瞬たりともそれを認めるつもりはなかった。

瞬く光の謎に無理やり頭を切り換えようとしたが、再びジェームズに会ったときにどうふるまい、どう言おうかということばかりが頭に浮かんだ。物思いにふけっていたので、はっと気づいたときにはダッシュボードの時計はすでに四時を五分過ぎていた。車を発進させ、私道に曲がりこむ。両側にこんもり茂った松の並木が続いている。

はたしてお屋敷にたどり着けるのだろうかと不安になりかけながら曲がり角を折れると、目の前にお屋敷が現れた。十八世紀の狩り小屋のような四角い建物で、片側にはヴィクトリア時代の使用人棟が突きでている。屋根つきの小さな入り口の上には新品の紋章がとりつけられていた。紋章は二匹の獣が楯を支えている。アガサは車から降りると目を細めて見上げたが、詳細は見分けられなかった。トランピントン＝ジェームズは楯に何を組み合わせたのだろう？　後ろ足で立ち上がったシャワーヘッド？

アガサがドアのわきのベルを鳴らすと、ルーシー・トランピントン＝ジェームズがドアを開けた。ゴールドのシルクのアルマーニのスーツに、首にはチェーン、細い手首にはバングルという具合にゴールドのアクセサリーをどっさりつけている。

「どうぞお入りになって」ルーシーは言った。「トリーはリビングにいます」

アガサは彼女のあとから暗い廊下を歩いていった。コンソールテーブルには秋の木の葉のドライフラワーをさした中国の壺が置かれている。ハリエットの作品かしら？

リビングを見てアガサはびっくりした。てっきりチンツ、ペルシャ絨毯《じゅうたん》、油絵といった田舎屋敷らしいリビングだと想像していたのだ。大きなオートミール色のソファがふたつ暖炉の前に置かれている。いくつかの椅子を組み合わせるタイプのソファだ。その前には長方形の黒いラッカー塗りのテーブル。壁は深紅に塗られ、敷き詰めのカーペットはまばゆい白だった。かけられている絵は現代抽象画。サイドテーブルは白いラッカー塗りで、狩りやパーティーやヘンリー・ロイヤル・レガッタやアスコット競馬場など、さまざまなしゃれた場所にいるトランピントン＝ジェームズ夫妻の写真で埋め尽くされていた。壁にとりつけられた黒いラッカー塗りの棚にはテレビ、CDプレイヤーが置かれ、真新しい読んでいないらしい本が並べられている。暖炉で燃えているのは電気の偽の炎だった。部屋はクリスタルのシャンデリアに照らされて明るく、四隅には細い真鍮《しんちゅう》のランプが立っている。

「どうぞすわってください、ミセス・レーズン」

トリー・トランピントン＝ジェームズが立ち上がって彼女を迎えた。乗馬ジャケットを着て、乗馬ズボンをはいている。タッタソール・チェックのシャツは首元のボタンをはずして着ていた。

「アガサと呼んでください」アガサは言いながら腰をおろした。灰皿がないかと見回したが見当たらなかったので、小さくため息をついた。だが、これで少なくとも一時間は禁煙できるだろう。

ルーシーが暖炉わきの壁につけられたベルを鳴らした。ベルに応じて現れたのは、こぎれいなメイドではなく、染みだらけのギンガムのエプロンドレスを着た無愛想で太った女性だった。

「そろそろお茶を出してちょうだい、ベティ」ルーシーが言った。

「そうしたら帰りますからね」ベティはむっつりと言った。「片づけはご自分でしてくださいよ」家政婦ははき古した靴で騒々しく立ち去った。

「最近の使用人ときたら」ルーシーは天井を仰いだ。「使用人には手を焼いていますか、アガサ？」

少し前のアガサだったら、お屋敷に来て怖じ気づき、あらゆる使用人について面白おかしい逸話をねつ造していただろう。けれど、今はただこう答えた。

「自宅では何の問題もないですね。有能な女性に週に二度掃除に来てもらっているんです」

「幸運ね」ルーシーがため息をついた。「ここに来なければよかったと思うこともあるわ」

「どうしてこちらに？」アガサは好奇心をそそられた。

「一儲けしたからだよ」トリーが言った。「田舎の生活をちょっと味わってみたかった。狩りもしたかったしね」

「それにもちろん主人はこの村の領主としてふるまいたかったから、ここに足止めされることになったの」ルーシーが小さな笑い声をあげた。

夫がルーシーを憤慨したようににらみつけたとき、ドアが開き、ベティが大きなトレイを持ってドタドタと入ってきた。それを彼らの前の低いテーブルに置いた。お茶の横には数枚のチョコレートビスケットを盛った皿があった。サンドウィッチもなければ、フルーツケーキも添えられていない。

「もうひきとってもらってもかまわんよ、ベティ」トリーがえらそうに言った。

「あたしもそう思いますよ」ベティはむすっとして答えると出ていった。

「あきれた人ね」ルーシーはつぶやき、バングルをカチャカチャ鳴らした。

いいお給料を払わずに無愛想な使用人に我慢している人たちは、たいていしみったれなのよ、とアガサは心の中で思った。

「ロンドンではケンジントンにとてもすてきな家を持っていたのよ」ルーシーがお茶を注ぎながら言った。「ミルクとお砂糖をお好みでどうぞ、アガサ。ケンジントンはご存じ？」

「ええ、とてもよく知ってます。以前はロンドンに住んでいたんです。PR会社を経営していたんですけど、早めに引退して、コッツウォルズに越したんですよ」

「ロンドンが恋しくありません？」

「田舎に来たばかりの頃はそうでしたけどね、そのうち、村でわくわくすることやぞっとすることが次から次へと起きて、カースリーの方がロンドンよりもおもしろく感じられるようになったんです」

小さないびきの音がした。トリーが突きでたおなかにティーカップをのせて眠りこんでいた。

ルーシーはため息をつき、立ち上がって夫の手からカップをとった。

「ロンドンに戻れたらいいんですけどねえ」ルーシーは嘆いた。「でも、主人は田舎紳士でいたいんです。うまくいきませんけどね。慈善事業に寄付が必要なときでもなければ、誰もわたしたちを招待してくれないわ。わたしはあの紋章もおろしてもらおうとしたんですけど」

「大学の紋章か何かなんですか？」

「いいえ、主人が芸術家に作らせたの。主人はきどったインテリアデザイナーを雇って、この部屋を飾りつけてもらったのよ。醜悪な趣味よね？」

「かなり……モダンですね」

「品がないわよ」

「冬のあいだだけロンドンで部屋を借りたらいかが？」

「主人が許さないわ。わたしをここに閉じこめておきたいのよ。ねえ教えて、コッツウォルズの生活はどういうところが刺激的なの？」

アガサは自分の驚くべき探偵能力について意気ごんで話していたが、ふとルーシーが退屈していることに気づき、「フライファムにもおもしろい謎があるでしょ」と話題を変えた。

「どんな？」ルーシーはあくびをかみ殺した。

「妖精よ。瞬いている光」

「ああ、あれね。言っておきますけどね、セカンドハウスの住人たちがロンドンに戻ったら、あとに残るのは何だって信じるような生粋の土地の人間だけなのよ」

「でも、女性グループのメンバーたちに会いましたけど、みんな知性があったわ」

「まあね。だけど、彼女たちも全員がフライファム出身なの。あなたはここでまだ冬を過ごしたことがないでしょ？」

アガサはうなずいた。

「この冬はものすごく暗くて厳しくて陰鬱なの。しまいには、あなたも妖精を信じるようになるわよ」

ルーシーはまたあくびをした。

アガサは立ち上がった。「そろそろ失礼します」

「あらそう？　玄関はわかるかしら？」

「もちろん。そのうち、うちでお茶でもいかが？」

「ご親切に。またご連絡するわ」

アガサはバッグの車のキーを探しながら廊下で少し足を止めた。

「起きて、トリー」ルーシーが鋭い口調で呼びかけているのが聞こえた。「あの人、もう帰ったわよ」

「やれ助かった。また不器量な女性か。しかも、わたしたちとはちがう世界の人間だな」

「わたしたちとはちがうですって？」ルーシーが甲高い声で問い詰めた。「こんなろくでもない土地で身動きがとれなくなっているのは、あなたがスノッブなせいでしょ」

アガサはあわてて歩きだした。顔が火照《ほて》っている。子ども時代を過ごしたバーミンガムのスラム街での過去ははるか昔の話になったが、弱気になると、いまだに世間にそれを嗅ぎつけられるような気がした。

車に乗りこむと家に帰り、ミセス・ブロクスビーに電話した。

「チャールズにわたしの電話番号と住所を教えて、手持ちぶさたならこっちに予備の部屋があると伝えてくれてもかまわないわ」

「伝えておくわ。そっちの謎の光はどうなったの？」

「地元の人間は妖精だと信じているみたい」

「なんておもしろいんでしょう！　あなたはノーフォークのブレックランド地方にいるのよ」

「そうなの？」

「ええ、地図で調べたの。とても古い地方よ。古墳や煤《すす》の墓場って呼ばれている古い石切場があるみたいね。古い地方の人々はとても迷信深いものなのよ。土壌の成分のせいじゃないかしら」

「ふうん、でも、わたしは妖精なんて信じていないわ。たぶん子どもの仕業よ」

「子ども？　村にはたくさん子どもがいるの？」

「考えてみると、一人も見かけていないわね」

「調査を楽しんでね。アルフが帰ってきたわ」

アルフは牧師で、アガサ・レーズンに対して批判的だった。

「わかった、また連絡するわ」アガサはさよならと言って電話を切ったが、自分がちっぽけな人間のような気がした。チャールズに来てもらって、トランピントン＝ジェームズに准男爵の身分を見せつけてやりたかった。

そのときガスヒーターが廊下の片側に置かれているのに気づいた。陰鬱な冬の話はかなり誇張されているのではないかと思いかけていたので、あんなに騒ぎ立てなければよかったと後悔した。

裏庭をのぞいてみた。バリーが芝生を刈っている。山のような洗濯物を洗って干すには少し時間が遅すぎた。天気予報はどうだったかしら？　到着してからテレビもラジオもつけていなかった。

バリーが窓越しに手を振って帰っていった。例の本の執筆をすることにして、まずタイトルを書いた。『お屋敷の死』――実際にお屋敷に行ったから、それを冒頭に持ってこよう。ルーシーとトリーと趣味の悪いリビングを冒頭で描写し、そこから話を始めればいい。

意外にも四ページも書くことができた。ドアベルが鳴った。エイミーが戸口に立っている。「不動産屋で働いていたことを黙っていてごめんなさい。謝りに来たの。だけど、もし何かまずいことがあったら、わたしのせいにされると思ったのよ」

「どうぞ入って」アガサは仕方なく言った。書いたところまで保存すると、コンピューターの電源を切った。

「あら、お仕事の邪魔をしちゃったわね。わたしのこと、さぞ怒っているでしょうね」

「いいえ、全然。キッチンにどうぞ」アガサは腕時計を見た。六時半だ。「夕食を食べていく？　まだわたしは食事をしていないの」

「かまわなければ……」

「どうぞ、〈マークス&スペンサー〉の冷凍食品だけど。すわって。ご主人とは夕食をとらないの？」

「ジェリーはパブにいるわ」エイミーの目にみるみる涙があふれた。

「あら、まあ。あのきれいなミセス・ウィルデンのせい？」

「ええ」エイミーは小さなハンカチーフをとりだし、大きな音を立てて洟《はな》をかんだ。

「わたしたちの夫全員が彼女に奪われちゃったの。ハリエットは彼女を八つ裂きにしてやりたいって言ってるわ」

アガサは持ってきたゴードンのジンを探しだしてきた。「一杯飲む？」

「ええ」

アガサは大きなグラスにジントニックを作った。それから冷凍ラザニアのふたつの包みのうちひとつを電子レンジに入れ、それができあがると、もうひとつを入れ、さらに最初のものを少し温めた。

食事を出すとエイミーと向きあってすわった。「ご主人のお仕事は？」

「ノリッチ郊外の種苗会社で働いているわ」

「で、ミセス・ウィルデンと浮気しているの？」

「あら、まさか」

「じゃあ、何が問題なわけ？」

「主人が毎晩パブに行き、ヘンリー・フリーマントルとピーター・ダートもそうだってこと」

「ハリエットとポリーのご主人も？」

「ええ」エイミーはつらそうに洟をすすり、ラザニアをつついた。

「じゃあ、ご主人たちは美しいミセス・ウィルデンを眺めるためだけに行くのね？」

エイミーはうなずいた。

「で、彼女はご主人たちの気を引く真似をするの？」

「ロージー・ウィルデンは特別なことなんてする必要がないんじゃないかしら。ただ、あそこにいるだけでいいのよ」

「じゃあ、どうしてあなたやハリエットやポリーもパブに行かないの？」

「そんなことできないわよ！」

「どうして？」アガサは辛抱強くたずねた。

「ここは古風な村なの。ランチタイムに女性がパブに行っても文句を言われないけど、夜に行ったら眉をひそめられるわ」

「そんな馬鹿げた話、聞いたことがないわよ。ポリーとハリエットに電話するわ。みんなで行きましょう」

「主人たちがかんかんになるわ」

「そろそろお灸《きゅう》をすえてやる頃合いよ」

アガサは廊下の小さなテーブルに置かれた電話のところに行った。エイミーに叫んだ。「二人の電話番号を教えて」

エイミーは番号を教えたものの、やっぱりやめようと言いはじめた。アガサは彼女を無視した。まずハリエットに電話して、エイミーがわんわん泣いているのでパブに連れていく、だからハリエットもポリーを連れてパブに来てほしいと伝えた。

一瞬押し黙ってから、ハリエットはかすれた声で言った。

「何をしているのかわかってるの？」

「ええ、わかってる。ご主人がパブにいるあいだ、どうしてみんな家にこもっているの？　闘うのよ、ハリエット」

「わかった。そうするわ。ふん、見てなさい、闘うわよ」

「三十分後に二人でパブに来て」アガサは電話を切ると、キッチンに戻った。

「さあ、エイミー。二階にいっしょに来てちょうだい。メイクをしてあげるわ」

「だけどメイクなんてしたことないわ。ジェリーはわたしがメイクをするのをいやがるのよ」

「あなたの抱えている問題は、常にジェリーの望みどおりにするところだと思うわ。さあ二階へ」

アガサは巧みにエイミーにメイクをほどこした。ファンデーション、パウダー、頬紅、マスカラ、アイシャドー、口紅。「できたわ！」アガサはようやく言った。「ずっと生き生きして見えるわよ」

彼女はたんすのドアを開けて、黒いドレスをとりだした。「これを着て。靴のサイズはいくつ？」

「五よ。でも――」

「ヒールをはかなくちゃ。ヒールほど自信を与えてくれるものはないわ。さあ、行きましょう」

いつも自分よりも強い人間に従う習慣がついているエイミーはおとなしく黒いミニドレスを着て、ハイヒールをはいた。アガサは首にゴールドのアクセサリーをかけた。

「さあ、背筋を伸ばして。そうよ。すてき。前進！」

ハリエットとポリーはパブの外で待っていた。「ゴージャスだわ、エイミー」ハリエットが言った。相当なお世辞だったが、エイミーをにっこりさせる効果はあった。

「さあ、行きましょう」アガサ・レーズンは言うと、ドアを押し開けた。

天井が低く紫煙のたちこめる店内のカウンターは男性たちで埋まっていた。ロージー・ウィルデンは深い襟ぐりのやわらかな白いシフォンのブラウスを着て、宝石のように輝いている。

アガサは新しい友人たちと隅のテーブルを見つけてすわった。彼女たちが入っていったとたんに沈黙が落ち、アガサがカウンターに歩いていきロージー・ウィルデンにこうたずねたときも店内は静まり返っていた。「シャンパンは置いてある？」

「もちろんです、ミセス・レーズン」

「とりあえず二本お願い」アガサは注文した。

「何かお祝いなんですか？」

「ええ、わたしの誕生日なの」アガサは嘘をついた。

相変わらず黙りこんでいる男性たちのあいだをテーブルに戻ってきた。

「主人たちがこっちをにらんでいるわ」エイミーがささやいた。「カウンターのあそこにいる三人よ」

「けっこう」アガサは言った。「さて、シャンパンが来たら、『ハッピーバースデー・トゥー・ユー』って歌ってほしいの」

「あなたのお誕生日なの？」ポリーがたずねた。

「いいえ。でも、ご主人たちはそのことを知らないし、夫の様子をわざわざ見に来たと思われたくないでしょ」

ロージー・ウィルデンがカウンターからグラスをのせたトレイを運んできた。それから振り向いて叫んだ。

「バリー、悪いけど、ボトルとワインクーラーをこっちに運んで来てもらえない？」

アガサのコテージの庭師がボトルとワインクーラーを運んできた。彼はなかなかハンサムで、パブにいる男性の中ではいちばん見栄えがした。

「バリー」アガサは叫んだ。「いっしょに飲みましょうよ。わたしの誕生日なの」

バリーはにやっと笑うと、足を踏みかえてもじもじした。

「友だち二人といっしょなんですけど」

「二人とも連れてらっしゃいな。あと二本もらった方がよさそうね、ミセス・ウィルデン」

バリーは友人二人と戻ってくると、全員が肩を寄せ合うようにしてテーブルを囲んだ。ロージーが手早く最初のボトルを開けた。うれしいことに、バリーはうながされるまでもなく、「ハッピーバースデー・トゥー・ユー」と力強いバリトンで歌いはじめた。たちまち彼の友人も歌いはじめ、ついでハリエット、ポリー、エイミーも声をあわせた。

「すてきな声をしているのね、バリー」アガサは言った。「他にも何か歌える?」

シャンパンを飲む前からすでにかなり酔っ払っていたバリーは立ち上がると、エルヴィス・プレスリーの物真似で腰をくねらせ、エアギターを弾きながら『監獄ロック』を歌った。

バーカウンターから夫たちがにらみつけているのに気づきながら、三人の女性たちはさんざん笑い、はやしたてた。バリーの友人のマークは口の端に手巻き煙草をくわえたひょろっとした青年だったが、こう言った。

「歌っておおいに盛りあげようぜ。あんたたちご婦人方もどうだい？」

鼻の頭を少し赤くしたポリーは、景気づけのために何杯かシャンパンをひっかけたにちがいなく、立ち上がると『フィッシャーメン・オブ・イングランド』を歌いはじめたのでアガサは心の中でにやりとした。全員がぐいぐい飲み、さらにシャンパンが運ばれてきた。ただ酒にありつこうとして、他の客たちもテーブルを取り囲んだので、不品行な三人の夫たちだけがカウンターにとり残された。

「そこの三人もパーティーに加わったら？」アガサが叫んだ。

「あれは主人たちよ」ハリエットが言った。

「ご主人だったの！」アガサは驚いたふりをした。「三人だけで何をしているのかしら？　女性バーテンダーをいやらしい目つきで眺めていたりしてね」

三人はすぐさまやって来たが、人が多くてテーブルに近づけなかった。アガサはもっと歌ってとせがみ、さらにシャンパンを注文し、パーティーを続けた。とうとうロージーが叫んだ。「閉店です、みなさん、お帰りください」

全員がぞろぞろ外に出ていった。「すばらしい夜だったわ」アガサが大声で言った。

「また明日の夜、ここでね、みなさん」

女性たちはいまや不機嫌そうな夫の隣にいたが、ハリエットは勇敢にもこう応じた。

「同じ時間に同じ場所でね、アガサ」

村の警官のやせた姿が広場を横切ってくるのが見えたので、車はそのまま置いていくことにした。いくぶん千鳥足になりながら歩いて家に帰ると、翌朝の二日酔いを防ぐためにできるだけたくさん水を飲んだ。


翌朝、アガサはドアベルがけたたましく鳴らされる音で起こされた。ガウンをはおると、よろよろと階段を下りていった。玄関ホールの時計は八時を指している。ドアを開け、強烈な日差しにまばたきしながら、ヘンリー・フリーマントルの鬼の形相に目の焦点をあわせた。

「おれたちの女房を放っておいてもらいたい」彼はけんか腰で切りだした。

「いったい何の話なの？」

「あのパブは男性のものだ」

「おいしそうなロージーは別なのかしら？」

彼は真っ赤になった。「警告しておく」

「このドアが見える？」アガサは言った。「いい、よく見ていてよ、じっくり」

彼の鼻先で乱暴にドアを閉めた。

なんて時代遅れの土地に来ちゃったのかしら、と腹が立った。だが、二日酔いだったし、怖くもあった。またもや荷物をまとめて家に帰ろうかという考えが頭をよぎったが、とりあえず猫たちにえさをやり庭に出してやると、またベッドにもぐりこんだ。たちまち眠りこみ、お昼まで目が覚めなかった。

シャワーを浴びて服を着ると、ぐんと気分がよくなった。必要なのはたっぷり散歩することだ。このすばらしい天候も長くは続かないだろう。

アガサは歩きだし、警察署とお屋敷の前を通り過ぎた。空気は松の木の甘くさわやかな香りがする。道は上り坂になっていった。丘の頂上まで来ると、驚嘆して足を止めた。道はそこから下り坂になっていて、目の届く限り平らな土地が広がっていた。坂を下り、まっすぐな道を歩いていくと、周囲にアシの茂る大きな湖に出た。そよ風がガラスのような湖面を波立たせ、青い空に浮かぶふんわりした雲が水面に映っている。岩の上にすわった。背後でイシチドリが鳴いた。アガサはその鳥の名前を知らなかったが、その鳴き声にやるせなく孤独な気持ちがこみあげてきた。

しかし、そのとき鳥が鳴き止み、少しすると孤独感は消えていき不思議な平穏に包まれた。煙草に火をつけたが、すぐさま消した。すがすがしい空気の中だと煙草はまずく感じられた。昔のアガサだったら、火を消した煙草を湖に放り捨てただろうが、新しいアガサは泳いできたカモが飲みこんではいけないと思って、ポケットに入れた。はるか頭上をカモが一列になって飛んでいく。アガサは水の打ち寄せる音と高いアシのあいだを渡っていく風の音に癒やされながら、ぼんやりと物思いにふけった。ようやく帰ることにして立ち上がった。体じゅうが少し凝っているのに気づき、のんびりした気分は吹き飛んだ。ふいに中年であることが強烈に意識された。運動や皺《しわ》とりクリームで加齢を防ごうとする努力に意味があるのかしら？　すべてをやめてしまいたいという誘惑にしじゅう襲われる。白髪はそのまま伸ばし、顎はたるむにまかせ、年齢と折り合いをつけていくのだ。

手で目の上にひさしをこしらえ、水平線の方を眺めた。黒い輪郭の雲が見え、近づいてくる冬の指先のようにそこから細い筋がたなびいている。広大な景色に急に気が滅入り、アガサは家路についた。丘をまた上り、ザワザワ音を立てている松林のあいだを抜けていくとほっとした。背後に広がる荒涼とした平地は見えなくなった。おなかがぐうっと鳴った。そういえば何も食べていなかった。

コテージの近くに戻ってきたとき、ルーシー・トランピントン＝ジェームズにばったり会った。

「あなたを探していたのよ」ルーシーはいきなり言った。「パブでの誕生パーティーはどういうことだったの？　話してくれたらよかったのに」

「入ってちょうだい」アガサは庭の小道を先に立って案内しながら、車をまだパブの外に停めたままだったことを思い出した。玄関のドアを開けた。「秘密を打ち明けるわね、ルーシー。本当はわたしの誕生日じゃなかったの。ただ地元の女性たちを元気づけようとしただけ。ご主人たちが奥さんたちをほったらかしにして、ロージー・ウィルデンの魅力にぼうっとなっていたから」

ルーシーは彼女のあとからキッチンに入ってくると、テーブルの前にすわった。

「あのあばずれ」

「本当に彼女は悪女なの？　親切そうに見えたけど。美人なのは彼女のせいじゃないわ」

「あら、そうかしら？　実はね、あの女、トリーと浮気しているんじゃないかと思うの」

「ご主人に訊いてみた？」

「ええ、もちろん否定したわ」

「じゃあ、どういう証拠があるの？」

「ロージーは自分で香水を作っているの。ぞっとするしろものだけど。ノリッチの美容院から帰ってきたら、寝室にその匂いがぷんぷんしていたのよ。トリーはベッドリネンを交換して、シーツまで洗っていた。トリーはこれまでシーツなんて洗ったことがないのよ。狩猟協会の女性がやって来て、メイクを直すためにトイレを借りたって説明したわ。トイレは寝室の奥にあるの。ロージーは村じゅうの女性に香水をあげているだろ、って言い訳してたわ」

「で、シーツのことは?」

「その女性が飲み物を持ってきて、ベッドにこぼしたって」

「まあ、あきれた言い草ね」

「その女性の名前を訊いたら怒りだして、おまえはいつもおれを非難してばかりだから、離婚したいと言いだしたわ」

アガサは電気コーヒーパーコレーターのスイッチを入れた。「でも率直に言って、離婚はいい考えなんじゃない? そうすればロンドンに戻れるわよ」

「証拠が必要よ。主人が不倫しているっていう確実な証拠が必要だわ。そうしたら財産をごっそり巻き上げられる」

「自分のお金はないの?」

「ええ」苦々しげな返事だった。

「結婚前は何をしていたの？」

「モデルよ。トップモデルでもないし、その下のランクですらなかった。カタログとか、生理用ナプキンのテレビＣＭとかの仕事をしてたの」

「どうやってトリーと知り合ったの？」アガサはマグカップをふたつ置き、ミルクと砂糖をとりだした。

「商品展示会よ。他のモデルといっしょに、売り場で商品のバスタオルを巻いてポーズをとったりするために雇われたの。展示会にやって来た彼にディナーに誘われて、こういうことになったわけ」

アガサはコーヒーを注いだ。「ミルクとお砂糖はご自由にどうぞ」彼女は煙草に火をつけた。

「わたしも一本いただけない？」ルーシーがたずねた。

「どうぞ」アガサはパックを押しやった。「吸わないのかと思っていたわ。お宅には灰皿が見当たらなかったから」

「トリーが許してくれないの。以前は一日に六十本吸ってたくせに」

「まあ、よくある話ね。いつ結婚したの？」

「五年前」

「五年？　それまで結婚したことがなかったの？」

「わたしはないわ」ルーシーは肩をすくめた。「ずっと王子様が現れるのを待っていたの。それはそうと、訪ねてきた理由はね、彼が不倫している証拠をつかんでほしかったからなの。探偵だって言ってたでしょ。少しへそくりがあるの。支払いはするわ」

「わたしはそういう仕事はしたくないの」アガサはのろのろと答えた。「夫婦のもめごとみたいなやっかいな仕事は」

ルーシーはいらだたしげにアガサを見た。「妖精を信じているようなこんな古くさい土地で、他にやることがあるの？」

「本を書いているのよ」アガサはそう答えるまで、本のことをすっかり忘れていた。ふいに執筆に戻りたくてたまらなくなった。

「お願いだから考えてみて」ルーシーは執拗だった。「せっぱつまっているのよ」

「じゃあ、少し聞き回ってみるわ」アガサは答えた。「ロージーのことを苦々しく思っている女性もいることはいるみたいだから」

少し調べて回ったら、本を書くときに役に立つかもしれないわ。どっちみち、この不愉快な夫婦をモデルにして小説を書くつもりだった。

ふと妖精のことを思い出した。「この村には子どもがいるの?」アガサはたずねた。

「数人ね。若い夫婦は多くないし、その他の夫婦はすでに子どもが成長し、結婚して他の土地に住んでいるわ。公営住宅もないから若い母親はここに住めないのよ。不動産屋の先のコテージに住むうちの家政婦のベティ・ジャクソンには四人の子どもがいるけど、今どきの子どもらしく、スクールバスで帰ってくるとテレビの前にすわりこんでいるみたいね」

「家の中にやすやすと入って物を盗んでいったのは誰かしらって、気になってならないの」

「たいていの人がドアに鍵をかけないし、鍵をドアマットの下に隠しておいたり、郵便受けにひもをつけてぶらさげたりしているわ。妖精のことは気にしないで、アガサ。トリーについて探ってみてちょうだい」


ルーシーが帰ってしまうと、アガサは本の執筆に戻った。一章分を書き上げるまでは一字も読み返すまいと心に決め、必死に書き進んだ。外が薄暗くなってきてようやく、猛烈におなかがすいていることに気づき、パブで女性たちと落ち合う約束をしていたことを思い出した。

冷凍カレーを電子レンジに入れ、できあがるとすばやく食べ、着替えのために二階に上がっていった。

パブは比較的すいていた。ハリエット、エイミー、ポリーはそれぞれ夫といっしょだった。アガサが彼女たちに合流しようとすると、ハリエットの夫のヘンリーが険悪な目つきでにらみつけてきた。誰一人彼女に酒をおごろうともしなかった。

ふいにアガサはこの連中に嫌気がさした。「何にしましょうか、ミセス・レーズン？」ロージー・ウィルデンがたずねた。ブロンドの髪はアップにし、巻き毛が一房ほつれてクリーム色の胸元にこぼれている。今夜は黒いブラウスだったが、やはり乳首まで見えそうなほど襟ぐりが深い。

「砒素を一瓶かしら」アガサは辛辣な口調で言った。

ロージーは軽やかな笑い声をあげた。「あなたって、ほんとにおもしろい方ね」

「そうかしら？　ところで、あなた、トリー・トランピントン＝ジェームズと不倫しているの？」

ロージーは顔色ひとつ変えず上機嫌だった。「あのねえ、ミセス・レーズン。地元の噂だと、わたしはこの村じゅうのすべての男性と関係を持っていることになってるの。トリーはこの店に来たこともないわ。彼にとっては大衆的すぎるんでしょ」

「飲み物を注文するのはまたにするわ」アガサは言った。「あの連中といっしょにすわって飲みたくないから」

「どうぞお好きなように。他の席にすわります？」

「いいえ、料理をオーブンに入れたままだったのを思い出したって言っておいて」

アガサは新しい友人たちが夫とすわっているテーブルのわきをさっさと通り過ぎて逃げだした。

今度こそ、車に乗って帰らなくては。アガサは家まで運転して帰った。猫たちは庭にいたが、足をこわばらせ背中を丸め、毛を逆立てていた。二匹をじっくり観察した。それから庭の方に目をやると、例の光がまた揺らめいていた。

怒りの叫びをあげながら、アガサは庭を走っていった。光は弱まり消えた。

家に駆け戻ると外に停めた車のところまで行き、懐中電灯をとってきた。

それからまた急いで庭に戻っていき、光が見えたあたりの地面をくまなく調べはじめた。バリーに刈ってもらった枯れかけた芝生の先の手入れされていない場所だったので、草は勢いがあり伸び放題だった。でも、他には何もなかった。

途方に暮れて、アガサは家に戻った。リストをとりだし、ひとつひとつ慎重に調べた。何もなくなっていないようだ。

しかし、アガサは恐怖と不安を感じていた。

3

天候が崩れる予兆は、翌日の朝に現実のものとなった。吠え猛《たけ》る風と窓をたたく雨音でアガサは目覚めた。服を着て階下に行くと、家じゅうが冷えこんでいる。

リビングに入った。窓から日が射しこんでいると、チェックのツイードが張られたソファも椅子も絨毯も濃いオレンジ色になり、趣味のいい部屋に見えた。しかし今はありのままにしか見えなかった。つまりアガサが絶対に買いそうにない装飾品がマントルピースの上に飾られ、決してかけないだろう絵が壁にかかっている貸しコテージだ。

暖炉の火をつけた。もう少したきつけが必要ね。アガサは火を一回おこすのに半袋ぐらい使っていた。薪が陽気にはぜはじめると、キッチンに行ってコーヒーを淹れ、それをリビングに運んでいった。

これからどうしたものだろう。しばらくして立ち上がると、廊下に電話をかけに行

った。子機を手に入れてリビングに置かなくては。寒い廊下に立って電話するなんて馬鹿げている。ミセス・ブロクスビーに電話をした。

「あら、あなただったの」牧師の妻は言った。「彼はまだ戻っていないわ」

「そのことで電話したんじゃないの」アガサは不機嫌に応じた。「計画よりも早く戻るかもしれないのよ」

「あなたに会えるのはうれしいわ。だけど、どうして？　突然、何かまずいことでも起きたの？」

「ちょっと退屈だし、雨が降りだしたのよ」妖精の光に怯えていると認めるつもりは絶対になかった。アガサ・レーズンは多くのものを恐れていた――愛、対立、老化、一人暮らし。たとえるなら両の拳を振り回しながら、彼女はそれらと闘って生きてきたのだ。

「ノリッチの近くにいるんでしょ？」ミセス・ブロクスビーがいつもの穏やかな口調でたずねた。

「ええ、さほど遠くないわ」

「滑稽な映画を観に行って、お店をあちこちのぞいてみるのもいいかもしれないわよ」

それはきわめて真っ当な提案だったが、アガサはへそを曲げた。カースリーではアガサがいなくてみんな寂しがっているから、どうか帰ってきてほしい、とミセス・ブロクスビーに言ってほしかったのだ。

「考えてみるわ」アガサはそっけなく答えた。「そちらでは何かニュースがある？」

「ミス・シムズに新しいボーイフレンドができたわ」ミス・シムズはカースリーの未婚の母で、婦人会の書記を務めている。

「本当に？」アガサはたちまち好奇心をくすぐられた。「誰なの」

「絨毯の仕事をしている人よ。ミス・シムズは偽の中国段通をくれたわ。親切ね」

「あなたがリビングに偽の中国段通を敷いているところは想像できないけど」

「アルフの書斎に敷いたわ。あそこは石の床だから、説教を書いているときに足が冷えるんですって。うってつけだったわ」

「他には？」

「〈レッド・ライオン〉が改装を迫られているわ」

「どうして？　あのままでいいのに」低い梁のある店内とすわり心地のいい古びた椅子のことを懐かしく思い浮かべた。

「ジョン・フレッチャーの考えじゃなくて、ビール会社が提案してきたのよ。アールデコにしたがっているみたいね」

「そんなのぞっとする。陳腐すぎるわよ」アガサは叫んだ。「抗議運動をしなくちゃ」

「もうしてるわ」

「わたしがそっちに戻って、抗議運動の指揮をとった方がいいかもしれないわね」

「あら、話していなかったかしら。婦人会はすでに村の全員から署名を集めたのよ。ビール会社も、さすがにそれほどの抗議運動を無視して計画を進めるとは思えないわ」

「ええ、そうでしょうね」アガサは力なく応じた。

「いいお天気が続いてるわね？」

「こっちはおしっこみたいにざあざあ雨が降ってるわ」

その口汚い言葉に非難がましい短い沈黙が返ってきたので、アガサは顔を赤らめた。それからミセス・ブロクスビーは言った。「こっちに戻ってくることを考えた方がいいかもしれないわね。カースリーでも冬はつらいけど、ノーフォークの冬は本当にひどいわよ」

アガサはその誘いに飛びついた。「来週には帰るかもしれないわ」

さよならと言って電話を切ると、アガサはぐっと気分がよくなった。さあ、コーヒーを飲んで執筆にとりかかろう。

これまでに書いたところを印刷して、まず読んでから仕事にとりかかることにしたのがいけなかった。「なんてろくでもない原稿なの」アガサはうめいた。「文学ですらないわ」ありふれた文学作品すら書けないのに、友人のコーヒーテーブルの上に置かれたり、ブッカー賞をとったりする本なんて書けるわけがない。

アガサは顔をしかめた。改めて初めから書き直し、〝意識の流れ〟とやらの小説を書いてみようか。あるいは、周囲を詳細に観察するという文学的手法を使ってもいい。作家はたいてい草の間に寝ころび、葉の一本一本や昆虫を描写している。

アガサは激しく降っている窓の外の雨を重い気分で眺めた。この天候では草のあいだに寝そべることもできそうにないわ。

コンピューターのスイッチを切ると立ち上がった。これからどうしよう？　トリーの不倫を調べても役に立たない。ロージー・ウィルデンは真実を言っているという確信があった。

ドアベルが鳴った。アガサはドアを開けた。大きなゴルフ用の傘の下に隠れて、ハリエットが階段に立っていた。

アガサは中にどうぞと言った。ハリエットは傘と防水コートを玄関ホールに置いた。

「あなたにお礼を言いに来たの」彼女は言った。

「何のことで？」

「信じられないかもしれないけど、ゆうべロージーがわたしたちのテーブルにやって来て、パブに女性たちが来てくれてとてもうれしいって言ったのよ。主人たちはとても落胆していたわ」

「あなたのご主人は家まで来て、わたしを脅しつけたのよ」

「あの人は癇癪《かんしやく》持ちで、本気でロージーに惚れこんでいたのよ。だけど、それも冷めたみたい」

「よかった。じゃあ、今後ご主人たちは夜は家で過ごすのかしら？」

「いいえ、別の村のパブを見つけるつもりみたいよ」

「じゃあ、成果はなかったってことね」

「あら、そんなことないわ。少なくとも夫たちの誰もロージーと浮気していなかったってわかったもの」

アガサは夫たちを思い浮かべた。ハリエットの夫は長身でやせていて横柄だった。ポーラの夫は小太りで横柄だった。エイミーの夫は小柄でフェレットそっくりだった。どのご主人もロージーをものにするチャンスはこれっぽっちもなさそうだ、と意見を言おうとしたが、柄にもなくその言葉を呑みこんだ。まもなくフライファムと妖精たちから去る、という期待を心のよりどころにすることにした。

それでもこうたずねた。「こんな日はフライファムでは何をするの?」

「いつだって片づけなくちゃならない家事があるわ。それに教会の清掃当番がある。今日はわたしが真鍮を磨く日なの」

「掃除と言えば、ここにも誰か来てもらった方がよさそうね」ここを出ていくときは、来たときと同じぐらいきれいにしておいた方がいいだろう。

「ミセス・ジャクソンがいるわ。メモ用紙があれば電話番号を書いてあげる」

「ありがとう」アガサはメモ用紙を見つけてきた。ハリエットが電話番号を書いていると、またドアベルが鳴った。アガサがドアを開けると、ポリーが立っていた。

「どうぞ入ってちょうだい。ハリエットが来ているの」

ポリーは大きな黄色のオイルスキンのコートとレインハットを脱いだ。

「ああ、なんて日かしら! すごいことが起きたのよ!」

ポリーはアガサのあとからキッチンに入ってきた。「とうてい信じられないでしょうね。お屋敷で盗難があったの」

「まさか!」ハリエットが言った。「ああ、わかった。またあの光じゃない?」

「ええ、たしかにトリーはお屋敷の裏で光を見たんだけど、あれは子どものいたずらにちがいないって思ったんですって」

「で、何が盗まれたの？」アガサがたずねた。「いつものようにがらくた？」

「ちがうの。まさかと思うでしょうけど……コーヒーをいただけないかしら？」

「すぐに淹れるわ。でも続けて。何が盗まれたの？」

「スタッブスよ」

「嘘でしょ！」ハリエットが叫んだ。

アガサはスタッブスとは何かとたずねて無知をさらけだしたくなかったが、好奇心に負けた。

「スタッブスって？」彼女はたずねた。

「ジョージ・スタッブスよ」ハリエットが言った。「十八世紀の画家で、馬の絵で有名なの。ひと財産の価値があるにちがいないわ」

「どこにあったの？」アガサはたずねた。「客間ではそういう絵を見なかったけど」

「トリーの書斎よ」ポリーは言った。

「じゃあ、どうやって子どもたちは入ったのかしら？」

「そこが不思議なのよ」ポリーは興奮して椅子の上で体を揺らしていた。「トリーは寝る前に家じゅうの戸締まりをして、警報装置をセットしたんですって」

アガサはマグにコーヒーを注ぎ、かがんで戸棚をひっかき回すとビスケットの包みを見つけだした。「それで警察は何をしているの？」アガサは質問しながら、腰を伸ばしてチョコレートダイジェスティブビスケットの包みを破った。

「ＣＩＤと鑑識の係官たちが家じゅうにいたわ。あの怠け者のフランプ巡査はひと晩じゅうお屋敷の見張りをしているように言いつけられていた」

「盗難が起きたあとなんだから、そんなことしてもむだに思えるけど」

「フランプもそうぼやいていたわ。そうそう、アガサ、もしマスコミが来ても、妖精のことは話しちゃだめよ」ポリーが言った。

「どうして？」

「わたしたち全員が笑い物になるからよ」

アガサはビスケットを皿にのせ、テーブルに置いた。

「それなら、そもそもどうしてそういうことを信じているの？　ねえ、あなたたち二人は信じていないんでしょ」

「この地方には奇妙なことが起きるのよ。とても古い土地だから」ハリエットが言った。

「だけど、冗談でしょ、妖精なんて！」アガサは反論した。

「そんなにお利口さんなら、どう説明をつけるの？」ポリーがたずねた。

「何者かがふざけているのよ。迷信深い人々を脅かして、がらくたを盗み、とうとう大物に手を出した。スタッブスっていくらぐらいするものなの？」

「トリーが百万ポンドの保険をかけてあるって自慢していたのを聞いたことがあるわ」ハリエットが言った。

「そんなにするの！」

「ルーシーはすっかり怯えてるわ」ポリーがうれしげに報告した。「ロンドンに行って友人夫妻のところに泊まるって言ってた」

ドアベルがまた鳴った。「エイミーじゃないかしら」アガサが言いながら玄関に歩いていくと、その背中でハリエットが叫んだ。「エイミーじゃないわよ。昼間は仕事をしているから」

アガサは勢いよくドアを開けた。「チャールズ！」アガサはびっくりして叫んだ。ミセス・ブロクスビーにここの住所と電話番号を伝えてくれと言ったことをすっかり忘れていたのだ。

彼の手入れの行き届いた髪から雨が滴り落ちている。片手に大きなスーツケースを持っていた。「入ってもいいかな、アギー？」哀れっぽい声でたずねた。

「ええ、もちろん。荷物は玄関ホールに置いて。お客様が来ているけど、すぐに帰るわ」

チャールズはスーツケースを放りだすと、レインコートを苦労して脱いだ。

「なんて天気だ。この郡に入るまではずっと日が照っていたのに」

「みんなキッチンにいるの」アガサは准男爵との友情はジョージ・スタッブスを知らなかったことを帳消しにしてくれるかもしれない、と期待しながら言った。

彼女はチャールズを紹介した。彼女の勝利感はすぐに吹き飛んだ。

「甥御《おいご》さんなの？」ハリエットがたずねた。

「ただの友人よ」アガサは切り口上に答えた。チャールズは四十代で、彼女は五十代だ。でも、年よりも若く見える五十代のはずだ。

「帰らなくちゃ」ハリエットとポリーは立ち上がった。

「玄関まで送っていくわ」アガサはしかめ面で言った。ハリエットがチャールズを甥とまちがえたことは、当分許せそうにないわ。

ドアを閉めると、アガサは廊下の鏡で自分の顔を見て、悲鳴をあげた。メイクをしていなかったし、髪の毛はくしゃくしゃくしゃだ。

「ちょっとすわっていて」彼女はチャールズに叫んだ。「コーヒーをどうぞ」

寝室に駆け上がっていくと、ドレッサーの前にすわり、皺とりクリームを薄く塗り、軽くファンデーションを伸ばした。パウダー、口紅、でもアイシャドーはやめておこう。まだ昼間だ。豊かな茶色の髪を艶が出るまでブラッシングしてから階下に行くと、チャールズはキッチンの床にすわって猫たちと遊んでいた。

「まず電話してくれればよかったのに」

「ふと思いついて来たんだ」チャールズは軽やかに立ち上がると、服のほこりを払った。彼はとてもこぎれいにしてる、とアガサは思った。シャツは染みひとつなく、ズボンには折り目がつき、靴はぴかぴかに磨かれている。裸になっても、まるできれいな白いスーツを着ているみたいに弱点をさらけださなかった。

「いつまでいる予定？」

「場合によるな」チャールズはあくびをかみ殺した。「この町では何か起きているのかい？」

「いろいろね。スーツケースを予備の部屋に運んでいって。シングルベッドがある方の部屋よ」

「了解」

チャールズは姿を消した。わたしもあと一週間ぐらいしかここにいるつもりはない、と言えばよかった。まあ、チャールズと一週間過ごせばもう充分だわ。それに彼と二度とベッドをともにするつもりはない、絶対に。それでも、これでフライファムでの状況はまちがいなくおもしろくなりそうだった。

チャールズがまた下に来たとき、アガサは冷凍庫の調理済みの食品を眺めていた。「また電子レンジ料理に戻ったのかい?」チャールズは言った。「最後に会ったときは本物の食べ物に夢中になっていたけど」

「これだって本物の食べ物よ」アガサはつっけんどんに答えた。「料理しないからって、本物じゃないということにはならないわ。あなたがレストランで食べる大半の料理が調理済み食品で、ケータリング会社から仕入れているのよ、賭けてもいいわ。あらゆる賞をとったモートン・イン・マーシュのレストランを知っているけど、そこで働いていた人間が、鴨のオレンジ風味からビーフストロガノフに至るまでレトルトパックで仕入れているって言ってたもの。タラのチーズソースがけはどう?」

「いいんじゃない?」チャールズはテーブルについた。「さて、ここで何が起きているんだい?」

ボール紙を破り、包装ラップに穴をあけ、電子レンジに放りこむというつもの手順を踏みながら、アガサはフライファムの妖精とスタッブスの盗難についてチャールズに話した。

「だけど殺人事件はないのかい？」チャールズはたずねた。「あなたはいつも死体に囲まれているのかと思った」

「やめてよ」アガサは身震いした。「それにまだおもしろいことがあるの。トリーの奥さんは夫が地元でパブを経営しているロージー・ウィルデンと浮気していると考えている。ただしロージーはそれを否定したし、わたしは彼女を信じたわ」

「それはまたどうして？」チャールズはからかった。「ロージーはブスなのか？」

「その反対。鄙《ひな》にはまれな美女よ」

「へえ、その冷凍の魚はやめてパブに行こう」

「パブでは食事を出していないの」

「なんだって？　スコッチエッグもかい？」

「何ひとつ。男性クラブみたいなところなのね、あるいは昔ながらのパブか。男性がロージーに見とれているあいだ、女性は歓迎されないのよ」

チャールズは部屋を見回した。「貸しコテージにしてはなかなかだね。でもちょっと寒いな」

「セントラルヒーティングがないのよ。薪はどっさりあるけど、このガスヒーターをつけるわ」

「いったいどうしてここに来たんだ？」

「ただの勘。退屈していたから地図をピンで刺したの」

魚料理の皿をチャールズの前に置いた。「ワインはないの？」彼はたずねた。

「このあいだ〈テスコ〉でシャブリを買ってきたわ」

「〈テスコ〉がこのあたりにあるのかい？」

「ノリッチにあるのよ」アガサは冷蔵庫からボトルをとりだしてきて、ワインオープナーをチャールズに渡した。

「それで思い出したわ」アガサは言った。「ここに到着した夜、パブに食事をしに行ったの。ロージーは店で食事は出さないけど、キッチンに招いてくれて、家族用の料理を食べさせてくれた。とってもおいしかったわ。それにものすごくおいしいワインを出してくれたの。どこのワインかわからなかったけど」

「どうして彼女に訊かなかったんだ？」

「訊こうと思ったんだけど、うっかり忘れてしまって。お代をとってくれなかったのでびっくりしちゃったのよ。そうそう、ここの女性グループに招かれて、キルトを作っているところなの」

チャールズは爆笑した。「気の毒に。お楽しみが品切れになったみたいだね。じゃあ、これを食べ終えたら、トリー・トランピントン゠ジェームズを訪ねよう」

「お屋敷の周囲には警官がうようよしているし、奥さんのルーシーは怯えてロンドンに行ってしまったみたいよ」

「それでも、行方不明のスタッブスの謎にわれわれの偉大な脳細胞を活用できるよ」

土砂降りは陰気なしとしと雨にまでおさまっていた。

「ろくな場所じゃないな」村の広場を車で通り過ぎながらチャールズは言った。

「太陽が出ていると、少しは見栄えがするけど」

二人はお屋敷に着いた。パトカー、バン、その他の車が外に何台も停まっている。私道を歩いていき、アガサがベルを鳴らした。先日、お茶を出してくれた不機嫌な顔つきの家政婦がドアを開けた。

「ミスター・トランピントン゠ジェームズにお会いしたいと伝えてちょうだい」アガサは威厳たっぷりに言った。

彼女はドタドタと歩み去った。しばらくして戻ってきて言った。

「手が離せないそうです」

ドアが閉まりかかると、チャールズが名刺を差しだした。

「わたしはミセス・レーズンの家に滞在しているんです。たぶん、そちらにご連絡をいただけるのでは？」

手伝いの女性は目を細くして名刺を見て、「サー・チャールズ・フレイス」という偉大な名前に気づいた。

トリーが背後の廊下に現れてたずねた。「あの女はもう帰ったか？」

仏頂面の女性は答えた。「彼女はサー・チャールズ・フレイスを連れてきてますよ」

トリーはすばやく進みでてくると、卑屈な笑みを浮かべながら、家政婦を押しのけた。

「お会いできて光栄です、サー・チャールズ。どうぞお入りください。こちらへは狩りにいらしたんですか？　もちろん乗馬はされるんでしょうね？」

「実をいうと乗るのはラクダです」チャールズは言った。

トリーは目を白黒させてチャールズを見てから、げらげら笑いはじめた。

「いやはや冗談ですよね？　うまい冗談だ。どうぞこちらへ。チャールズとお呼びしてもかまいませんか？」

彼は客間の方に歩きだした。「まったくいやなやつだな」チャールズはつぶやいた。

「おいで、アギー」

二人は客間に入っていった。「絵を盗まれたと聞きましてね」チャールズが切りだした。「保険はかけてあったんでしょう？」

「幸いにも。しかし、気にしているのは金の問題じゃないんです。知らないうちに厚かましい泥棒がわが家に入ってきて、壁から絵をはずして姿を消したという事実なんですよ」

「それで、警報装置はセットしてあったんですか？」アガサは質問した。

「ええ」トリーはいらだたしげに答えた。「それにすべてのドアと窓にも鍵がかかっていた」

「書斎から盗まれたんですね？　拝見できるかな？」チャールズがたずねた。

「今はだめです。警察がいますから」

「ドアを開けてくれた女性はどうなんですか？」

「ベティ・ジャクソンですね。でも、彼女は善人です」

「あら、あの人は無愛想で抜け目ない女性だと思うわ」アガサが言った。

トリーは見下すようにアガサをじろっと見た。「あなたには理解できないんですよ。われわれのような人間は使用人に慣れていますから、ねえ、チャールズ？」

「いいえ」チャールズは言った。「わたしは村の女性に通いで掃除だけ頼んでいるので。それに大きなパーティーを開くときはケータリング会社に発注します。アギーの言うとおりですよ。彼女はたしかに無愛想で抜け目ない人間だ」

トリーはわざとらしい笑い声をあげた。それから言った。「長くご滞在ですか？　わたしは地元の狩猟クラブに入っているんです。このあたりにはいい狩り場がありますよ」

「狩りはしません」チャールズが言った。

トリーはふいに疑わしげな視線をチャールズに向けた。「どうしてナイト爵位を授与されたんですか？」

「いや、准男爵です」チャールズはいらだちを抑えながら説明した。「長年一家で爵位を継承しています」

「それでどちらのご出身で？」

「ウォリックシャー。実を言うと、アギーとわたしは過去にいくつかの謎を解明して手柄を立てているのでお訪ねしたんです。あなたのお役に立てるかと思ったのでね」

「それはご親切に。もっとも、警察ができないことがあなた方にできるものなのか疑問ですが」

客間のドアが開き、特徴のない男が入ってきた。「ちょっとお話しできますか？」

「いいですとも」トリーはアガサとチャールズに言った。「こちらはパーシー・ハンド警部です。事件の責任者なんです。ちょうど素人探偵さんたちと話をしていたところなんですよ、警部」

ハンドは二人にそっけない笑みを見せた。「いっしょに来ていただけますか、ミスター・トランピントン＝ジェームズ」

「わかりました。よろしければ、またいらしてください。お送りしなくても大丈夫ですね？」

「実に不愉快なやつだ」チャールズが憤然としながら言った。「起きたのが殺人じゃなかったのが不思議だよ」

二人は車に乗りこんだ。「どうしたんだ、アギー？　やけにむすっとした顔をしているな」

「どうして彼はわたしと自分が同じ階級じゃないと考えたのかしら！　さっきの言葉

はそういう意味でしょ」アガサはみじめそうに両手に視線を落とした。

「ああ、そのことか。あいつは育ちが悪くて厚かましい俗人だからだよ。社会的立場が不安定だから、常に相手を見下そうとするんだ。元気を出して。いずれ誰かが彼を殺してくれるだろう。そうしたら、この村の生活もずっと楽しくなるよ」


気がつくとアガサはチャールズといっしょに過ごすことを楽しんでいた。午後遅く、雨の中を長い散歩をした。あたりには草と植物のにおいが漂っていたが、松林のかぐわしい香りの方が強く感じられた。小さな商店街を通り抜け、これまでアガサが行ったことのない角で曲がると、道沿いにはさらに小さな店が立ち並んでいた。金物屋、リサイクルショップ、あらゆる形と大きさのキャンドルも売っているドライフラワー店。錆びついた二台の古い車が前庭ぐらいのスペースに停められた小さな修理工場。

止むことのない雨は服を濡らし、強まってきた風で雨がカーテンのように吹きつけてきて視界がきかなくなった。夜が近づいてきて、コテージの窓では光が瞬きはじめた。

「そろそろパブが開いている頃だ」チャールズが言った。「一杯やりに行こう」

パブにはまだ客がいなかった。アガサはびしょ濡れのレインコートを脱ぐと暖炉のそばにすわった。「ジントニックをお願いね、チャールズ」

チャールズはカウンターに近づいていき、軽くたたいた。ロージー・ウィルデンが現れると強烈なローズの香水のにおいが漂った。クリーム色の肌と鮮やかな青い目をひきたてるクリーム色のウールのドレスを着ている。

チャールズはカウンターに身を乗りだして、お世辞を並べはじめた。まず村のパブのカウンターの向こうに、これほどの美女がいることに驚いた、と言った。それから彼女自身についてあれこれたずねはじめた。とうとう空いている夜はあるかと訊いているので、アガサはむっとして叫んだ。「わたしの飲み物はどうしたの、チャールズ？」

「すぐに」彼は叫び返したが、振り向きもしなかった。「ジントニックとビター半パイントを頼むよ」

それからジャケットを探った。「財布を忘れてきたみたいだ」

「大丈夫ですよ。つけておきますから」

「いや、それには及ばない。アギーが払うから。アギー？」

アガサは大股で近づいていき、お金をカウンターに置いた。「こっちに来たらどうなの、チャールズ？」彼女は文句を言った。「それとも、ひと晩じゅうカウンターにへばりついているつもり？」

チャールズはアガサの向かいにすわった。「そういうふるまいを見たら、わたしたちは結婚していると思われそうだ」

「そうね、あなたがお金を一切出さないのを見たらね」

「たしかに彼女はちょっとしたもんだな」

アガサはいらっとした。連れの男性が別の女性をほめたら、どんな女性でもそう感じるだろう。「あなたがどういう人間か忘れていたわ」アガサはため息をついた。「実を言うと、ここに来て失敗だったと思っているの。来週には家に帰るつもりよ」

「なんだって、光っている妖精や盗まれたスタッブスを放っておいてかい？　あなたらしくもない。好奇心はどこに行ったんだ？」

「まず雨で大半が流されたわ。おまけに財布を忘れたと言ったんで、あなたと過ごしていても退屈しのぎにならないと気づいたのよ」

「意地悪だな！」

「だけど本当でしょ」暖炉の炎がチャールズのきれいに整えた髪とこぎれいな顔の上で揺らめいている。ああ、どうして今向かいにすわっているのがジェームズじゃないのかしら？

パブは混んできた。アガサは三人の夫が入ってくるのを見つけた。ヘンリー、ジェリー、ピーター。ただし妻は連れていない。

ジェリーはフランプ巡査のことで文句を言っていた。「あの怠け者の巡査が雨の中、ひと晩じゅうお屋敷の外で立っているっていうんでうれしいよ。盗人を見て縄をなうようなもんだけどな。肺炎になればいいんだ。ブレーキライトがひとつ切れているからって、ノリッチの道路で停止させられたときのことは絶対に許さないぞ。そのまま運転することを許してくれなかったんで、おれはタクシーで帰る羽目になったんだ」

「ああ、その話は聞いたよ……何十回も」ピーター・ダートがロージーを横目で見ながら言った。

「シャンパンもまるっきりむだだったわね」アガサはひとりごとのようにつぶやいた。

「何も役に立つことができなかったんだわ」

「何だって？」チャールズがたずねた。「何をぶつぶつ言っているんだ？」

「カウンターにいるあの三人は奥さんを無視して、夜ごとここに来て、ロージーに見とれているの。だから奥さんを連れてきて、シャンパンパーティーをしたのよ。ご主人たちは別のパブを探しに行ったと聞いてたけど、またここに来てるわ。ロージーには本当に罪がないんだと思う？　実は男の気を引いているんじゃないの？」

「ロージーみたいな美貌の持ち主だと、男の気を引く必要はないと思うよ。だいたい、村の人たちの結婚生活に首を突っ込むなんてどういうつもりなんだ？　あなたの周辺で殺人事件が起きるのも不思議じゃないな」

アガサは一瞬、チャールズに憎しみを抱いた。「行きましょ。退屈してきたわ」

二人は電子レンジ調理のカレーを食べた。チャールズはすわってテレビを見た。彼がくだらないテレビ番組をあきれるほど好きだということをアガサはすっかり忘れていた。もうわたしは寝るわ、とアガサはつっけんどんに伝えたが、彼は『闇の怪物たち』とかいう映画を観ていて返事もしなかった。

アガサはむかっ腹を立てながら二階に行った。バスルームの鏡でしげしげと顔を見た。雨でメイクが流れ落ちている。年老いて魅力がゼロになった気がした。ゆっくりとお風呂に浸かった。それからベッドにもぐりこみ、枕を背中にあてがうと、ベッドサイドテーブルに置いたペーパーバックの山を調べた。買ってきたのはどれも軽い読み物だった。推薦文によれば、「エロチックで読み始めたら止まらない」という大ヒット作。アガサはそれをぱらぱらとめくった。グッチとくしゃくしゃのベッドシーツばかり。次に女性向け小説のジャンルに分類される本を手にとった。ようするにややこしい文語体で書かれた恋愛小説だ。すぐに放りだした。その次は通俗小説で、舞台はある村で金持ちの中年女性が夫に裏切られていることを知る。自分の生まれを気にしているアガサには、銀行にお金のある人間が貧しい人間と同じように苦しむとはとうてい信じられなかった。その本を置き、アメリカのいちばん南にある州を舞台にした警察のハードボイルド小説を読むことにした。数ページで本が手から滑り落ちた。しばらくのち、チャールズがおやすみを言いに部屋に入ってきた。彼はベッドサイドのスタンドを消し、アガサの額にキスした。アガサは身じろぎしてなにやらつぶやいたが、目を覚まさなかった。

彼女はジェームズの夢を見ていた。二人で地中海クルーズをしていた。日差しが頬に感じられる。二人で手すりにもたれていると、ジェームズが振り向いて、彼女に微笑みかけた。「アガサ」彼は呼びかけた。

「アガサ！　アガサ！」夢の中で、どうして急にジェームズは叫びだしたのだろうと不思議に思った。そのときはっと目覚め、今は朝で、誰かが玄関をバンバンたたきながら彼女の名前を呼んでいるのだと気づいた。

ガウンをひっかけると急いで階段を下りていくと、足首に体をすりつけてきた猫たちにあわやつまずきそうになった。

あわててドアを開けると、エイミー・ワースが立っていた。その目は興奮で大きく見開かれている。

「何があったの？」アガサは眠たげにたずねた。

「トリーなの。信じられないわよ」

「何が信じられないの？」

「死んだの……殺されたのよ……しかもフランプが家を警備していたときにね！」

4

チャールズがガウン姿で階段を下りてきて叫んだ。

「何の騒ぎなんだい、ダーリン!?」

「入ってちょうだい、エイミー」アガサは恥ずかしさに頬を赤らめながら、チャールズに言った。「トリーが殺されたの」

「どうやって？　いつ？」

「ゆうべよ」エイミーが言った。「どうやって殺されたのかはまだわからないわ。家政婦のベティ・ジャクソンが今朝お屋敷に行って、自分で中に入って見つけたの」

「じゃあ、彼女は鍵を持っているのか？」チャールズがたずねた。

「ええ、それに彼女は警報装置も扱えるわ。そうそう、まだセットしたままだったのよ！　彼女は誰か家にいるかどうかを確認しに二階に行き、トリーが踊り場で死んでいるのを発見したらしいわ」

「たぶん彼は絵を盗んだ犯人がわかったのよ」アガサが意見を言った。

「保険金の額は規則として、たいていオークションの見積額の二倍か三倍なんだ」チャールズが言った。「金を気にしないほどの桁《けた》はずれの金持ちでなければ、トリーだって保険金を手に入れられたほうがうれしかったと思うよ。いくら保険をかけていたんだろう?」

「トリーは百万ポンドの保険をかけているって、みんなに言いふらしていたわ」

三人はキッチンのテーブルを囲んですわった。

「スタッブスか」とチャールズが考えこみながら言った。「トリーみたいな男がスタッブスを所有してどうするつもりだったんだろう?」

「それなら説明できるわ」エイミーが言った。高揚感と、これほどおもしろい噂話の情報源になっているせいで、顔がピンク色に染まっている。「あの夫婦がここに引っ越してきてすぐ、タリーマンディ卿がノーフォークの友人たちを訪ねてきて、一日だけ狩りをしたの。もちろん、哀れなトリーはタリーマンディ卿にすっかり心酔したわ、彼が貴族だということにね。そうしたらタリーマンディ卿がトリーみたいな紳士は絵の収集をするべきだし、よかったらスタッブスをオークションでの最低価格で売ってあげよう、と提案したのよ。たしか三十三万ポンドだったかしら。実際は最低価格じやなかったけれど、トリーは絵を買い、高い保険をかけたの。でも、ここからがひと悶着《もんちゃく》あったのよ。当時トリーとルーシーはケンジントンのローンセストン・プレスに家を所有していて、ルーシーはその家がとても気に入っていた。結婚したばかりの頃、そこでおしゃれなパーティーをたびたび開いていたみたいね。トリーはふたつも住まいを維持できないし、田舎が好きだからと言って、その家を百万ポンドで売ってしまったのよ。ルーシーはかんかんになったわ」

「シャワーヘッドでそんなに儲けられるものなのかな？」チャールズがたずねた。

「そうみたいよ」エイミーが意気込んで言った。「世界じゅうで販売していると言っているし、アメリカの会社に事業を売却したの」

「となると」アガサが考え考え言った。「ルーシーが絵を盗んでから夫を殺すということはまずないわね。だって、彼を殺せばすべてが手に入るわけでしょ。スタッブスをはじめ何もかもが」

「でも殺人が起きたときルーシーはロンドンにいたのよ」エイミーが叫んだ。「だから彼女は事件に関わっていないはずだわ」

「庭のはずれにいるハンサムな男は誰なんだ、アガサ？」チャールズがたずねた。

「妖精じゃないよね？」

「ああ、あれはバリー・ジョーンズよ。庭仕事をしてくれているの」

「お屋敷の庭仕事も彼がやっているのかな」チャールズが言った。

「訊いてみるわ」アガサは裏口を開けて呼びかけた。「バリー？」

庭師は裏口に近づいてくると、キッチンに入ってきて帽子をとり、ふさふさした栗色の髪をあらわにした。彼はロージー・ウィルデンと同じ青い目をしていた。カットオフスリーブのシャツからのぞく銅色に日焼けした筋肉質の腕が、見事な彫刻のようだ。

「トリーの殺人事件について話していたの」アガサは言った。「あなたはお屋敷の庭仕事もしているの？」

「しばらくやってましたよ。花とか野菜は植えてないんですが、芝生をきれいに刈ってほしいと頼まれたんです。ところが三週間前にいきなりクビにされました。ご主人に『おれの仕事ぶりのどこが気に入らなかったんですか』って訊きました。そうしたら『本物の庭師を求めているんだ。造園したいと思っているからね』って言われました」

「彼がどんなふうに殺されたか知ってるかい？」チャールズがたずねた。

「いいえ。でもミセス・ジャクソンが、ミセス・レーズンとボーイフレンドがご主人と最後に会った人間だって言ってます。だから、じきに警察がここに訪ねてくるんじゃないかと思いますよ」

「ありがとう、バリー。もう仕事に戻っていいわ。わたしは服を着た方がよさそうね。あなたもよ、チャールズ。じゃまたね、ありがとう、エイミー」

アガサがちょうど服を着終えたときにドアベルがまた鳴った。一階に駆け下りていきドアを開けると、パーシー・ハンド警部が立っていた。もう一人刑事を連れている。

「ミセス・レーズンですか？」

「ええ、お入りください。殺人事件のことですか？」

彼女は二人の男たちをリビングに通した。太陽がまた顔を出して窓から日が射しこみ、チャールズが夜のあいだテレビを見ていた形跡を照らしだした。コーヒーカップ、ビスケットの包み、テレビガイド。

「おすわりください」アガサは言った。「コーヒーはいかがですか？」

「ありがとう」

アガサはキッチンに行く途中で階段の上に呼びかけた。

「急いで、チャールズ。警察が来てるわ」

パーコレーターのスイッチを入れたとき、リビングのデスクの上に『お屋敷の死』の原稿が置いたままだったことをはっと思い出した。デスクは暗い隅にある。まさか部屋をうろつき回って、あれこれ見たりしないだろう。

コーヒーが抽出されるまで永遠に思えるほどの時間がかかった。チャールズはどこにいるの？　彼がコーヒーを淹れてくれれば、あの原稿を片づけられたのに。ようやくふたつのマグカップにコーヒーを注ぎ、ミルクと砂糖とビスケットの皿といっしょにトレイにのせた。

トレイを持ってリビングに入っていった。とたんに、あわやトレイを落としそうになった。ハンドがデスクのわきに立ち、原稿をめくっていたのだ。

「わたしの私物を勝手にひっかき回す前に、捜索令状が必要なんじゃないの？」アガサは語気を荒らげた。

「令状ならとれますよ」ハンドは言って、穏やかにアガサを見た。「あなたの本が『お屋敷の死』というタイトルなのはおもしろいですね。しかも、実際にお屋敷で殺人が起きた」

「偶然の一致です」アガサはぴしゃりと言うと、トレイをコーヒーテーブルに置いた。

「偶然の一致が多いな」彼はつぶやいた。「こちらはケアリー部長刑事です。これを見たまえ」そして、ケアリーに原稿を渡したのでアガサはむっとした。

ちょうどチャールズが下りてきたので、アガサは彼に怒りをぶちまけた。

「チャールズ、この人たち、捜索令状を持っていないくせに、わたしの書いた小説の原稿を読んでいるのよ」

「小説を書いているとは知らなかった」チャールズは言った。「とはいえ、あなたたちはちょっと図々しいんじゃないかな」

「ミセス・レーズンの小説は『お屋敷の死』というんですよ」ハンドが言った。

チャールズは笑った。「ああ、アギー、初めて小説を書こうとしているのかい?」

アガサはうなずいた。

チャールズはハンドの方を向いた。「トリーはどうやって殺されたんですか?」

「剃刀《かみそり》で喉をかき切られていました」

「つまり、旧式の折りたたみ式の剃刀ですね?」

「そのとおり。それにミセス・レーズンの原稿だと、お屋敷の所有者ペレグリン・ピックルは何者かに喉をかき切られて死んでいます」

「ペレグリン・ピックルという名前はまずい」チャールズが話をそらした。

「どうして?」

「トバイアス・スモレットの本のタイトルだからだ。古典だよ、アギー」

「名前は変えられるわ」アガサは真っ赤になった。教養がないことを指摘されるのは屈辱だった。「文学的問題について語り合ってる場合じゃないでしょ？　二人にはわたしの許可なしに、わたしの書いた物を見る権利なんてないわ」

「ああ、彼女の言うとおりだ」チャールズが言った。

ドアベルが鳴った。「われわれに用だ」ハンドが言った。彼は玄関に行き、紙切れを手に戻ってきた。「ほら、これが捜索令状ですよ、ミセス・レーズン。部下たちを中に入れる前に、二、三おたずねしたいことがあるんですが」

アガサは敗北感を嚙みしめながら、チャールズと並んでソファにすわった。刑事たちが原稿を見たことで腹を立てたのは、権利を侵害されたからではない。自分の作品を恥じていたからだ。

彼女とチャールズは事情聴取に答えた。名前、どこから来たのか、フライファムで何をしているのか？

「きのう、あなたたちがお屋敷にいるときに会いましたね。トランピントン＝ジェームズによれば、素人探偵のようなことをしているそうですが」

チャールズが止める前に、神経が高ぶっていたアガサはこれまでに解決したすべての事件についてべらべらしゃべりだしてしまった。チャールズは刑事たちが皮肉っぽい視線を交わしあうのを見て、アガサはいささか精神的に不安定な変人だとみなされたにちがいないと思った。

「今のところ、われわれは伝統的なやり方で警察の仕事をすることにしますよ」ハンドの冷たい視線に気づき、ようやくアガサが黙りこむと、ハンドは皮肉っぽく言った。「でも、行き詰まったら、あなたのお力を借りるかもしれませんがね。話を先に進めていいですか？　けっこう。なぜお二人はミスター・トランピントン＝ジェームズを訪ねたんですか？　どちらかがここに来る前に彼を知っていたんですか？　まずあなたから、ミセス・レーズン」

アガサは最初にお茶に招かれたことを話した。それから、夫が不倫しているというルーシーの疑いについてハンドに言うべきかどうか迷った。それから、むっとしながら考えた。言う必要なんてないわ。そんなに切れ者なら、自分で見つけてみればいいのよ。

「ちょっとためらいましたね？」ハンドが追求した。「何か隠していることがあるんですか？」

「いいえ。どうして隠さなくちゃならないんです？」

ハンドはチャールズの方を向いた。「これまでミスター・トランピントン＝ジェームズのことを知らなかった、とおっしゃいましたが、それでもミセス・レーズンと訪問した。なぜですか？　きのう、ここに着いたばかりだということだが」

「アギーからスタッブスの盗難のことを聞いたからです」

「アギーというのはミセス・レーズンですね」

「本当はアガサなんです」アガサが憤慨しながら言った。

「それでサー・チャールズ、訪問したのはなぜですか？」

チャールズはアガサがさんざん自慢話をしたあとで、自分たちでスタッブスを盗んだ犯人を見つけられるかもしれないと思ったからと言うのは気恥ずかしかった。しかし、肩をすくめると答えた。「盗んだ犯人が誰なのか、わかるかもしれないと思ったんですよ」

「どうやって？」ハンドが鋭くたずねた。この人は指の爪を切った方がよさそうね、とアガサは思った。かぎ爪みたいだし、白っぽくなって筋が入っている。

「どうやってとは？」

「警察が見つけられないことをどうやって見つけられると思ったんですか、サー・チャールズ？　あなたは鑑識の道具も持ってないし、このあたりの土地についての知識もない」

「アガサが自分の解決した謎について話していたとき、あなたが信じていなかったのには気づいていましたよ」チャールズは怒りをこらえながら言った。「だが、ミルセスター警察に問い合わせてみればいい。人々は警官には言わないことも、われわれには話してくれるものです。その理由を教えましょう。たとえばあなたを例にとろう。あなたはアギーを小馬鹿にしたことで、彼女を怒らせた。だから、たまたま彼女が有益な噂話を聞きこんでも、それをあなたに伝えようとはしないでしょうね」

「あなたたちのどちらかが役に立つ証拠を隠していることがわかったら、罪に問われますよ」

「今の言葉を聞いたかい」チャールズが平然として言った。「これでわたしを怒らせましたね」

「これから捜索を開始します」ハンドはそっけなく言った。「それからこの原稿はしばらく預かります。預かり証を渡しますよ」

二時間後、警察が引き揚げていくと、チャールズが言った。

「飢え死にしそうだ。朝食もまだとってなかったんだ。卵はあるかい？」

「ええ」

「オムレツを作るよ。それから、あの地元の警官に会いに行こう。なんて名前だっけ？」

「フランプ」

「そう、あいつだ」

「だけど、どうして彼なの、チャールズ？」

「ただの巡査だし、絶対ハンドに嫌な目にあわされているはずだ。そこへわれわれが行けば、たっぷり慰めてあげられる」

「もうお屋敷にはいないんじゃない？」

「そうとも。今頃いらいらしながら通常の管轄地区に戻ってるよ」

アガサはキッチンでコーヒーのマグカップを前にすわり、チャールズがボウルで卵をかき回しているのを眺めていた。わたしのことを本当はどう思っているのか話そうとしない男性ばかりと、どうしてつきあってしまうのかしら？　過去にチャールズとベッドをともにしたことがあるが、愛情のこもった言葉は一度も口にしたことがなかった。彼は自分の本心や人間性を伝えることもなく、気ままに彼女の人生に入ってきたり出ていったりするだけなのだ。

食事を終えると、フランプ巡査に会いに出かけた。アガサはこんなことをしてもむだよ、ととげとげしく言った。チャールズがどうしても歩いて行こうと言い張ったので、ハイヒールをはいていた彼女は機嫌をそこねたのだ。どうせフランプはお屋敷の周囲のやぶを手がかりを求めて這いずり回っているに決まってると、アガサは思った。

強い風が吹き、松の木立のてっぺんが揺れて海鳴りのような音を立てたが、地上はときおりさやさやと風が吹くぐらいで不思議なことに穏やかだった。木の根から砂色の土が吹きあげられ、二人の足元で蛇のようにのたくった。アガサの靴はハイヒールであるばかりか、爪先部分が細いストラップになっていたので、ざらざらした砂がストッキングの中と足底にまで入りこんできた。

ほら彼の車がある！　チャールズが得意そうに言い、二人は警察署に近づいていった。

建物のわきに沿って歩いていき、裏庭に通じる低い木製の門を通った。フランプが芝生から熊手でかき集めた枯れ葉をドラム缶で燃やしているのが見えた。

「非番なんだ」二人を見ると彼は言った。

臆さずにチャールズは彼に近づいていった。「こちらのミセス・レーズンとはもう会ってるね。わたしはチャールズ・フレイスだ」

「あんたのことは聞いたよ。きのうお屋敷にいただろう」フランプは言った。突風で煙が目に入り、薄汚れた手の甲で目をこすっている。

「きみみたいな優秀な警官が殺人や盗難といった事件の捜査をしていないとは驚いたよ」チャールズはしゃべり続けた。

「通常業務に戻れって言われたんだ」フランプは不満顔だった。「彼が殺されたのはおれの過失みたいに思われているんだよ。お屋敷の外でひと晩じゅうちゃんと見張っていたし、物音もまったく聞こえなかった。誰もお屋敷を出入りしなかったんだ」

「じゃあ、誰がやったんだと思う?」

「お茶を飲もう」フランプはいぶっている枯れ葉を錆びた金属棒で乱暴につついた。小さな炎の舌が木の葉をなめ、さらに、においの強い煙がもくもくと立ち上った。

二人は彼のあとから散らかったキッチンに入っていった。古い鉄製コンロではすでにやかんが湯気を立てていた。小さなティーポットにティーバッグを五つ放りこみ、黒々としたお茶をそれぞれのマグカップに注いだ。

フランプは疲れたようにテーブルの前にすわった。「誰がやったかとたずねたな?もちろん女房だよ」

「だけど、彼女はロンドンにいたんでしょ」アガサが言った。

「本人はそう言ってるがね、アリバイはまだ確認されていないし、たとえアリバイがあったとしても、友人たちが彼女のために嘘をついている可能性もあるよ」

「どうして彼女だと？」チャールズが質問した。

「彼女はここを嫌っていたんだ。ロンドンに行きたがっていた。だからまず絵を盗み、夫を殺した。保険金も含めて何もかも相続できるって知っていたからね。絵は売れないだろうね、みんなが探しているだろうから。それでも、たっぷり保険がかけてあるから、損失以上の金が入る」

「わたしはハンドが嫌いよ」アガサは言った。「不愉快な人間よね」

「彼を好きな人なんていないよ」フランプは暗い声で言った。あくびをかみ殺す。

「少し寝た方がいいかもしれない」

「ルーシー・トランピントン＝ジェームズは今どこにいるの？」アガサはたずねた。

「もうそろそろロンドンから警察の車で到着するんじゃないかな」

「ミセス・ジャクソンは警報装置の解除の仕方を知っているのよね？」

「ああ、だけど、彼女じゃないよ。ここで生まれ育った人間だからな」

「ミスター・ジャクソンは存在するのかい？」チャールズがたずねた。

「うん、スクラブズでお勤めしているけどね」

「ワームウッド・スクラブズ？　刑務所か？」

「そうだ」

「何をしたの？」アガサがたずねた。

「強盗だよ。倉庫の警備員を殴って死なせかけたんだ。十五年くらった。警備員を殴ったことにはさほどおとがめがなかった。ここはイギリスだからな。重い刑期になったのは一万八千ポンドを盗んだせいだよ」

「それはいつの話？」アガサはたずねた。

「二年前だ」

「じゃあ、彼は除外できるわね。お金は見つかったの？」

「ああ、当時女房と暮らしていなかったんで、ロンドンのクラパムのアパートで金は発見された」

「それが初犯？」

「最初の重罪だ。その前にはちゃちなことをいろいろやっている。車を盗んだりとかね」

「ミセス・ジャクソンはどこに住んでいるの？」

「どうして？」フランプが鋭く問い返した。

「掃除をしてくれる人を探しているの」アガサは粘り強く説明した。「それにお屋敷には警官がうようよしていて何もできないでしょうから、彼女は暇なはずよ。ところで、あのお屋敷には名前があるの？」

「みんなずっとお屋敷って呼んでるようだ」

チャールズが黒くて苦いお茶をもう一口飲み、身震いをした。「そろそろ失礼した方がよさそうだ、アギー」

「そういうふうに呼ばれているのかい？」フランプが急に陽気になってたずねた。

「あんたはアギーって柄には見えないけどね」

「本当はアガサなの」彼女はチャールズに険しい視線を向けると、フランプに言った。

「それでミセス・ジャクソンはどこに住んでいるの？」

「ショートの修理工場は知ってるな？」

「きのう見かけたわ」

「彼女のコテージはその裏手だよ」

「車をとりに行きましょうよ」また道に出るとアガサが訴えた。

「家に戻って、歩くのに向いたフラットシューズをはいてきたらどうだい？　彼女のところに行く途中で誰かと会って立ち話ができるかもしれないよ。車であっという間に走りすぎたら、噂を聞けないじゃないか」

「ああ、わかったわよ」そう言ったものの、フラットシューズをはくとずんぐりして見えるので気が進まなかった。

また出発したものの、アガサは村人たちと会うことなんてあるのかしら、と思った。だいたい、広場には人気《ひとけ》がまったくなかった。

広場を突っ切り、不動産屋の前を通り過ぎた。エイミーがコンピューターにかがみこんでいるのが見える。そのときキャリー・スマイリーとポリー・ダートが近づいてきて挨拶した。「トリーの件は恐ろしいわよね」

「恐ろしいわね」キャリーがおうむ返しに言った。「警察が来たんでしょ？」

「ええ、来たわ。わたしのところに来ると思ってたの？」

「ええ、そうよ」キャリーは言った。「彼が生きているのを最後に見たのはたぶんあなたたちだって、村じゅうに話が広まっているわ」

「だったら、喉をかき切られたのが真夜中でよかったわ」アガサは言った。「実際に真夜中だったのよね？」

「誰も知らないみたい」ポリーが大声で言った。「だけど、警官はゆうべ遅くまで帰らなくて、フランプだけが見張りに残されたの。マスコミがやって来たわよ。わくわくするわね！」

「どこにいるの？」

「パブよ。ロージーは殺人事件のことを聞くやいなや、特別に早く店を開けたの。マスコミはいつも浴びるようにお酒を飲むからって言ってたわ。どこに行くの？」

「ミセス・ジャクソンに会いに行くの。掃除をしてくれる人が必要だから。数日はお屋敷で仕事を始められないでしょうしね」

「二度とあそこでは仕事をしないんじゃないかしらね」キャリーが言った。「ルーシーは彼女を嫌っていたから。ミセス・ジャクソンがいつもあれこれ嗅ぎ回って、ルーシー宛の手紙だって読んでいるってハリエットに話したことがあったそうよ。本気でミセス・ジャクソンを雇いたいの？」

「そうねえ、他にいるかしら？」アガサはたずねたが、形式的に言っただけで、他の人間は求めていなかった。ミセス・ジャクソンはまちがいなく噂話の宝庫だろう。

「他に手が空いている人はいないわね。ミセス・クライトは牧師さんのところで働いていて、もうこれで精一杯だといつも言ってるし。夏にやって来る人たちはたいてい自分でやってるわ」ポリーが言った。「今、わたしはすべての家事を自分でやっているの。自分でするべきことをお金を支払って誰かにやらせる女性には共感できないわ」

「あなたはすごいわ」アガサはにこやかに言った。「でも、自分の意見を他人に押しつけないようにするのはとても大切なことよ、そう思わない？　そろそろ行かないと。チャールズ、行き……チャールズ？」

あたりを見回す。チャールズは少し移動してキャリーになにやら話しかけているところで、彼女は頬を染めクスクス笑っていた。

「何をやっていたの？」アガサは歩きだすとチャールズにつっけんどんにたずねた。

「ただのおしゃべりだよ。妬《や》いているのかい、アギー？」

「もちろんちがうわ。馬鹿なこと言わないで」

キャリーはタイトジーンズにハイヒールブーツをはいていた。形のいい脚だ。でも、わたしだってそうよ、とアガサは思った。こんな不格好なフラットシューズをはいていないときは。別の小道に折れると修理工場があった。オーバーオール姿の男が車のエンジンをのぞいている。

「ミセス・ジャクソンはこの近くに住んでるのかな？」チャールズがたずねた。

男は腰を伸ばした。「あそこにある小道を入っていきな。木立の陰に煙突が見えるから」

彼に教えられた道をたどっていくと、ノーフォークの葦《あし》で屋根を葺《ふ》いたみすぼらしいコテージに着いた。屋根は葺き替えが必要で、葦は汚れささくれだっている。前庭は雑草だらけで、さまざまな子どものおもちゃが放りだされ散らばっていた。

アガサはベルを鳴らした。

「鳴るのが聞こえなかった」チャールズが言った。「たぶん壊れているんだよ」彼はドアをノックした。ドアを開けたのは庭師のバリー・ジョーンズだった。

「ここで何をしているの？」驚いてアガサはたずねた。

「食事をしに母さんのところに帰ってきたんです」

「母さん？　でもあなたの苗字はジョーンズでしょ」

「母さんの最初の夫がジョーンズだったんです」

「彼女と話せるかな？」チャールズがたずねた。

「いいですよ。でもちょっと疲れているんだ。警官が午前中ずっとここに来てたから」

二人は石敷きのキッチンに入っていった。そこはフランプのところよりもさらに散らかっていた。皿が流しの中に山積みになり、古い薪式コンロには脂が分厚くこびりつき、汚れた鍋が積まれている。

ベティ・ジャクソンはキッチンのテーブルの前にすわり、パン切れで卵をすくいとっていた。このあたりでは一日じゅう朝食みたいな食事をとっているようね、とアガサはフランプのことを思い返した。

「何ですか？」彼女は疲れた様子でたずねた。

「掃除をしてくれる人を探しているの。すてきなコテージね。わたしはこういう古いコテージが大好きなのよ」アガサは明るく言った。

「あなたみたいな人にはいいでしょうよ」ミセス・ジャクソンは辛辣に答えた。「あたしはむしろパーレット・エンドに建てられた新しい公営住宅に入りたいけど。でも、役所は入れてくれないの。絶対に！」

チャールズが隣の椅子に滑りこんだ。「警察にさんざん嫌な目にあわされたんだね？」

「そうなんです。あの連中ときたら、くだらない質問をどっさりしていった。あたしは言ったんだ、五時にお屋敷を出て、それっきりですって」

「あんなことをしたのは誰だろうね？」チャールズはミセス・ジャクソンの赤く腫れ

た手をとり、ぎゅっと握りしめた。

「さあ」家政婦は言ったが、ぐんと穏やかな口調になっていた。誰もすわれと言ってくれないと見てとり、アガサは椅子をひっぱりだして勝手にすわった。

「トリーとルーシーとの関係は少しぎすぎすしていたんじゃないかな？」チャールズの声はやさしく、おだてるかのようだった。

「あら、まさか」彼女は首を振った。「相思相愛の夫婦でしたよ」

「でもね、ルーシーは、ここにいるミセス・レーズンに、夫が不倫していると思うって言ったんだよ」

ミセス・ジャクソンの大きな顔にショックの色が浮かび、怒ったように歯をカチカチ鳴らした。「そんなのたわごとです。本当のことを話してあげます。奥さまはときどき嫉妬の発作を起こして、ものすごく旦那さまのことを怒るけど、いつも仲直りしていた。実を言うとロンドンに行く前に、そのことで旦那さまと笑い合っていたんです。奥さまはこう言ってました。『自分が探偵だと思いこんでいるあのオバサンに、あなたがロージーと浮気していると話したのよ』そして、二人でさんざん笑ってましたよ」

アガサは怒りで頬を染めた。そのときチャールズが言うのが聞こえた。

「掃除のことは?」

「時給七ポンド」

無愛想な女にロンドンの相場料金を払うつもりはない、とアガサが怒鳴ろうとしたとき、チャールズがいきなり立ち上がり抱きしめてきたので驚いて言葉をのみこんだ。

「黙って」彼は耳元でささやいた。それからミセス・ジャクソンに向き直った。「明日から始めてもらえるかな? ええと、十時に。悩みを忘れるのに仕事ほどいいものはないよ」

「そのとおりですね」

チャールズは微笑み、プンプン怒っているアガサを急いでコテージから連れだした。声が聞こえない場所まで来ると、我慢していたアガサはチャールズを問いつめた。

「どうしてあんなことを言ったの? あんな嫌な女にわたしのコテージをうろうろしてほしくないわ」

「落ち着いて。彼女に感じよく接したら、真相を引き出せるかもしれないよ。ここに来たのも、噂話を仕入れる目的で彼女を雇うためなんだろう」チャールズはアガサの肩をつかみ、軽く揺すぶった。「それより考えてみるんだ! ルーシーからものすごく嫉妬深い妻という印象を受けたかい?」

「うーん、受けなかったわね。まるっきり。ルーシーはお金のために結婚して夫を軽蔑している狡猾な女に見えたわ」

「それなら興味深くないかい？　それに、どうして毒舌のミセス・ジャクソンが嘘をついたんだろう？　彼女は信頼できる忠実な使用人って柄じゃないけど」

それについて考えているうちにアガサの怒りはおさまっていった。

「たしかに」彼女は考えこみながら言った。「じゃあ、どうしてあんなことを言ったのかしら？　もちろん、底意地が悪いから、たんにわたしに恥をかかせたかったのかもしれないけど」

「その可能性もあるな。戻って車をとってきたら、一杯やりにパブに行こう」

広場に近づいたとき、パブのドアが開き、数人の記者たちが仲間の一人をひきずりながら店から出てきた。全員が酔っ払って顔が赤くなっている。彼らはひ弱そうな仲間をカモの池に落とそうとしているようだった。ロージーがパブの戸口に現れて、彼らを制止した。全員がパブにどやどやと戻っていき、あとにはひ弱な男が一人残された。彼は群れから追いだされた弱い動物のように、ときどき肩越しに振り返りながら小走りにパブから離れていった。

「あの連中はみんなお屋敷にいるのかと思った」チャールズが言った。

「ううん、もうすでに行ってきたんでしょ」マスコミのやり方をよく知っているアガサが言った。「ハンドは四時頃の記者会見まで何も話すことはないって言ったにちがいないわ」

「だけど、村のドアを一軒一軒たたいてトリーについてあれこれ聞きだそうとするのかと思ったよ」

「いずれそうするわよ。記者たちはパブがある限り、群れになって行動する。みんなでいっしょにいれば安全だと感じるのね。そうすれば好きなだけ飲めるし、他社にスクープされる心配もないから」

「じゃあ、追いだされたやつはどうしたんだろう？」

「あきらかにみんなに馬鹿にされているみたいだったわね。マスコミ連中がいつもこんなふうってわけじゃないけど、弱い者いじめの好きな人が群れのリーダーにおさまったんでしょ。それに全員で団結して情報はすべて共有しようと誓い合うくせに、みんな、機会さえあれば相手を出し抜こうとひそかに考えているのよ」

「失礼ですけど」

背後から声をかけられて二人は飛び上がった。振り向くと、あのひ弱な記者が戻ってきていた。「ぼくは〈ラディカル・ボイス〉のゲリー・フィロットです」彼は言った。彼の働いている新聞は公平な視点を売りにしていた。ようするに、ボスニアでセルビア人が人々を皆殺しにしているという明白な真実を指摘しないですむように、「敵対勢力」について報道するのだ。明確な意見を述べずに尊大な態度をとる新聞で、賃金は最低だった。おどおどした目つきをした髪の毛の薄くなりかけたまだ若いゲリーは、緑色のジャケットにチェックのシャツを着てすりきれたコーデュロイのズボンをはき、赤いネクタイをしめていた。「殺人事件について聞いていますか？」

「ええ」アガサはチャールズが何か言う前に答えた。「わたしたちは生きているトリー・トランピントン＝ジェームズと最後に会ったのよ」

「本当ですか！」彼は目を輝かせた。ノートをとりだす。「お名前をうかがえますか？」

「ミセス・アガサ・レーズン」

「年齢は？」

「四十五歳」アガサはチャールズの馬鹿にしたような笑い声を無視して嘘をついた。

「それで、そちらは？」

「こちらはサー・チャールズ・フレイスよ」チャールズが称号を使わないことを知っ

ていたので、アガサはすばやく言った。みんなを感心させたかったのだ。

「年齢は？」

「三十二歳」チャールズは嫌みたっぷりに言った。実際は四十代だった。

「ここに住んでどのぐらいですか？」

「数日滞在しているだけよ。サー・チャールズはうちに泊まっているの」

「どうしてフライファムに？」

「ただの気まぐれよ。一度もノーフォークに来たことがなかったし。ここには短期間しか滞在しないつもりだったの。ところが犯罪が起きて――」

だが記者は彼女をいらだたしげにさえぎった。「では、お会いになったとき、ミスター・トランピントン＝ジェームズをどう思ったか教えてください」

「スタッブスの絵が盗まれたことで少し動揺していたわ。警察が家じゅうにいた。彼と奥さんと、その二日前にお茶を飲んだばかりだったの」

「それで夫妻はどう見えましたか？　幸せそうな夫婦でしたか？」

アガサはルーシーが抱いていた疑惑についてマスコミに話すつもりはなかったので、こう答えた。「わたしにははっきりわからなかったわ。修理工場の裏手に住んでいる家政婦のミセス・ジャクソンなら、もっといろいろ話せるんじゃないかしら」

ゲリーはパブの方をちらっと見た。同僚の不誠実なカメラマンは店内にいる。他の連中に気づかれないように、カメラマンを呼びだせるだろうか。しかし、とりあえずは、お屋敷の内部はどんなふうだったか、トリーは非常に金持ちなのか、などと忍耐強くアガサに質問を続けた。それから言った。「これからそのミセス・ジャクソンに会いに行きます。フライファムにいないとき、お二人はどこに住んでいらっしゃるんですか？」

そこで二人は住所を伝えた。ゲリーが去ろうとすると、アガサは言った。

「そうだわ、妖精の話は聞いたことがある？」

ノートを閉じかけていたゲリーはまた開き、彼女をじっと見つめた。

「妖精ですって？」

何も言わないで、と釘を刺したポリーの声が聞こえるようだったが、フライファムの女性への忠誠心よりも脚光を浴びたいという欲求の方がまさった。アガサはゲリーに謎の光と些細な盗みについて語り、それが最終的にスタッブスの盗難につながったのだとしめくくった。アガサが話し終えたとき、ゲリーの顔は興奮で赤らんでいた。

「どこに住んでいるんですか？　フライファムでということですが」

「〈ラベンダー・コテージ〉よ。パックス・レーンを入っていったところにあるわ」

「できたらカメラマンを連れてお宅にうかがいたいんですが」

「これから出かけるんだ」チャールズが言った。

「でも、手早く撮影できるでしょ」アガサが割り込んだ。新聞に写真が載れば、どこにいるか知らないけど、ジェームズの目に留まるかもしれない。

「あなた、三十二歳なのね」チャールズと歩きはじめると、アガサはからかった。

「まあね、あなたが四十五歳なら、当然わたしは三十二歳ってことになるよ」

アガサはコテージに歩いていくにつれ、ぐんぐん年老いていくのを感じた。もはやエネルギーが涸れてしまったかのように。記者に妖精のことをしゃべったせいで気が滅入り、うしろめたかった。

ゲリーはパブにこっそり戻った。記者やカメラマンたちは自分たちの冒険についてほら話を披露しあっている。その騒々しい人の輪の中心にカメラマンのジム・ヘンショーがいた。ジムをどうやって連れだそうかと考えていたときに、ドアが開き、テレビクルーが入ってきた。新聞記者たちはみんなテレビを馬鹿にしていながら、ひそかにテレビに出たいと思っていたので、テレビクルーたちをわっと取り囲んだ。ゲリーはジムの腕をとり、ささやいた。「すごいネタをつかんだんだ。外で落ち合おう」

ゲリーはまた外に出ていき、神経質に親指を噛みながらパブのドアを見張った。ジムは出てくるつもりがないのかもしれないと思いはじめたとき、ようやくカメラマンがカメラケースをひきずりながら現れた。

「いい知らせだろうな」不機嫌そうにジムは言った。ゲリーは手短に妖精の話について説明した。

「すげえ」ジムは言った。「その連中に会いに行こう」

アガサは記者たちがそんなに早く来ると思っていなかったので、分厚いメイクをほどこす時間がなかった。マスコミに写真を撮られるときに十歳老けて見られたくなければ、厚いメイクは必須だ。しかも、まだフラットシューズをはいていた。それでも二人を庭に案内し、謎の光を見た場所を指さした。

「指をささないで」カメラマンが語気鋭く注意した。「指をさしているとまぬけな素人に見えるんです。ただそこに立っていてください、アガサ。その木のそばにチャールズと並んで。いえ、笑わないで」

二人が引き揚げると、アガサはうめいた。「どうして記者たちに妖精のことをしゃべっちゃったのかしら？」

「栄光を求めたのかな？」チャールズが推測した。「さあ、この村を出て、食事ができる場所を見つけよう」

ようやくノリッチへ行く途中の道路際のパブで遅いランチにありつくと、チャールズは言った。「不思議に思っていることがあるんだ。あなたはロージーが無実で、トリーが彼女と浮気していたというのはルーシーのでっちあげだと信じたがっている。でも、不倫が真実だったらどうだい？　トリーがロージーと駆け落ちしようとしていたら？　ルーシーはロンドンからどうにかして戻ってきて、トリーの首をかき切り、また急いで戻ったのかもしれない」

「彼女はずっとロンドンにいたことが証明される気がするわ」アガサは言った。「これが小説なら、彼女はオートバイの達人か、プライベートヘリコプターを所有する友人がいるんでしょうけど。ともあれ、ルーシーがトリーに求めていたのは彼のお金だけよ。それはまちがいない。彼がロージーと逃げたら、ルーシーは彼と離婚して、離婚手当で幸せに暮らせばいいだけでしょ」

「だけど、他の人間が彼を殺したがる理由は何だい？」

「狩りで動物を相手にするのに飽きたのかもね」

「冗談だろ。でも、狩りというのはいい手がかりだ。管理者《マスター》の名前を調べて、彼に会いに行こう」

「どうやって調べるの？」

「誰でも教えてくれるよ。フランプが教えてくれるだろう。携帯電話を持っている？」

「ええ」アガサはバッグからとりだした。チャールズは番号案内に電話して、フライファム警察署の番号を聞きだした。それからフランプに電話してマスターの名前をたずねた。

フランプはどうして知りたいのかと訊いたようで、アガサが聞き耳を立てていると、チャールズは予想よりも長く滞在するかもしれないので、少し狩りをしてみたいと答えていた。それから彼が字を書く仕草をしたので、アガサはペンと小さなノートをバッグから出した。チャールズはすばやくメモすると、フランプに礼を言って電話を切った。

「わかったよ。トミー・フィンドレイ大尉、ブレークハムのブナの木屋敷。ブレークハムというのは通り抜けてきた村で、フライファムからもあまり遠くない。コーヒーを飲んだら、彼に会いに行こう」

チャールズの運転でパブから出発したとき、アガサはバッグに入れた携帯電話のことが気になっていた。ふとミセス・ブロクスビーに電話したくなったが、チャールズに聞かれるだろうから、ジェームズのことは話せないだろう。急にカースリー村とわが家が恋しくなった。猫をこっちに連れてきてよかった。ごほうびに、生の魚か何かを買ってあげなくては。

記者のゲリーのことも心配だった。もしかしたらゲリーの記事は活字にならないかもしれない。新聞社は配信会社のニュースを使い、無能な彼の取材記事を無視するかもしれない。

「さて着いた」チャールズが高い生け垣に縁どられた小道に曲がりこんだ。農場を通り過ぎ、庭を通り抜け、家畜脱出防止格子を越えて、四角い十八世紀の家の前で停まった。

「最初に電話しておくべきだったかもしれないわね」

アガサは車から降りかけたが、あわてて引き返してドアを閉めた。三匹の犬、ジャックラッセルテリア、アイリッシュセッター、ボーダーコリーが吠えながら突進してきたのだ。

しかしチャールズは車を降りて、犬たちをなで、話しかけている。

「おいで、アギー」彼は叫んだ。「犬たちは食いついたりしないよ」

アガサが外に出て、急いでチャールズのところに行くと、犬たちは彼女の匂いをくんくん嗅いだ。チャールズはドアベルを鳴らした。誰もいないといいけど、とアガサは思いながら、スカートに鼻を突っ込もうとしたコリーを押しのけた。ドアを開けたのはエプロン姿の小柄でやつれた女性だった。「ミセス・フィンドレイですか？」チャールズが言った。「大尉はご在宅ですか？」

彼女は近眼らしい目つきでチャールズを見た。「寄付を集めるとか、何かを売るつもりなら、帰ってください」

「狩りをする件で、サー・チャールズ・フレイスが話したいとご主人に伝えていただけませんか？」

「もちろんです、サー・チャールズ。どうぞ入ってください。眼鏡がないとよく見えなくて」チャールズが中に入ると、ミセス・フィンドレイはアガサの鼻先でドアを閉めた。アガサがドアを蹴りつけようとしたとき、また開き、大きな笑みを浮かべたチャールズが言った。「入ってきて」

「馬鹿な女」アガサは語気を荒げた。「わたしの姿が見えなかったの？」

「目が悪いんだよ」

チャールズが先に立って暗い玄関ホールに入っていくと、そこにはミセス・フィンドレイが顔を赤らめて待っていた。「主人は書斎にいます」

フィンドレイ大尉はとても背が高かった。おそらく七十代だろうが、きわめて健康そうで、ほっそりした日に焼けた顔に目は明るい茶色、灰色の髪はふさふさしていた。

「すわってください」大尉は言った。「お茶を持ってきてくれ、リジー。さっさとしろ！」

従順な近視のミセス・フィンドレイは、部屋を出ていく前に膝を折ってお辞儀をするのではないかと思えたほどだ。

「さて、わざわざお越しいただいたのは、どういうご用件でしょうか？」

「トリー・トランピントン＝ジェームズについて、あなたのご意見をうかがいたいんです」チャールズが言った。

「なぜ？」

「ええと、彼は殺された、それがまず理由です」

「それがあなたにどういう関係があるんですか？」

「わたしたちはトリーとルーシーを知っていて――」

「では、わたしよりもよほど彼らをよく知っているでしょう」

「しかし、あなたはトリーといっしょに狩りをしていた。狩りにおける人間性についてはいろいろ語っていただけるはずです」

「たしかに」大尉は言った。彼はずっとくすぶっている小さな火の前に立っていたが、ふいに古びた肘掛け椅子にすわった。「彼は乗馬がおそろしく下手だった。ソファみたいな年とった狩猟馬に乗っていたのに、それでもときどき滑り落ちた。彼を抱えあげるのに、時間がかなりむだになりましたよ。しかし、基金集めのディナーなどでは気前がよかった。必死に仲間に入りたがっていたし、ある意味ではわたしも彼を賞賛していた。ビジネスで成功したのも不思議じゃないですね。全身あざだらけになっているのに、しぶとく狩りを続け、会合にも顔を出し続けたんですからね。奥さんはきれいだが、ちょっと愛想がなかったですな。いろいろな狩りのディナーに出席していたが、不機嫌な顔で煙草を吸い、酒をがぶ飲みしていましたよ。みんなにあわせようという努力は一切しませんでしたね」

「その必要がなかったからでしょう？」アガサがむっとして反論した。「仲間入りしたがってたのはトリーだったんですから」

「夫を支えるのは妻の務めだ」大尉はきっぱりと言った。「うちの女房がノリッチで秘書の仕事に採用されたと言ったときのことを思い出すよ。すぐに辞めさせせました」

アガサはため息をつき、黙りこみ、もうじきまた殺人が起きるかもしれないと考えていた。

「わたしの意見を言わせてもらおう」大尉は話を続けた。「やったのは奥さんですよ」

「でも、彼女はロンドンにいたんですよ」チャールズが穏やかに異を唱えた。

「たぶん友人に嘘をつかせたんですよ。トリーを殺したい人間が他にいますか?」大尉の目が険しくなった。「こういうことがあなたたちにどういう関係があるのか、よくわからないが」

チャールズは探偵能力について説明を始めるな、と警告するように、ちらっとアガサを見た。だがアガサは不機嫌に押し黙っていた。「ルーシーを助けるために、わたしたちにできることをしたいだけです」

大尉の目が霜がおりたように冷たくなった。「これ以上お役には立てそうもないですな。あなたは狩りをするのかね?」

「いいえ」チャールズは言った。

霜は今や氷になった。「そうだと思ったよ。ここに入りこむための口実だろうと」

彼は立ち上がった。「お見送りしよう」

戸口でミセス・フィンドレイとあわやぶつかりそうになった。彼女は鉛のティートレイの重みでふらついていた。

「なんでまたお茶なんて持ってきたんだ、まぬけな女め」大尉が怒鳴った。

「お茶を持ってくるようにおっしゃったでしょ」

「この人たちは時間がないんだ。帰るところだよ」


「ああいう相手と結婚していたら、自殺しそうだわ」車に乗りこむとアガサは言った。

「もう少しでそうなるところだった」

「何を言ってるの？」

「ジェームズ・レイシーだよ」

「なんですって！　ジェームズはあんなふるまいはしないわよ」

「好きに思っていればいいさ。時間がたち、年をとったら、ああいうふうになると思うよ」

「この事件のことを話しましょうよ」アガサはつんけんしながら言った。「あそこでは新しい事実は何も聞けなかったと思うけど」

「狩りには金がかかるし、トリーはとりいろうとして必死だった。それでもルーシーが怪しいね。金が湯水のように浪費されているのを見て、夫と離婚できるような理由を発見しても、ほとんど金が残らないと思ったのかもしれない。まずスタッブスを盗んだのは、絵のために払った金のことを惜しく思っていて、復讐《ふくしゅう》のために盗み、それから怒りに駆られて殺した」

「彼女にはアリバイがあるのよ。それに、男性の喉を切り裂くのは女性の犯行手口じゃないわ」

「踊り場で背後からそっと忍び寄って、喉をかき切ることができるものかな？」

「詳細はまだわかっていないわ。喉を切られたときはベッドで寝ていたのかもしれない。それから踊り場にひきずられていったのかもしれない」

「でも、ミセス・ジャクソンはそこらじゅうが血の海だったとは言っていなかっただろう？」

「よしてよ！　ミセス・ジャクソンとはろくすっぽ事件の話をしなかったじゃないの」

「誰か訪ねてきたみたいだ」〈ラベンダー・コテージ〉に近づきながら、チャールズは言った。

「女性たちだわ」ポリー、キャリー、ハリエットが車の音に振り向くのが見えた。

「もっと噂話が聞けるかな」チャールズが期待をこめて言った。

アガサが車から降りると、三人は「怖いわよねえ？　警官がまた来たの？　ルーシーがロンドンから戻ってきたけど、警察といっしょだったのよ」と口々に叫んだ。

アガサはドアの鍵を開け、彼女たちをキッチンに案内した。

「一杯やりたいわね。チャールズ、みなさんにお酒を出してもらえる？」

チャールズは全員の注文を聞き、飲み物を作るためにリビングの方に消えた。三組の好奇心にあふれた目が仕立てのいい服を着た背中を追っていった。

「こういうときに男性の友人がそばにいるのはいいわね」キャリーが言った。「婚約しているの？」

アガサが答える前にポリーが口をはさんだ。「もちろん、してないわよ」

「どうしてそう言えるの？」アガサがむっとしてたずねた。

「年の差のせい」ポリーはずけずけと答えた。

「わたしの私生活のことはどうでもいいでしょ」アガサは不機嫌になった。「殺人事件について何か新しいことを聞いた？」

「猟場番人のポール・レッドファーンにトリーはよく打ち明け話をしていたらしいの。つい先週も、妻に田舎の暮らしのことで文句を言われるのにほとほと嫌気がさしたので、そんなにロンドンが好きなら帰って向こうに住めばいい、でも、生活費は出さないから、仕事につけと言ったんですって」ハリエットが言った。

「でも彼女にはアリバイがあるわ」アガサは言いながら、その言葉を何度繰り返しているだろうと思った。「そうでしょ?」

「あきらかにそうね。ああ、ありがとう」ハリエットはチャールズからジントニックを受けとった。「警官の一人がポールに話し、ポールはドライフラワー店のサラに話し、わたしがサラから聞いたところによると、ルーシーはサウス・ケンジントンに住む友人のメリッサ・カーソンのところに泊まっていたんですって。地下鉄駅の近くのアパートか何かにね。で、二人でブロンプトン・ロードのレストランに出かけて早く寝たから、ノーフォークには戻ってこられなかったのよ。彼女がいちばん怪しいのに残念ね。あのぞっとする刑事、ハンドが調べ回って、村じゅうの人間に罪悪感を覚えさせてるわ」

「どちらかが浮気していたんじゃないかしら」アガサが考え考え言った。

「それはないでしょ」ポリーは言った。「このあたりではどんなことも秘密にできないもの」

「だけど、村の誰かが相手じゃなかったかもしれないでしょ」アガサは言った。「たとえばトリーは狩りをするグループの妻と不倫していたかもしれない」

「だけど、それなら殺されるのはルーシーだったはずでしょ」キャリーが反論した。

「そうとも限らないよ。妻を寝取られた夫の仕業かもしれない」チャールズが意見を述べた。

「早く終わってほしいものね」ハリエットが嘆息した。「まず、ちらちらする光、お次はこれ。少なくとも村は一致団結して口をつぐんでいるけど」

「何について?」アガサがたずねた。

「光よ、もちろん。妖精を信じているまぬけな人たちだと世間で噂されたくないもの」

チャールズが問いかけるようにアガサを見たので、彼女はあわてて口を開いた。

「すでに誰かが何か口にしたかもしれないわよ。猟場番人から噂が流れていったことを考えてみて。ところで彼はどこに住んでいるの?」

「敷地内にコテージを持っているわ。これから自分はどうなるんだろうって心配しているみたいね」

ドアベルが鳴った。「わたしが出よう」チャールズが言った。彼は戻ってきてアガサに言った。「ハンドと彼の仲間だ。リビングに通しておいたよ」

アガサはうめき声をこらえた。三人の女性たちはあわてて立ち上がった。「帰った方がよさそうね。警察の相手はもうたくさん」ポリーが言った。

しぶしぶアガサはリビングに入っていった。ハンドが彼女の原稿を手にしているのを見て、心が沈んだ。

「あと少し質問させてください、ミセス・レーズン。あなたの本でお屋敷の当主が喉をかき切られ、ミスター・トランピントン＝ジェームズも同じように殺されたというのは、驚くべき偶然の一致だと思いませんか？」

「たしかに驚くわね」アガサは用心深く言った。

「事件のあった夜はどこにいましたか？」

「チャールズとパブに行き、ここに戻ってきたわ」

「あなたは彼のアリバイを証明し、彼はあなたのアリバイを証明するんでしょうな？」

「そうね、だけどよく考えて。わたしたちのどちらもここに来るまでトランピントン＝ジェームズを知らなかったのよ。どんな動機があるって言うの？」

「そうですね、たとえばあなたの場合を考えてみましょう。あなたのことを少し調べてみたんですが、これまで多くの殺人事件に巻きこまれているようだ。しかも、世間に名前が出ることもやぶさかではない。つまり、あなたは宣伝の価値を知っている。早期に引退するまでPR会社を経営していましたからね」

「それがこの事件とどう結びつくの？」チャールズはどこにいるのかしら、どうしてリビングに来てわたしの味方をしてくれないの、とアガサはいらいらしてきた。

「ようするにこういうことです」ハンドは原稿を持ち上げた。「これはあまり上手とは言えない。しかし、本物の殺人事件と関係があると知ったら、どこかの出版社が大金を出すかもしれない」

「頭がおかしいんじゃないの？」アガサはいきりたった。「わたしが本を売るためだけにはるばるノーフォークまでやって来て、誰かを殺したと言ってるの？」

「あらゆる角度から検討しているだけです」

「じゃ、この事実を検討してみてよ！　わたしはトリーの警報装置の操作方法を知らないし、彼を殺した犯人は知っていた。となると、残るはミセス・ジャクソンかルーシーよ」

ハンドは悲しげな目つきでアガサを見た。「それほど簡単ならいいんですがね。ミセス・ジャクソンが暗証番号を知っているだけではなく、猟場番人も庭師も狩りの仲間の大半も知っていたんです」

「なんですって？」

「ミスター・トランピントン＝ジェームズは警報装置を設置したあと、しょっちゅう暗証番号を忘れていたんです。狩りのディナーで酔っ払うと、暗証番号を書き留めておいて自分が忘れたときに教えてくれ、と誰彼なしに頼んでいたんです」

「それなら、そもそも警報装置をつける意味がないんじゃないの？」

「ああ、このあたりの人間はみんな信頼できると妻に言っていたようです。都会から来た泥棒を防ぐためだったんですよ、地元の人間ではなく」

「わたしにはこれ以上話せることはないわ。すでに申し上げたように、わたしの小説の中の死とトリーの死は完全な偶然の一致です。今の世の中で、折りたたみ式の剃刀を使っている人がいるなんて思ってもみなかったわ」アガサはじろっとハンドを見た。

「トリーの剃刀だったの？」

「それは申し上げてもかまわないでしょう。いいえ、彼のものではありませんでした」

「あら、それなら所有者を割りだすのは簡単なはずよ。ドロシー・セイヤーズのミステリを読んだけど、そこでは――」

「その話はけっこう」ハンドは意地悪くさえぎった。「とはいえ、ガレージセールやアンティークショップで折りたたみ式剃刀を買うことはできる」

「そんなの馬鹿げてるわ。殺すなら、ただ棒で殴るとか毒を飲ませればいいだけでしよ?」

「剃刀の方が素早く確実に殺せるし、音も立たない」ハンドが言った。

チャールズはどこなの?「サー・チャールズにはもう質問はないんですか?」アガサはたずねた。

「今のところは」ハンドは立ち上がった。

「原稿を返していただける?」

「もうしばらく預からせてもらいます。この原稿はコンピューターに保存されているはずですよね」

「ええ、でも——」

「では、これは必要ないでしょう。またご連絡します」

アガサが警察を見送っていくと、チャールズは玄関でうろうろしていた。

一人きりで警察の相手をさせたことで文句を言おうとしたとき、電話が鳴った。受話器をとった。ミセス・ブロクスビーだった。「テレビで殺人事件のことを知ったの。大丈夫なの?」

「ええ。無事よ。こっちにチャールズが来ているんだけど、あまり役に立ってないわ」アガサはいらだたしげにつけ加えた。

チャールズはにやっとすると、キッチンに歩いていった。

「じゃあ、しばらくそっちにいる予定なの？」

「仕方ないわね。殺人事件を解決できるかもしれないし」

「どうして？　その村の人たちとは知り合いじゃないんでしょ？」

「実はね、探偵小説を書いてみようかと思ったのよ。殺人事件が起きる前のことだけど」

「だけど、どうして――」

「最後まで聞いて！　タイトルは『お屋敷の死』で、その本ではお屋敷の主人が折りたたみ式剃刀で喉をかき切られるの。ところが、こっちのお屋敷の主人も折りたたみ式剃刀で喉を切られて殺されたのよ。さらに悪いことに、本の登場人物は被害者のトリー・トランピントン＝ジェームズと奥さんをモデルにしちゃったの。だからわかるでしょ……笑っているの？」くぐもった鼻息が電話から聞こえてきたので、アガサは怒ってたずねた。

さらにグフッという音がしてから、笑い声がした。「もう切るわね」アガサはプンプンして言った。

「いえ、待って！」ミセス・ブロクスビーは真面目な声になった。「ニュースがあるのよ」

「何なの？」アガサはぶっきらぼうにたずねた。

「このあいだジェームズのコテージの前を通りかかったら、彼が使わせてあげていた女の子が荷物を車に積んでいたの。ジェームズから葉書が来て、来週、帰ってくる予定だと書いてあったそうよ」

アガサはおなかにパンチを食らったような気がした。

それからゆっくりと言葉を口にした。「そう、わたしはしばらくこっちにいるわ。警察にまだあれこれ訊かれているから」

「そうでしょうね」ミセス・ブロクスビーはクスクス笑いながら言った。

「さよなら。もう切るわ」アガサは受話器をたたきつけるように置くと、キッチンに足音も荒く入っていった。「もう、信じられないわ」チャールズに叫んだ。「ミセス・ブロクスビーに探偵小説を書いたせいでやっかいなことになっているって話したら、彼女、笑ったのよ！」

「考えてごらんよ、アギー」チャールズは言った。「いかにもアガサ・レーズンらしいことをやったってだけじゃないか」

「どういうこと……ああ、考えてみればおかしいわね」二人はげらげら笑いはじめた。

とうとうアガサは笑いをひっこめて涙をふいた。「わたしたちはとんでもない薄情者よね。気の毒なトリー。笑ったりするべきじゃないわ。これからどうする？」

「今日はもうリラックスして過ごし、明日の朝、ミセス・ジャクソンの相手をするのがいいんじゃないかな」


カースリーの牧師館では、ちょうど妻が受話器を置いたときにアルフ・ブロクスビーが部屋に入ってきた。

「何がそんなにおかしいんだ？」アルフはたずねた。

「アガサ・レーズンのせいなの」彼女はアガサの小説と殺人事件の偶然の一致について夫に話して聞かせた。「笑うべきじゃなかったわ」申し訳なさそうに言った。「だって、そんなに滑稽な話じゃなかったのよ。殺された人はお気の毒よね。どうして笑ったりしたのかしら、アルフ？」

彼はため息をついた。「われわれも警察やマスコミと同じなんだよ。あまりにもたくさん悲しい事件が起きているから、ときには不適切な笑いでそういうものに対処する必要も出てくるんだろう。そろそろミセス・マーブルに会いに行く時間じゃないのかい？」

「ええ、出ようとしていたところ」アルフの言うとおりだわ、とミセス・ブロクスビーは村を歩きながら思った。たとえばミセス・マーブルを例にとろう。この気の毒な女性は癌で死にかけていた。でも、彼女は辛辣で不平ばかり言い、要求が多かった。新しい遺言書を作り、娘と孫たちには何も遺さず、すべてのお金を猫保護施設に遺すことにした。ミセス・ブロクスビーはもっと分別のある遺言書を作るように説得しようとしたが、ミセス・マーブルは聞く耳を持たなかった。不愉快なミセス・マーブルのことでときどき夫と軽口をたたくおかげで、彼女を訪ねて手助けをする気力がわいてくるのだ。ユーモアは人生の苦痛や試練に対抗するために必要な武器なのだろう。

5

アガサはひと晩じゅう寝返りを打ちながら、どうしたらいいだろうと考えていた。カースリーに飛んで帰り、コテージをきれいにし、エステと美容院とドレスショップに行き、ジェームズの帰りを待ちたいという気持ちもあった。だが、彼女の中の分別あるアガサはそんなことをしても時間のむだだと言った。ジェームズとは二度と友人になれないだろうと。

夜明け近くにいきなり深い眠りに落ち、目が覚めたのは朝の十時だった。ベッドから出たとき、警官がドアをたたいていないのが意外に感じられた。ガウンをはおり、キッチンに下りていった。

チャールズはキッチンのテーブルにつき、新聞を広げていた。

「おもしろい記事があった?」アガサはたずねた。

「ああ、あるよ。〈ラディカル・ボイス〉一面だ。『フライファムの妖精たち』

「あら大変。この村でリンチにあうかもしれない。でも他の新聞社も玄関に詰めかけてくると思ったけど、そうじゃなかったのね」

「いや、詰めかけてきたよ。あなたはぐっすり眠っていた。襲われるかもしれないと思って、夜明けに車を二台とも村から出して、横道に隠してきたんだ。だからドアは開けなかった。二人とも高飛びしたと思われたんじゃないかな」

「記事を読むべきかしら？」

「ゲリーのきどった文章を？　いや、やめておいた方がいいよ」

「見せてちょうだい」アガサは彼の向かいにすわり、〈ラディカル・ボイス〉を手にとった。最初に目に入ったのは、自分とチャールズのぞっとするカラー写真だった。チャールズは小粋で、おもしろがっているように見える。だがアガサときたら！　カメラは残酷にも顔のあらゆる皺を強調していた。「これ、白髪かしら？」彼女は言いながら、写真をまじまじと見つめた。

「何本か根元の白髪が出ているよ」チャールズは言った。

アガサは記事を読み、しだいに動揺していった。アガサ・レーズンが妖精について微に入り細にわたりしゃべったことは、まちがいなく村じゅうに知れ渡るだろう。これでカースリーに帰る絶好の口実ができた。

「リンチにあうわ。どっちみちカースリーに帰るつもりだったの。今日出発した方がいいわね」

「ジェームズが帰ってきたのかい？」

アガサは怒りに頬を染めた。チャールズは探るようにアガサの顔を見ている。

「だけど、もうじき帰ってくるんだろう。ゆうべミセス・ブロクスビーから電話があったあと、あなたは一瞬高揚し、そのあと落ち着きがなくなり、惨めそうだった。この件については以前も話し合ったよね。わたしの友人はあなたと同じ問題でハーレー・ストリートのとても優秀なセラピストにかかったんだ」

「わたしには問題なんてないわ」

「いや、あるよ、もちろん。大人の女性が冷たい男に執着しているんだから。カースリーに戻る前に、まずこのセラピストに会うべきだよ。もっとも殺人事件についてもう少しわかるまで、戻らない方がいいと思うけど。ジェームズのことなんてどうでもよくなったら、どれほど自由な気分になるか、考えてごらんよ。またジェームズと会っても、どうでもいいと思えるんだぞ。最後にジェームズと楽しいことをしたのはいつだったかい？　いや、頭から湯気を立てて怒鳴らず、考えてみてくれ！」

アガサは言った。「あれこれ指図は受けたくないわ」

「良識ある提案も気に入らないんだね。せめてこのセラピストに会うって約束してほしいな」

「あなたを黙らせるためなら何だってするわ。ミセス・ジャクソンはどこなの?」

「彼女のコテージを訪ねて、明日まで来ないでくれと言ってきたよ」

「一日じゅうここに隠れているわけにはいかないわ」

「そうだね、裏道を歩いて車のところまで行こう。きみの車でノリッチまで行き、美容院でカラーリングをしてもらえばいいよ」

「できたら」とアガサはふくれ面で言った。「朝食をとりたいわ」

「つまり、コーヒー二杯と煙草三本だろう。コーヒーはポットにできているし、煙草はテーブルに置いてあるよ」

「この妖精の件でハンドはどう言うかしら?　隠し事をしていたと非難されるかもしれないわ」

「光のことはもう知っているだろう。ハンドがスタッブスの盗難について捜査していたときに、トリーがその情報を隠していたとは思えないからね」

　その日は静かで霧がたちこめ、風景は灰色で夢の中のようだった。二人は記者がやぶに潜んでいないか左右を見回した。チャールズは長靴をはき、はきかえる靴を持って来るようにとアガサに指示した。車までたどり着くために、パックス・レーンのはずれで踏み越し段を越え、刈り株畑を突っ切っていくからだ。

さらにもうひとつ踏み越し段を越え、小道に入った。その突き当たりにチャールズは車を停めていた。アガサは泥だらけの長靴を脱ぎ、靴をはいた。霧の中をゆっくりと車を走らせながら、幹線道路に出た。「ずっとここそこ隠れていることはできないわ」

「もう少し待てば、妖精について話すのはあなた一人じゃなくなるだろう。それどころか、帰って夕方のニュースを見たときには、何人もがカメラの前に立って楽しそうに小さな人々についてしゃべっているよ。新聞記者に話すことは拒絶するくせに、誰もがテレビクルーは喜んで家に入れるというのが、まったく不思議でならないよ」

「まずノリッチでランチをとりましょう。それから、わたしは美容院を見つけるから、あなたは一人で楽しんでいて」

五時にノリッチの駐車場に停めたアガサの車のわきで、チャールズは待っていた。そこで落ち合う約束をしておいたのだ。霧は晴れ、午後遅い太陽が射している。そのときチャールズは近づいてくるアガサに気づき、にっこりした。豊かな髪はまたもや艶のある茶色になり、顔は巧みにメイクされていた。やわらかなミックスツイードの新しいジャケットとスカートを着こみ、すばらしい脚は上等なストッキングに包まれ、新しいパンプスをはいている。アガサは決して美人ではないが、無意識に強烈な性的魅力を発散している、とチャールズは思った。

「すっかりすてきになったね」チャールズはほめた。「六時のニュースに間に合うように戻ろう」

「またあの泥だらけの畑を歩かなくちゃならないの？」

「いや、新聞の締め切りが過ぎたから、記者連中は全員パブにいるよ。わたしは自分の車のところで降ろしてもらうから、それぞれの車で家に帰ろう」

アガサはミセス・ブロクスビーに電話したくてたまらなかった。ジェームズが帰ってくることについて、もっと話を聞きたかったのだ。でも、コテージはとても狭いからチャールズに話が聞こえてしまう。そうなったら、またセラピストのことを持ちだしてうるさく言いはじめるだろう。

その晩、アガサはゆっくりとお風呂に浸かり、顔にクリームを塗り、ネグリジェを着て寝室に入っていった。チャールズが彼女のベッドに寝そべり頭の後ろで手を組んでいた。

「そこで何をしているの？」アガサは問いつめた。

「もしかしたらと思って……」

「いいえ。絶対にないわ」

「くっついて寝るだけでも？」

「だめ」

チャールズはため息をつくと、ベッドから下りてドアに向かいながら「ジェームズのためにとっておくのかい？」と嫌みを言った。

「もう、出ていって！」アガサは叫び、ドアを乱暴に閉めた。

これまでチャールズと寝たことはあったが、その翌日に別の女性を口説きに行っていたのだ。アガサはベッドに入り、天井を見上げた。もうすぐジェームズが帰ってくるという事実を頭から締めだすために、トリーの殺人事件についてわかっていることをおさらいしてみた。すると考えれば考えるほど、奇妙に思えてきた。スタッブスの盗難は、もしかしたら殺人とは関係がないのかもしれないという気がする。殺人事件だけに集中した方がよさそうだ。となるとルーシーだけが容疑者だった。トリーが浮気しているというルーシーの話は真実だったにちがいない。根拠は？　ローズの香水とトリーがシーツを洗ったという事実だ。でも、ロージー・ウィルデンは真実を言っているという確信があった。それにローズの香水はみんなが使っている。いちばんいいのは、騒ぎが落ち着いたところでルーシーに会うことだろう。チャールズはひとつだけ正しかった。夕方のニュースではたくさんの地元の人間が登場し、妖精についてしゃべっていたのだ。その中にハリエットもいた。

翌日になると、アガサは騒ぎがおさまるかどうか心許《こころもと》なくなってきた。案の定、この一週間というもの、フライファム村はよそものに包囲攻撃されているかのようだった。

「あなたのせいよ」広場を歩いていると、ポリーに怒鳴られた。妖精のせいで、観光客ばかりか変わり者たちが村に押しかけてきたのだ。そして、田舎にとっては災難でしかなかったが、ニューエイジの観光客たちがどう猛な犬や汚らしい子どもを引き連れて、広場に停めたおんぼろのトレイラーやトラックでキャンプをした。彼らがとうとう警察に追いだされ、煤けた排気ガスをまき散らして去っていったあと、広場は散らかり放題だった。

というわけで、ある朝ドアを開けたアガサはハリエットとポリーが立っていたので驚かされた。

「何かご用かしら?」おどおどとアガサはたずねた。

「ええ、そうなの、全員で集まって広場を掃除することになったのよ」ポリーが言った。彼女はアガサにゴミ袋の束を渡した。

仲間はずれにされなくなったことにほっとして、アガサは承知した。彼女はいっしょに来て手伝ってとチャールズに叫んだが、返事はなかった。急に耳が聞こえなくなったようだ。アガサはハリエットとポリーといっしょに出かけた。「妖精の件ではごめんなさい」アガサは謝った。「つい口が滑ったの」

「でももう、あなただけが犯人じゃないわ。村じゅうの誰も彼もがテレビカメラの前で妖精についてべらべらしゃべっているんだから」ポリーはテレビに出るように頼まれなかったので機嫌を損ねていた。「ミセス・ジャクソンはお宅の掃除をしているの?」

「いいえ、まだよ。すでに何度か来る予定になっていたのに、毎回具合が悪いって断ってきて。ルーシーを見かけた?」

二人とも首を振った。「彼女はお屋敷にこもっていて、弁護士たちが訪ねてきているっていう噂よ」ポリーが言った。「いまだに警察がお屋敷にいるらしいわ」

「あら、大変」アガサは広場の惨状を目の当たりにしてつぶやいた。

「これだけじゃないのよ」ハリエットが憂鬱そうに言った。「あのキャンパーたちったら池をトイレ代わりに使ったの。だから環境省の人に来てもらって、水を浄化する方法についてアドバイスをしてもらう予定でいるわ」

他に数人の村人たちがいっしょに作業をしていた。「全部ルーシー・トランピントン＝ジェームズのせいだよ」がっちりした田舎の女性がアガサにぼやいた。

アガサはゴミ集めの姿勢から腰を伸ばした。「どうしてですか？」

「あの人が旦那を殺さなければ、あの汚らしい連中はここに来なかったからね」

「でも、彼女はロンドンにいたんですよ」

「そう言ってるけどね、そんなこと信じるものか」

「トリー・トランピントン＝ジェームズは誰かと浮気していたんですか？」アガサは質問した。

「それも当然じゃないかね？」女性は両手を大きな尻にあてがって答えた。「あの女と結婚しているのは楽しくないだろうからね」

「で、誰と浮気していたのかしら？」アガサは熱心にたずねた。

「あたしは何も言ってないからね」女性は怒ったように言うと、さっさと別の方に歩み去った。

この件についてぜひとも探りださなくては、とアガサは思った。ポリーとハリエットと、あとから合流したキャリーに呼びかけた。「休憩をとりたくなったら、わたしの家でコーヒーを飲みましょう」

「いいわね」とハリエット。「休憩をとるときは知らせるわ」

もう二度と腰を伸ばして歩けないかもしれない、と思いはじめたとき、ハリエットが呼びかけた。「そろそろコーヒーにしない?」

アガサはうめき声をもらしながら腰を伸ばした。背中がズキズキしていた。今日はとても寒かったので、指の感覚がなくなっている。

全員がキッチンのテーブルを囲んですわると、アガサは言った。チャールズの姿はどこにも見えなかった。「広場にいた女性がトリーは浮気していたと言ってたわ」

「誰かしら?」ハリエットが考えこんだ。「そんなことを言ったのは誰かしらっていう意味だけど」

「大柄でがっちりした女性。頬はピンク色で、チリチリの灰色の髪をしていたわ」

「ああ、デイジー・ブリーンね。どういうつもりなのかしら。トリーが浮気していたなんて、聞いたことがないけど。だって、誰がトリーなんて相手にすると思う？」

「訊き回ってみればいいわ」アガサが提案した。「デイジーが知っているなら、他にも知っている人がいるはずでしょ。それに、そうなれば、トリーを亡き者にしたがっている腹を立てた夫がいたってことになるもの」

「このあいだチャールズと会ったのよ」キャリーが言いだした。「一杯飲みに連れていってくれたの。あなたはもうじきここを出ていくつもりだけど、彼はしばらくこっちにいる予定だって言ってたわ」

一週間以上、ジェームズのことをまったく考えなかった、とアガサは気づいた。チャールズとスクラブルを延々として、ノリッチに映画を観に行きショッピングをし、できるだけ村人たちに会わないように過ごしていたのだった。騒ぎが静まり、マスコミがもっとおいしいネタの方に行ってしまうまで距離を置くのがいちばんだ、とチャールズは言った。なのにいつ彼はキャリーと会ったのだろう？　そのとき、思い出した。これから髪を洗ってセットすると言ったあと、散歩に出かけたのだ。キャリーはスリムで魅力的だった。まったくもうチャールズときたら。彼とベッドをともにしなくて本当によかった。今はもっと長くこっちにいる決心をしていた。フライフムにいればジェームズのことを考えずにすむ。滞在を延ばす価値はあった。セラピストと会うべきだというチャールズの提案がいまだに腹立たしかった。

「いいえ、わたしはもう少しこっちにいるつもりよ」アガサは言った。「ところでロージー・ウィルデンが使っているローズの香りっていいわね。市販のものなの？」

「いいえ。自分で作っているのよ」

「売ってくれるのかしら？」

「頼めば分けてくれると思うわ。昔ながらのレシピで作っているって言ってた」キャリーが言った。「そろそろ帰らなくちゃ」

他の女性たちも立ち上がった。アガサが見送りに出たときに、チャールズが戻ってきた。

「これからどうする？」アガサはたずねた。

「何か食べてから、お屋敷に行こう。ルーシーにお悔やみを言うためにね」

「食事のことを考えるのはうんざりだわ」アガサが不機嫌に言った。

「手間はかからないと思うけどね。電子レンジでチンするだけだろう。何があるか見てみるよ。わたしが何か作ろう。ええと、卵、ベーコン、ソーセージ。これで間に合う。すてきなフライ料理ができるぞ」

「体重のことは気にしないですむわ。あの冷凍食品を食べていたら数キロ減ったみたい」

「わたしがフライパンで料理を作るあいだ、そこにすわっていて」

「あなたって、いつもそんなに家庭的なの？」

「あなたといっしょのときだけだよ。そうならざるをえないからね」

ランチのあと、二人はお屋敷に向かった。アガサは今日はもういやというほど冷たい空気に耐えたからと主張して歩くことを拒否した。夜のあいだに固い霜がおり、地面にはところどころまだ融けていない部分があった。

「地球温暖化について語る人間がいたら、ふきだしそう」アガサは文句を言った。

「夏も寒かったわ」

「世界の他の地域は暑くなっているんだ。さて着いた。門が開いている。警官はいないようだな」

二人は私道を歩いていった。とても静かだった。

チャールズはドアベルを鳴らした。長いあいだ待っていると、ルーシーの声がドアの向こう側から聞こえてきた。「どなた？」

「チャールズ・フレイスとアガサ・レーズンです」

ドアが開いた。「マスコミかと思ったの。どうぞお入りになって」

二人はルーシーのあとから客間に入っていった。シルクのパンツスーツを着て、これからテレビに出演するかのように濃い化粧をしている。

「トリーが亡くなったことはとても残念です」アガサは言った。

「そうなの？」ルーシーは細い眉をつりあげた。「主人のことはろくに知らなかったのに」

気まずい沈黙が広がった。そこでアガサは言った。「ご主人を殺した犯人に心当たりはありますか？」

「いいえ」ルーシーはふいに警戒する顔つきになった。

「でも、トリーが浮気しているかどうか調べてほしい、とおっしゃっていたでしょう？」

「そうだったかしら？」

「ええ」アガサはむっとした。「ロージー・ウィルデンと浮気していると思うって言ってたわ。覚えてるでしょう？　寝室じゅうにローズの香水の匂いが漂っていて、トリーがシーツを洗ったからって」

「ああ、そのこと」

沈黙。

「それで?」チャールズがうながした。

「それでって何が? ああ、その件は別にたいしたことじゃなかったみたい」

「だけど、わかりません?」アガサが意気込んで言った。「トリーが浮気していたなら、殺人者は嫉妬した夫かもしれないわ」

「ロージーに夫はいないわよ」

「必ずしも彼女とは限らないでしょ。ロージーは作った香水をほしがる人たちにあげている」

「実を言うとね、今回のことで、すっかり参っているの」ルーシーは言った。「まともに頭が働かないのよ。そこにいろいろ言われても」

「警察にその疑いを話さなかったんですか?」チャールズがたずねた。

「警察ですって! あの男、ハンドに、わたしがやったかどうかしつこく訊かれたわ。とにかく、一貫してアリバイを主張したけど」

ルーシーとトリーが不倫の疑いについて笑い飛ばし、アガサを馬鹿にしていた、とミセス・ジャクソンが言っていたことについて問いただしたかった。しかしルーシーは貝のように口を閉ざしてしまうかもしれない。それにミセス・ジャクソンから噂話を聞きだせる可能性もまだある。もっとも掃除に来てくれればだが。

「トリーには気に入っている女性がいるようだったの？」

「ロージーを別にすればいないわ。狩りのときはいつも、とりいりたいと思っている人の奥さんにごまをすっていたわ」

「たとえば誰ですか？」チャールズが質問した。

「ああ、あのぞっとするオバサン、ミセス・フィンドレイとか」

「フィンドレイ大尉の奥さんね？」

「ええ、そうよ。わたしは虐待された花嫁って呼んでいるの。夫の視線が向けられるたびにびくついているから。たぶん夫に殴られているのよ」

「で、警察はスタッブスがどこに消えたのかいまだにわからないの？」

「まるっきり。南アメリカのどこかの屋敷で見つかるかもね」

「あなたがすべてを相続するんでしょうね」チャールズが言った。

「そうよ」

「いい弁護士を雇ったんですか？」チャールズがたずねた。

「古くさいけど手堅いわ。ノリッチのトムリー＆バークスの弁護士」

「トムリーか」チャールズが言った。「イートン校のときに同じ学年にトリスタン・トムリーがいて、こっちの出身だった」

「あらそう」ルーシーはどうでもよさそうだった。

「これからどうするつもりなの？」アガサがたずねた。

初めてルーシーは生気を見せた。「ここを売ってロンドンに引っ越すのよ。この家と地所にそこそこの値がつきそうでよかったわ。トリーは他にたいしたものを遺してくれなかったから。あのいまいましい狩りでお金が湯水のように出ていったにちがいないわ。馬も狩猟犬も二度と見たくない」

「わたしたちにお手伝いできることがあれば、何でもするわ」アガサは言った。

ルーシーは小さく肩をすくめた。「あなたに何ができるかしらねえ。でも、ありがとう。お茶も出さなくてごめんなさい。でも今はちょっととりこんでいて……」

アガサとチャールズは立ち上がった。「玄関はわかるわね？」ルーシーはすわったままで言った。

二人はさよならと言うと、車のところに戻った。

「これからどうする？」アガサがたずねた。

「ノリッチの弁護士のところへ行こう」

「何も話してくれないわよ」

「話すかもしれない。わたしが学生時代にいっしょだったトリスタン・トムリーが事務所のパートナーならね」

ノリッチの町は靄《もや》に包まれ、それがゆっくりと濃い霧に変わりつつあった。

「これ以上ひどくならないといいが。さもないとここで泊まることになりそうだ」チャールズが言った。「ねえ、妖精は消えたようだね。もうちゃちな盗みは起きなくなったよ」

「たしかに。誰かがちょっとした物を盗んでから懐中電灯を振り回してみんなを怯えさせておいて、スタッブスを盗む機会を窺《うかが》っていたとか？」

「その可能性はあるな。だが、子どもの仕業みたいなけちな盗みには何か意味があるはずだよ。ミセス・ジャクソンの子どもたちには会ったことがないけどね、庭師の彼をのぞいて」

「それが謎よ」アガサが言い、チャールズは駐車場に車を入れた。「あんな女性がどうして二度も結婚できたの？」

「蓼《たで》食う虫も好き好きって言うだろう」チャールズは意地悪い視線をアガサに向けた。

「そうだろう、アギー?」

「アギーって呼ぶのはやめてよ。その弁護士を見つけましょう」

弁護士事務所はロワー・ゴート・レーンからちょっと入った中庭のある感じのいい十六世紀の古い石英造りの建物にあった。「この弁護士がわたしの知っているトリスタン・トムリーで、しかも彼が今事務所にいて法廷に出ていないことを祈ろう」チャールズが言った。

チャールズは名刺を母親のような外見の受付係に渡した。彼女は二人に微笑みかけ、ミスター・トムリーの手が空いているか見てきますのでお待ちください、と言った。二人は高級雑誌が並べられたローテーブルの前のすわり心地のいい革製肘掛け椅子にすわった。

受付係は戻ってくると、また微笑みながら言った。「ミスター・トムリーは電話中です。お待ちいただけますか? 数分で終わるはずです」

アガサは田舎の家についての雑誌をとりあげ、ぺらぺらとめくった。オフィスはとても静かで、外の中庭のせいで車の往来の音も聞こえない。いつのまにかまぶたが垂れてきて、まもなくぐっすり眠りこんでいた。

三十分後、はっと目覚めた。チャールズが肩を揺すぶっている。

「行こう、アギー。一杯飲みに行くことになったんだ。こちらがトリスタン・トムリーだ」

アガサは立ち上がり、寝ぼけてまばたきしながら、艶《つや》のいい赤ら顔にふさふさした灰色の髪をした上等な服の小太りの男に目の焦点を合わせた。「起こしてくれたらよかったのに、チャールズ」アガサは文句を言った。

「何も聞き逃していないよ」チャールズが陽気に言った。「それに寝ているときはとても美しく見えるからね。口を開けて、軽くいびきをかいていて」

「あら、あなたときたら、寝ているときはウサギを追いかけている猟犬みたいな音を出すくせに。ウオッ、ウオッ、ブルル、ウオッ」アガサは意地悪く言った。

そのときトリスタン・トムリーが興味しんしんで二人を観察しているのに気づき、顔を赤らめた。

「行こう」チャールズは相変わらず上機嫌だ。「パブはどこだい、トリスタン?」

「角を曲がったところだ、〈山羊と靴〉」

凍えるような霧が渦巻く外に出ていくと、トリスタンが言った。

「二人とも今夜は帰れないかもしれないね。霧がひどい。絶対に悪天候になる予感がするよ」

パブは比較的静かだった。三人は隅のテーブルに飲み物を運んでいった。

「さて、チャールズ」トリスタンは言った。「どういう用件なんだ？　こんな遠くまで旧交を温めに来たわけじゃないだろう」

「まあね。実は、フライファムのアギ……じゃなくてアガサの家に滞在しているんだ」

「なるほど。トランピントン＝ジェームズの殺人事件か。どうして興味を持ったんだ？」

「われわれは謎を解くのが好きなんだよ。彼の遺言書についてきみに訊きたいと思ってね」

「そのことなら話してもかまわないだろう。どこもおかしなところはない。すべて奥さんが相続するよ」

アガサはそのときふいに直感のようなものが閃《ひらめ》いた。「なるほどね」クマのような目でじっと弁護士の目を見つめる。「でも、もうひとつの遺言書はどうなんですか？」

「もうひとつの遺言書とは？」

アガサは身を乗りだした。「トリーが殺される前に作るって脅していた遺言書よ。

妻を相続人からはずし、お金は別の人に遺すつもりだったはず……」

トリスタンはおもしろそうにアガサを眺めた。「小説みたいに？」彼はげらげら笑いだした。「そんな物騒なことは何もないですよ。遺言書はひとつだけで、妻を相続人からはずすという脅しもなかった。そうそう、チャールズ、あのスタッフィのことを覚えているかい？」

アガサは思い出話が延々と続いているあいだ、むすっとして黙りこんでいた。なんてむだ足だったの！　ただ馬鹿にされるために、こんな霧のたちこめた凍える町までやって来たなんて。

うんざりするほど長い時間がたったあとで、とうとうトリスタンは家に帰らなくてはならないと言いだした。「きみたちを招きたいんだが、義母が家にいてね。控えめに言っても偏屈な人なんだよ」

彼が帰ってしまうと、チャールズは言った。「他の遺言書があったと本気で考えていたのかい？」

「遺言書を新しく作るという脅しがあったのならいいな、と思ったの。さもなければ現実の遺言書で何かを受けとる謎の女性がいればばって。今は自分がまぬけに感じられるわ」

「実は白状すると、わたしも同じことを期待していたんだ。で、これからどうする？ホテルを探す？」

「少なくとも戻る努力をしましょう。泊まるなら途中でもできるでしょ。それに、どこかでディナーをとりたいわ。できたら猫たちを放っておきたくないの。ドライフードは置いてきたし、水もたっぷりあるけど、わたしのことを心配するでしょうから」

「ホッジとボズウェルは二匹で楽しんでいるよ、アギー」

「でもコテージは冷えこんでくるわ」

「そうしたらきみのベッドにもぐりこんでるだろう」

アガサは彼の腕をつかんだ。「見て！」

「何を？」

「ああ、行っちゃった」

「何を言ってるんだ？」

「通りのはずれの店のウィンドウの前にいた人、大尉の奥さんのリジー・フィンドレイだと思ったのよ」

「ふうん、そのことでどうしてそんなに興奮したんだ？」

「まったくちがって見えたのよ。すっかりおめかしして。ヒールをはきパンツスーツを着て、メイクもしていた」

「この霧の中でよく見えたね」

「一瞬、霧が晴れて、ウィンドウのライトで照らしだされたの。とたんにバスが通りかかって、霧がまた出てきて。もしかしたら彼女じゃなかったのかもしれないわね。リジーがおしゃれしたらこう見えるだろう、っていう別人かもしれない。この寒くて不愉快な外出がまったくのむだ足だったと思いたくないから、想像しているのかもしれないわ。それに、ああ、猫たちのことが心配なのよ」

道は夕方で混んできはじめていた。チャールズは車の列にやすやすと滑りこんだ。

「早目にどこかで停めて食事をした方がいいかもしれない」彼は言った。「そうすれば道もすいてくるだろう」

「あなたの好きな店でいいわ」アガサは言った。「それからヒーターをつけて。凍えそうよ」

ノリッチから出ると通勤の車はぐんと少なくなり、周囲の田舎の風景はますます暗く霧が濃くなってきた。「休憩したいな」チャールズが言った。「前方に明かりがついている建物がある。でもこの霧だと、工場なのかパブなのかわからないな。ああ、パブだ」

チャールズは右折して駐車場に入った。車から出ると、人差し指を立てた。

「風が吹いている気がするよ、アギー。ごくかすかな空気の動きだけど。天気予報は何だった？」

「知らないわ」

「ま、いいや、食べ物は何があるのかのぞいてみよう」

パブには狭いダイニングルームがあった。食べ物はバスケット入りチキンやバスケット入り小エビといったたぐいのもので、他にはさまざまなサンドウィッチと各種の詰め物をしたベイクトポテトだった。

チキンとフライドポテトを注文した。チキンは硬くパサパサで、オレンジ色のパン粉の衣をまとっていた。ポテトはまずい冷凍物だった。でも、いちおう食べ物は食べ物だ。二人はそれをミネラルウォーターで流しこんだ。チャールズは飲酒運転で罰金をとられたくないからお酒が飲めない、だから、アガサ一人が飲んで楽しむ理由がわからない、と釘を刺した。「それに、一人で飲んでいる人間はすごく怪しいよ」

二人は無言で食事をした。意外にもチャールズが代金を支払った。外に出ると相変わらず霧がひどかった。「戻るのはかなり絶望的だな」湿った霧が周囲で渦巻いているのを見て、チャールズが言った。「泊まるためにノリッチに引き返すべきだよ」

「わたしが運転するわ」アガサが暗い声で言った。「わたしの猫たちだから」

「迷惑な猫のことなんてどうでもいい」チャールズが珍しく癇癪を起こした。「意固地なオールドミスになりかけてるぞ」

「ちがうわ、愛情深い人間になりかけてるのよ」アガサは言い返した。「あなたにはそれぐらいしか言えないわ」

「車に乗ってくれ。できるだけのことはするよ」

「あら、あなたお得意のほら話はどうしちゃったの？」

「知るもんか。これからノーフォークの何もない暗闇に突っ込んでいくんだ」

彼らは時速五十キロで道路を進んでいった。

「もっと速く走れないの？」アガサが文句をつけた。

「だめだ。黙れ」

十キロほど走ったところで、チャールズが言った。「ついに風が出てきたな。事態はますます悪くなってきた」

チャールズの疲れた目の前で、奇妙な霧の柱が灰色の幽霊のようにヘッドライトの光の中で躍っている。小さな丘のてっぺんまで上ると、いきなり晴れた星空の下に出た。

「すごい」チャールズはつぶやきながらアクセルを踏みこんだ。

ようやく彼らはフライファムに到着し、パックス・レーンに曲がった。

「ブランデーがたっぷり必要だな」チャールズは言いながら、生け垣のわきに駐車した。アガサはハンドバッグを探って大きなドアの鍵をとりだした。

アガサは敷居でぎくりとして足を止めた。「チャールズ。ドアが開いているわ。こんなふうに開けていった？」

「もちろん、そんなことはしていない。入らないで、アギー。まだ誰かがいるかもしれない。行かないで――」

だが「猫たちが！」と叫びながら、アガサはまっすぐ家に飛びこんでいった。

するとアガサのとり乱した悲鳴が響き、チャールズはあわてて飛びこんでいった。

アガサはリビングの真ん中に立っていた。何もかもがひっくり返されている。デスクの引き出しはすべて開けられていた。「ホッジとボズウェルは？」アガサは蒼白な唇でたずねた。

「ここで待っていて。二階を見てくるよ」

チャールズは二階に上がっていき、両方の寝室をのぞいた。何者かはありとあらゆるところをひっかき回していた。

彼は階下に戻ってきた。「警察に電話する。どこに行くんだ？」

「猫たちを探すの」

アガサはキッチンに入っていった。食器棚が開いていて、引き出しという引き出しが引っ張り開けられている。何を探していたのだろう？

アガサは庭に出ていき、必死になって猫を呼んだ。だが、暗闇に光る彼女を出迎える二組の緑の瞳は見つからなかった。

それでも探し続けていると、とうとうチャールズが背後から近づいてきた。

「警察が来ているよ、アギー。猫たちはきっと無事だよ。猫は生存本能がすぐれているからね。寒いから中においで」

「あの子たちを置いていくべきじゃなかったんだわ」アガサはすすり泣きはじめた。

「さあ、こっちに」チャールズはアガサの肩を抱いた。「勇敢なアギーはどこに行ったんだ？　まだフランプしか来ていない。おえらいさんはまもなく到着するだろう」

チャールズはアガサをなだめてリビングに連れていった。フランプは暖炉の前に立っている。

「さあ、すわって」チャールズは言いながら、アガサをソファにすわらせた。「ちょっと待ってくれたら、わたしがすべての質問に答えるよ。彼女は動揺していて答えられる状態じゃないんだ。ブランデーを持ってこよう」チャールズはアガサが酒瓶をしまってある戸棚のところに行き、ブランデーのボトルをとりだすと、アガサのためにたっぷり注いだ。「仕事中は飲まないんだろうね」チャールズはフランプに言った。

「寒い夜ですし、ビールならありがたいです」

「ビールはないんだ。ウィスキー、ジン、ウォッカ、エルダーベリーワインならあるよ。さあ、アギーはこれを飲んで」

「ウィスキーでけっこうです」

「いいとも。ソーダは？」

「いいえ、ストレートで」

チャールズはフランプにウィスキーのグラスを渡し、自分にはブランデーを注いだ。

「すわって」フランプに言った。「長い夜になりそうだ」

半時間後、ハンドとケアリーが到着した。「幸運でしたね」ハンドが言った。「あまり遠くない場所で別の事件の捜査にあたっていたんです」フランプは抜け目なくテレビの裏にグラスを滑りこませた。

チャールズがまたすべての質問に答えた。彼はノリッチでショッピングをしていて、霧のせいで家に帰るのが遅くなった、とだけ言った。いいえ、犯人が何を探していたのかさっぱりわからない、ドアを破らずに入って来られる人間も知らない。アガサは立ち上がってケアリーといっしょに二階に行き、すべてのアクセサリーがまだあることを確認した。彼女はロボットのように動きながら、ずっといなくなった猫たちのことを嘆いていた。それからケアリーといっしょにリビングに戻ってきた。

「何もなくなっていません」ケアリーが報告した。

「まもなく指紋採取班が到着するだろう」ハンドがため息をついた。「さて、あなたですが」とアガサの方を向いた。「探偵のようなことをしていたんですか?」

チャールズは警告するようにアガサを見た。「いいえ」彼女は嘘をついた。「猫はどうなったんでしょう?」

「きっとどこかにいますよ」

だがアガサは死んだものと思いこんでいた。ここに連れてくるべきではなかった。カースリーから逃げだしたりするべきではなかった。猫たちが戻ってくるなら、どんなことでもします、と神さまに約束した。鑑識班がやって来て、指紋をとるために粉をまいた。猫のことで落ちこんでいたが、アガサはフライファムとカースリーを比べないわけにいかなかった。こんなことがカースリーで起きたら、村じゅうの人々が集まってきて、慰めの言葉をかけ、助けになろうとしてくれただろう。だがフライファムの妖精を信じている住人たちは、ホビットのように隠れ家に潜んだままだった。

朝の三時にようやく警察と鑑識班が荷物をまとめて引き揚げた。アガサとチャールズは並んでソファにすわった。アガサは身震いした。「とても寒いわ」

「じゃあ、あなたはしばらくそこにすわっていて。わたしはこの暖炉に火をつけて部屋を暖かくする。それから寝室の暖炉にも火をつけてこよう」

アガサはチャールズがたきつけと紙と薪で火をつけ、炎が燃え上がるのを暖炉の前に立って確認しているのをぼんやりと眺めていた。それからチャールズは空の薪入れをとりあげた。「小屋に行って、もっと薪をとってくるよ。大丈夫かい？」

アガサはうなずいた。揺らめいている炎を見つめた。なんて馬鹿だったのかしら。どうして他人のことに首を突っ込んだんだろう？　こんなひどい村に来て、猫たちを死なせてしまうなんて。トリーを誰が殺したとしても、もうどうでもいいわ。

キッチンのドアが勢いよく開く音がした。チャールズが入ってきてうれしそうに叫んだ。「ほらこれを見て、アギー」

首を回すと、飛び上がった。チャールズがホッジとボズウェルを抱えていたのだ。

「ああ、神さまありがとう」アガサは安堵の涙を流しながら叫んだ。「その子たちをキッチンに連れていって、チャールズ。特別なごちそうをあげるわ」

キッチンで待っていたチャールズは、アガサがパテ・ド・フォアグラとサーモンの缶詰をとりだしたのでにやっとした。

「過ぎたるはなお及ばざるがごとしだぞ」彼は釘を刺すと、口笛を吹きながら庭に薪をとりに行った。


階下でドアベルが鳴ったので、アガサははっと目覚めた。ベッドサイドの時計を見てうめいた。朝の八時！ ガウンをはおって階下に行くあいだ、ベルはずっと鳴り続けていた。ドアを開けると、ミセス・ジャクソンの仏頂面が目の前にあった。

「掃除をしに来ました」ベティ・ジャクソンは言うと、アガサを押しのけた。アガサは頭を働かせた。この女に帰ってくれと言いたいのは山々だったが、そこらじゅうが指紋採取の粉だらけだ。

「ゆうべ押し込みにあったの」アガサは言った。「警官がここに来たので、指紋採取の粉がそこらじゅうについているわ。わたしはベッドに戻るから、寝室の方は気にしないで。下だけ掃除してちょうだい。ああ、それと窓もお願いね」

「窓はやりません」

「じゃあ、できることだけやってちょうだい」アガサは苦々しげに言った。「それから猫にはかまわないで。いえ、二匹はいっしょに連れていくわ」アガサは家政婦を興味深げに眺めた。「あまり驚いていないようね」

「新参者の仕業ですよ」ミセス・ジャクソンはコートを脱ぎながら言った。「新参者が来るまでは、こういうことは一度もありませんでした」

夫が刑務所にいる女性の口から出た言葉にしては、ちょっと筋が通らないわ、とアガサは思ったが、あまりにも疲れていて議論する気力がなかった。猫たちを抱きあげると二階に連れて行き、二匹をベッドの端にのせた。自分もベッドにもぐりこみ、また眠りに落ちた。

再び目覚めたときは十一時だった。急いで顔を洗って服を着ると、猫たちをあとに従えて階下に行った。キッチンからチャールズの声が聞こえてきて、ミセス・ジャクソンと話しているらしかった。リビングをのぞいてみた。ピカピカに磨かれて粉もふきとられ、暖炉は掃除され、火がおこされている。少なくとも掃除はできるようね、とアガサは思った。

キッチンに入っていった。ドアを開けたとたん、会話がいきなり止んだ。ミセス・ジャクソンは流しで布巾をゆすいでいて、チャールズはテーブルに朝刊を広げている。

「ここはほぼ終わりました」ミセス・ジャクソンは言った。「二階もやりましょうか？」

「ええ、お願い」アガサは言った。

チャールズが立ち上がった。「これから出かけるんだ、ベティ。終わったら外からドアに鍵をかけておいてくれ」

「どうしてそんなことができるの？　わたしが鍵を持っているのに」アガサがたずねた。

「不動産屋に行って合鍵をもらってきたんだ」チャールズが言った。「もうベティの給金は払った。行こう、アギー。食事はあと回しだ」

「今じゃベティって呼ぶようになったのね」アガサが言った。「何を聞きだしたの？」

「車に乗ったら話すよ」

「ちょっと待って。猫たちはどうしてるの？」

「庭に出してやった。大丈夫だよ」

「こんなに早くから仕事を始めて、彼女の子どもたちはどうしてるのかしらね？」

「早いスクールバスに乗ってるんだ。貧しい家庭で母親が働いていると、学校で無料の朝食が出るんだよ」

「それで、何を聞けたの？」

チャールズは車を横道に停めるとエンジンを切った。

「むしろ、彼女から聞き出せなかったことの方に興味があるんだ。ルーシーはいい雇い主だったとベティは言い張っていた」

「だった？　もうルーシーのところで働いていないの？」

「ルーシーに退職金をもらったんだそうだ、それも気前のいい額を。ルーシーはできるだけ早くお屋敷を売りに出すつもりで、業者を呼んで全面的に改装するらしい。でも、変な話だ。そのあいだルーシーみたいな人間には、汚れた食器を洗ったり掃除機をかけたりする人間が必要だと思うだろ。ミセス・ジャクソンはトリーについてはあまりしゃべらなかったが、二人は仲むつまじい夫婦だったという話を繰り返していたよ」

「もしかしたら、わたしたちはまちがっていたのかもしれないわ。実際、そうだったのかも」

「まさか。信じていないくせに」

「そうね、やっぱりちがうと思う。これからどこに行くの？」

「ベティ・ジャクソンとちょっと話しておおいに役立ったよ。あの女性にはどこかぞっとするところがあるな。ところでリジー・フィンドレイのことを考えていたんだ」

「大尉の奥さん？　おしゃれした彼女を見かけたと思ったから？」

「なんだかしっくりこないし、他の線は何も考えられないからかな。トリーがリジーにごまをすっている、というようなことをルーシーが言っていたのは覚えてるだろう」

「ええ。でも、もちろんそれは大尉にとりいりたいからでしょ」

「そうとも限らない。いいかい、ルーシーを例にとると、彼女は容姿を保つのに一財産つぎこんでいるし、きわめて薄情な人間だ。ところがリジーは虐げられてきて、ルーシーとはすべてにおいて正反対だ」

「だけど、あんなに野暮ったくてやつれているのよ！」

「外見に気を遣ったら、どんなふうに見えるかわからないよ」

アガサはリジーの姿を思い浮かべてみた。実はあまりよく見ていなかったが、近眼で、パーマをかけた髪、だぼっとした服をまとった体。彼女は首を振った。「ありえないわ」

「賭けに出てみよう。大尉の家に行き、車をどこかに隠し、見張っているんだ」

太陽は出ていたが、冷たい風が吹いていた。「そんなに長い時間じゃなければいいわ」アガサは用心して言った。

二人は再び出発した。チャールズは大尉の家の近くの田舎道に入った。

「どうやって彼女を見張るつもりなの？」アガサが文句を言った。「長い私道が農場の前を通っていて、さらにその先が大尉の家なのよ」

「弱音を吐かないで。何か考えつくよ。そうだ。大尉の敷地に侵入して畑を横切れば、松林に隠れて家の入り口を見張ることができる」

「誰かに見られたらどうするの！　あの畑を横切るときは姿が丸見えになるわよ」

「その危険を冒してでもやってみよう」

「犬はどうするの？」

「わたしは犬に好かれている」

「見つかったら、どう言い訳するつもり？」

「怪しい外見の侵入者かニューエイジの旅行者を見かけたから、隣人の義務として、やつらを追い払うために畑を突っ切ったって言えばいい」

「でも――」

「さあ、行くぞ、アギー！」

しぶしぶアガサはチャールズと並んで歩きはじめた。チャールズは畑に通じる門を開け、通り抜けると閉めた。「さて、畑沿いの道を行こう。それなら害がない。所有者が怒るのは畑の真ん中を歩かれたときだ」

二人は畑沿いに歩いていった。アガサは不安で頻繁にあたりを見回した。松林までたどり着くと、ほっとした。松林。どうしてもっと葉が茂る木じゃなかったのだろう？　二人は比較的太い松の木陰に立った。

そこからだと大尉の家の入り口がはっきり見てとれる。「煙草を吸ってもいいかしら？」三十分後、アガサはたずねた。

「だめだ」チャールズが厳しく言った。「木立から煙が立ち上っているのに誰かが気づき、調べに来るかもしれない」

「あとどのぐらいここに立っているの？　凍えそうよ」

「しいっ！　誰かが出てきた」

見守っていると、大尉の長身の姿が現れた。ほこりだらけのランドローバーに乗りこみ、犬たちも後部に乗せたので、アガサはほっとした。車は私道を走り、道の向こうに見えなくなり、あとには行き先を示す黒っぽい排気ガスの煙だけが残された。

「これからどうする？」アガサはささやいた。「今日のメインイベントはあれだったの？」

「リジー・フィンドレイが行動を起こすか確認しよう」

アガサは煙草が吸いたくてたまらなかったし、さっさとこんな不快な調査から手を引きたかった。松の梢から空を見上げる。「暗くなってきたわ、チャールズ。太陽が見えなくなった。雨になる前にここを引き揚げた方がいいんじゃない？」

「これだけ長く待ったんだ。あと少し待とう」

さらに四十五分待つと、アガサは寒くて惨めな気分になってきた。突風が松の木立を抜けていき、雨が一粒頬に落ちた。

「もうたくさん。わたしはおりるわ。雨の中で立っていて肺炎になりたくないから」

「彼女が出てきたぞ」チャールズがささやいた。

リジー・フィンドレイが古い防水コートを着て、頭にスカーフを巻いて現れた。小さなスーツケースを手に、おんぼろのフォードエスコートに乗りこむ。荷物は隣の座席に置き、あちこち探ってから、運転用の眼鏡をかけた。

「私道を先に行かせよう」チャールズが興奮して言った。「それからあとをつけるんだ」

フォードが見えなくなったとたん、チャールズはアガサの手をつかみ車まで無理やり走らせた。冷たい雨が顔をたたき、チャールズは今度は耕した畑の真ん中を走った。車のところに着いたとき、アガサの靴は濡れて泥まみれになっていた。

「どっちに行ったの？」アガサは車に乗りこみ、シートベルトを締めながらたずねた。

「わからないが、ノリッチ方面の道だと思う」

チャールズはすごいスピードで車を走らせ、曲がりくねった道のカーブを猛スピードで曲がるたびにアガサは座席にしがみついた。

「見つけた！」チャールズが勝ち誇って叫んだ。

「どこ？」

「前方だ」

「見えないわ」

「前の三台目の車だ。気づかれないように何台か車をはさむよ」

車はそのまま走り続けた。「そうね、ノリッチに行くにちがいないわ。街中で見失わないように祈りましょう。せめてもの救いは霧が出ていないことね」

アガサは憂鬱な気分になってきた。足は濡れて泥だらけだ。リジーはショッピングに行き、まっすぐ帰宅するだけかもしれない。

リジーは町の中心部に向かい、ゆうべチャールズが停めたのと同じ駐車場に車を停めた。リジーが駐車して降りていくあいだに、アガサたちは二列後ろに車を停めた。しばらく通りを歩いていくリジーのあとをつけていくと、彼女は私設馬券売り場の外で立ち止まり、鍵をとりだすと店の隣のドアを開けた。どうやら上階のアパートに通じているらしい。そして姿が見えなくなった。

「『ますます奇妙になっていく』」とチャールズが『不思議の国のアリス』を引用した。「ねえ、向かいのカフェの窓際のテーブルが空いている。あそこにすわって見張っていよう」

カフェの主人は二人が入っていくと、アガサの泥だらけの靴をとがめるようにちらっと見た。コーヒーを注文して窓辺のテーブルにすわった。刻々と時間が過ぎていく。コーヒーのお代わりを頼んだ。

そのとき向かいのドアが開くのが見えた。「あなたの言うとおりだった！」チャールズは興奮して叫んだ。現れたリジーは変身していた。しゃれた白のレインコートを着てシルクのスカーフを巻いている。足元はシアーストッキングとハイヒール。顔は巧みにメイクされていた。彼女は決して美人ではなかったが、抑圧された主婦ではなく、おしゃれな中年女性になっていた。あたりを歩き回って、次々に店をのぞいている。デパートに入っていった。二人はあとをつけた。リジーは化粧品を購入した。それからランジェリー売り場に行き、レースのブラとフランス製パンティを買った。

買い物袋を抱えたリジーは、こっそりとつけているアガサとチャールズとともに私設馬券売り場の隣のドアまで戻ってきて、中に入った。

もう一度アガサとチャールズはカフェで見張りをした。窓際のテーブルはふさがっていたので、代わりばんこに立ち上がって首を伸ばして窓からのぞいた。

一時間後、リジーはまた元の姿に戻り、スーツケースを手に現れた。

「急いで、あとをつけましょう」アガサは言って立ち上がった。

「いや、すわるんだ！」

アガサはしぶしぶ言われたとおりにした。「どうして？」

「彼女は家に帰るからだよ。あのアパートを誰が借りているのか知りたいんだ。誰かが借りているとしてだけど」

二人はコーヒーを飲み終えた。アガサは食べ物を注文すればよかったと思ったが、ずっとカフェで待っていたおかげで足は乾いていた。

「ただ隣人たちにわたしたちが来たことを告げ口されたら困るな」とチャールズが思案した。

「その手の調査なら前にもやったことがあるわ」アガサは意気込んだ。「文房具店でクリップボードと罫線入りの紙を買ってきて、市場調査をしているって説明するのよ。ここから見える？　ドアに呼び鈴はついている？」

「四つ。それにインターコム」

「あなたはここで待っていて。誰かが家にいるといいけど」

アガサは近くの文房具店でクリップボードと用紙を買うと、アパートに戻っていった。どう名乗ろうかしら？　ただ漠然と市場調査って言えばいいわ。それでうまくいくはず。

呼び鈴には名前はなく、アパートの部屋番号だけがついていた。四番目の呼び鈴だけが応答した。年配女性が「誰なの？　どういう用？　また子どもたちのいたずらなら、警察に電話するよ」とキンキン声で言った。

「市場調査です」アガサはインターコムに言った。

「馬鹿馬鹿しい質問に答えている時間はないの」という返事だった。

「お手間をとらせた分のお礼はします」アガサは言った。

「いくら？」はっきりと欲を見せた。

「二十ポンドです」

ブザーが鳴り、アガサはドアを押し開けて二号室に上がっていった。年配女性が二本の杖にすがって戸口に立っている。「何についてなの？」彼女はたずねた。

もつれたくしゃくしゃの髪をして、皺だらけの顔では小さな目が鋭く光っていた。

「コーヒーです」アガサは言った。

「コーヒー？　あたしはコーヒーは飲まないよ」

この人相手じゃ、何も訊きだせないわ、とアガサは思った。カフェに戻って、もっと情報を引き出せそうな住人が帰ってくるのを待った方がよさそうだ。

「お手数をおかけして申し訳ありませんでした」アガサは言った。

「待って！　二十ポンドって言ったよね？」

「ええ」

「じゃあ、入って。一日じゅう暇じゃないんだから」

アガサは彼女のあとからきちんと片付いたリビングに入っていった。窓辺の鳥かごでカナリアがさえずり、本物に似せた電気の炎が燃えているヒーターの前に猫が二匹いた。アガサは身震いをこらえた。一瞬、この老婆に自分自身の将来の姿を見ているような気がしたのだ。「あたしはミセス・タイト。T＝I＝T＝Eだよ」

アガサはおとなしくそれを書きつけた。「あたしはコーヒーを飲まないけど、息子が飲むの。すわって」彼女はゆっくりと体をかがめ、暖炉の前の肘掛け椅子に苦労しながら腰をおろした。アガサはその向かいにすわった。

「一日に何杯飲みますか？」アガサは質問した。

「四、五杯だね」

アガサはそれを書き、さらにミセス・タイトの息子がコーヒーを飲むことについていろいろ質問した。「さて、このアパートには他に質問に答えていただけそうな人はいますか？」

「ジョージ・ハリスと老ミスター・ブラックがいるけど――」

「できたら女性がいいんです。女性の方が質問に上手に答えてくれますから」

「じゃあ、ミセス・フィンドレイがいるけど、最近はあまり見かけないね。それを言うなら彼女のご主人も」

アガサはがっくりした。ここはフィンドレイ夫妻が街中に買ったか借りたかした部屋でしかなかったのだ。二十ポンドをとりだすと、それを渡した。

立ち上がった。ミセス・タイトはお札をなでてからたたみ、古ぼけたウールのカーディガンのポケットにしまった。「玄関はわかりますから」アガサは言った。「わざわざ立ち上がらなくて大丈夫ですよ」

「中年の愛っていうのは見ていて気持ちがいいねえ」ミセス・タイトがひとりごとのように言った。「だから、こんなに長く結婚生活が続いているんだね」

アガサはドアに片手をかけたまま、さっと振り返った。「大尉とミセス・フィンドレイのことですか？」

「旦那さんは大尉なの？　それは知らなかった。肩書きを使ったことがなかったから」

「フィンドレイという人を何人か知っているので」アガサは用心深くごまかした。「このアパートのミスター・フィンドレイをフィンドレイ大尉と混同してしまったんだわ。ところで彼はどんな外見ですか？」

「小柄で小太りで血色がいいわ。いつもスポーティーな服装をしているね。乗馬服にネクタイ、タイピンは馬の頭だったかねえ」

「ありがとうございます」アガサは階段を弾むような足どりで下りていき、通りを渡ってカフェに戻った。そこでチャールズにわかったことを報告し、「まさかトリーのはずがないわよね」としめくくった。

「いや、そのようだな」

「だけど、ありえないわよ！　トリーみたいな金持ちの男がどうしてリジー・フィンドレイみたいな女性と浮気するの？」

「考えてごらん。彼は金のためだけに結婚したと明言している冷たいブロンド女性と結婚している。彼はリジーとおしゃべりする。最初はリジーの夫にとりいる魂胆からだった。でもリジーが自分のことを魅力的だと思っていると気づいたらどうする？彼は田園生活のイメージを何もかも愛しているが、ここにはケーキを焼き、ジャムを作る本物の田舎の女性がいる。うん、彼女はきっとそうしていると思うよ。たぶんあるとき偶然にノリッチで会って、そこから関係が始まったんだろう」

「それにたぶんリジーはロージーからローズの香水をもらっているわね」アガサは言った。「寝室でルーシーが嗅いだのはそれだったのよ」アガサは首を振った。「信じられない」

「彼女に訊いてみればいい」

「何を？」

「ただ訊いてみるんだ。彼女一人だけのときを狙うようにしよう。さっそく今夜やってみよう。大尉は狩りの仲間とどこかに出かけているにちがいない。試してみる価値はあるよ」

「あの松林にまた隠れるのはこりごりよ」

「家に帰って七時過ぎまで待って電話しよう」

「でも」とアガサは駐車場に歩きながら反論した。「もしトリーが相手なら、どうして部屋を借り続けてドレスアップし、セクシーなランジェリーを買ったの？　トリーは亡くなったのよ」

「別の相手を見つけたのかもしれない」

「絶対にありえないわ」

「彼女一人のところで訊けば、すべて明らかになるだろう」

家に帰ると、アガサはあわただしくサンドウィッチを食べ、ロージー・ウィルデンに電話してローズの香水を買えないかとたずねた。

「ひと瓶お分けするわ。次にパブに来たときにそう言って」

「本当にありがとう。最近どこかであなたの香水を嗅いだの。ええと、誰だったかしら？　ああ、ミセス・フィンドレイだわ、フィンドレイ大尉の奥さん」

「そうでしょうね。ミセス・フィンドレイはわたしの香水が大のお気に入りなの。一家の秘密だから作り方は教えられないけど、立ち寄ってくれれば、いつでも差し上げるわ」

アガサは礼を言って電話を切った。興奮に顔を紅潮させてリビングに戻ると、チャールズに香水のことを報告した。

「じゃあ、あとはリジーが一人でいるところをつかまえるだけだな」

チャールズはその晩七時半まで待ってからリジーの番号に電話した。彼女は電話に出ると、夫は家にいないと不安そうに言った。

「でしたら、ぜひお話ししたいことがあるんです。チャールズは言った。そちらにうかがってもよろしいですか？」

「それはちょっと都合が悪くて」

「ノリッチのあなたの部屋についてです」

リジーは小さく怯えたように息をのみ、それからしどろもどろになって言った。

「お、お会いしますけど、ここじゃないところで」

「では、こちらにどうぞ。〈ラベンダー・コテージ〉です、パックス・レーン沿いの。ご存じですか？」

「ええ」

「すぐおいでください」

「気になっていることがあるんだ」チャールズはリジーが訪ねてくると伝えてから、

アガサに言いだした。「妖精のことだ。この殺人騒ぎで妖精のことがすっかり忘れられているよね」

「たしかに。でも殺人と関係があったとしても、わざわざそんな手間をかける必要があるかしら？　がらくたを盗む危険を考えてみて」

「スタッブスの絵のことを忘れているよ」

「スタッブスの盗難はこれとは関係ないと思うわ。あら、ドアベルが鳴った。リジーはずいぶん早いのね」

だがアガサがドアを開けると、戸口に立っていたのはハンドだった。

「あなたがお知りになりたいと思ったので」とハンドは言いながら玄関ホールに入ってきた。「お宅に侵入した犯人は手袋をしていました。ただし、暖炉のそばの一組の指紋は別です。このあたりに子どもはいますか？」

「いえ、全然。それどころか、村にはミセス・ジャクソンの家以外に子どもはいないんじゃないかと思いますけど」

「われわれもそう考えています。部下がケアリー部長刑事といっしょに彼女に会いに行っています。ただ、まずあなたに確認しておこうと思ったので」

「いえいえ、わたしの知る限り、この近辺に子どもはいません」アガサはミセス・フインドレイが来る前にハンドを帰らせようと、ほとんどドアの方に押しやるようにした。

「なるほど、それでは」ハンドは不審そうにアガサを見た。「何かつかんだらご連絡しますよ」

「ええ、よかった。本当にありがとう」

ハンドったら、何をぐずぐずしているの！　彼は生け垣のわきの小道をやけにのろのろと歩いて、車を停めたところに戻っていく。

アガサは車が去るのを辛抱強く待ち、それから家に駆け戻った。

「リジーに電話して」チャールズに言った。「ここに来たけどハンドがいるのを見て怯えて逃げてしまったかもしれない」

背後でドアベルがまた鳴り、アガサは飛び上がった。

「今度こそリジーだよ」チャールズが言った。

6

リジー・フィンドレイは明かりに目をしばたたきながら家に入ってきた。小柄な彼女は憔悴し怯えているように見えた。

「わたしを脅迫するつもりなんですか？」リジーはたずねた。

「いえ、全然」チャールズは言った。「コートを脱いでリビングにどうぞ」

彼はコートを脱ぐのを手伝った。

全員が暖炉の前にすわると、チャールズが切りだした。「あなたがトリーとノリッチで過ごしていたのを知ったんです。彼の妻のふりをして」

リジーは蒼白になった。「主人に言うつもりじゃないでしょうね！」

「いいえ」アガサが言った。「ただ、どういう事情だったのか知りたいだけです。警察にも言いませんよ」

「話さないわけにいかないようですね」リジーは家事で荒れた手を惨めそうに見下ろ

した。「去年、始まったんです。トリーはとても親切にしてくれて、うんざりする狩りのディナーの席でいろいろな話をしました。少しして、わたしは結婚生活がみじめだと彼に打ち明けるようになり、彼も自分の結婚生活がつらいと話してくれたんです。それで、だんだん親しくなっていって。主人はしょっちゅう出かけるので、トリーはノリッチに部屋を借りることを思いつきました。主人はカナダの親戚をひと月訪ねることになったんですが、わたしは連れていかないと言ったんです。そのとき実際に関係が始まり、そのひと月、いっしょに過ごしました。ルーシーに見つかるんじゃないかと心配でしたけど、ルーシーはまったく自分のことを気にかけていない、とトリーは言ってました。妻はお金だけが目当てだと」

「大尉がそれを知った可能性はありますか？」アガサが質問した。「ご主人がトリーを殺したとは考えられない？」

「わかりません」リジーはうちひしがれていた。「ずっと心配で心配で」

「今日の午後、ノリッチであなたを見かけたんだ」チャールズが言った。「あなたは変身していた。ちがう服、メイク、その他もろもろ。他にも誰かいるんですか？」

「いいえ」リジーは言った。「もう二度とそういうことはないでしょう。わたしは人生に行き詰まってしまった。トリーは新しい遺言書を作る気になって……」その言葉にアガサは鼻高々でちらっとチャールズを見た。「何もかもわたしに遺すと言ったんです。でも、ルーシーが遺言書は無効だと訴えるだろうし、すごいスキャンダルになると反対しました。彼はずっと離婚すると言ってたので、二人のことをルーシーに話してくれたのか、とわたしは何度もたずねたんです。でも、すぐに話すと約束するだけでした。そのうち新しい遺言書を作るつもりだ、わたしにスタッブスを遺すから、それを売れば、夫から自由になれるって言いました」

「では別の遺言書があったのね！」アガサは叫んだ。

リジーは首を振った。「ないと思います。文房具店で買った書式で自分で遺言書を書いたって言ってましたけど、そもそも彼の方が長生きするかもしれないのに、そんなことをするのはおかしいでしょう？」

「だけど、聞いて」アガサが熱っぽく言った。「別の遺言書を作ったとして、ルーシーがそれを知ったら、スタッブスを自分で盗み、あなたが手に入れられないようにしたのかもしれないわ」

「どうしてノリッチの部屋に行ったのか、まだ説明してくれていませんよ」チャールズが言った。

リジーは悲しげな微笑をうっすらと浮かべた。「あの部屋の賃貸料は今年の末まで支払ってあるんです。女装趣味の人が女性として歩き回るのをご存じでしょう。彼らはそれだけで満足する。わたしも似たようなものなんです。あの部屋にいると、ほんの少しのあいだだけ、ちがう自分だと感じられた。トリーといっしょに過ごしていたときのように」

「彼の死はさぞつらかったでしょうね」チャールズが思いやった。

「最初は主人がやったのではないかと怯えました。でも、主人は癇癪持ちだし、トリーとのことを知ったらわたしに激怒するはずです。殺されたことにはショックを受けたし、怖くてたまらなかったけど、実はトリーはわたしを利用していただけなんだと思います。わたしの母方の一族にハドシャー伯爵がいるんです。最近のトリーは自分を招待するように働きかけてくれ、ということばかり口にしていました。こんなことにならなくとも、もうじき関係は終わっていたと思います。何十年ぶりかで女として扱われたので、最初は愛だと思っていたんですけど、ルーシーにまだ離婚を切りだせない言い訳ばかり並べられました。離婚手当のせいで離婚はしたくなかったんだと思います。彼女に何も遺さないとは本気で思っていなかったし、もちろん、自分がこれほど早く死ぬとは思っていなかったんでしょうね。あの、警察にこのことは話さないでください」

「話しませんよ」チャールズは言った。「だけど、わたしたちが新しい遺言書を見つけたり、スタッブスを見つけたりしたら、警察に知らせないわけにはいかないでしょう」

「それでしたら問題ありません。わたしはただ家を出て、スタッブスがオークションで売れるまで姉の家にいればいいだけです。もっと早く家を出るべきでしたが、あの絵があればそうする勇気が出ると思います」

「自分のお金はないんですか？」アガサはたずねた。

「わずかに持っていたお金はこっそり服を買ったのでなくなってしまいました」

「部屋に行くのを見かけたのですが、スーツケースを持っていたでしょう。どうして上等な服は部屋に置いてこなかったんですか？」

「自分の寝室の古いたんすに少ししまってあるんです。主人とは別々の寝室ですから。主人がわたしの部屋を見ることはありませんし、すてきなものをいつもそばに置いておきたいので」

「ご主人はきれいな服をあなたに着せたがらないの？」

「ええ、いつもわたしの欠点ばかりあげつらうんです。わたしが野暮ったく見えるのが気に入っているんだと思います」リジーは恥ずかしそうにチャールズに微笑みかけた。「男の方ってねえ！」

アガサはむっとした。このリジーははたして見かけどおり野暮ったくて無邪気なのかしら？

「飲み物でもいかが？」アガサはたずねた。アガサがその申し出を怒鳴るように口にしたので、チャールズは驚いて眉をつりあげた。

「いえ、けっこうです。そろそろ戻らないと。わたしのことを黙っていてくださってありがとうございます」立ち上がると、チャールズの方になんとなく笑いかけた。チャールズは男らしく「コートをとってきましょう」と応じた。

チャールズはリジーを見送ってリビングに戻ってくると、アガサを眺めた。彼女は眉根を寄せて炎を見つめていた。

「何をいらいらしているんだい？」チャールズはたずねた。

「あなたは気づかなかったかもしれないけど、〝ミセス・とっても無邪気なフィンドレイ〟はあなたに色目を使っていたわよ」

「何言ってるんだ、アガサ。彼女はたんに古いタイプの人間で愛想がいいだけだよ」

「その線で考えていたら、じきに彼女が買ったフランス製パンティをもっとじっくり見る羽目になるでしょうよ」

「なんて下品な！　生まれ変わるとしたら、あなたはどこかの網戸の上でつぶされたハエになるだろう、アギー。意地悪なことを言うのはやめて、わかったことを検討してみようよ。さて、殺人のことはちょっとおいておいて、トリーが新しい遺言書を作ったので、ルーシーがスタッブスを盗んだとしたら？　彼女はそれをどうするだろう？」

「忘れているわ。彼女は保険金を手に入れられるのよ。そうしたければ絵を焼くことだってできる」

「たしかにそうだな。しかしトリーを殺した犯人でないなら、ルーシーはすべてをじきに相続することになっているとは知らないはずだ。となると、そこからどういう結論になる？　ねえ、わたしはリジーのことでうしろめたく感じているんだ」

「彼女の色あせた魅力に参ったなんて言わないでよ」

「いや、警察に別の遺言書のことを言わないって彼女に約束したことでうしろめたいんだよ。警察はたくさんの捜査員を投入しているから、いずれ遺言書の件も見つけだすよ。ところでトリーはその遺言の証人を二人見つければよかったわけだが、誰だろうな」

「ポール・レッドファーン、猟場番人のことを忘れているわよ」

「そのとおりだ。トリーが本当に田舎の暮らしに惚れこんでいたんなら、猟場番人と話してみなくちゃ。今夜はもう会いに行くには遅い。明日行ってみよう」

ドアベルが鳴った。「今度は何かしら?」アガサが言って玄関に向かい、ハンドを連れて戻ってきた。

「ミセス・ジャクソンのコテージの裏にある物置小屋に、すべての品物が隠されているのを発見しました。子どもたちがとったんです」

「どういう子たちなんですか?」アガサはたずねた。「見たことがないけれど」

「四人も悪ガキがいるんですよ! ウェインは四歳、テリーが六歳、シャロンは七歳、ハリーは八歳。ただのジョークだと言っています。古いクリスマスツリーのライトをバッテリーにつないだんです。あなたの家にどうやって入ったのかわかりませんが、たいていの家はドアに鍵をかけないし、窓がどこか開いていると言っています」

「スタッブスの件は?」

「子どもたちはお屋敷には近づいたことがないと主張しています。がらくたを盗むのと、大きな絵画を盗むのとでは話がちがいますよ。それにスタッブスを見つけても、殺人者を見つけるには役に立たない」

彼は二人を険悪な目つきでじろっと見た。「探偵志望のお二人は何か見つけたんですか？」

「何も」アガサとチャールズは声を合わせて言った。

アガサはハンドを見送ってからチャールズのところに戻ると、心配そうな顔になった。

「リジーが急に警察にすべてを打ち明けようという気にならないといいけど」

「最初にわれわれに話したと言わない限り大丈夫だよ。そんなことをする理由も見当たらないしね」

翌朝目覚めたとき、まずアガサの頭に浮かんだのは猟場番人を訪ねる予定だった。それからジェームズのことを思い出し、ますます彼のことを考えなくなっていることに気づいた。執着が薄れていることを喜ぶどころか、不安がこみあげてきたが、その理由はわからなかった。ようするにアガサ・レーズンはアガサ・レーズンの相手だけをしているのが気に入らなかったのだ。執着がなくなれば、頭の中に空洞ができるような気がする。執着は現実の衝撃をやわらげてくれるものでもあるのだ。ベッドから出て、チャールズの寝室をのぞいた。彼はぐっすり眠っていた。寝相がよく、すべてに満足しきっているように見える。

アガサは階下に行き、カースリーの牧師館に電話した。牧師が出た。

「ああ、あなたですか」牧師はそっけなく言った。「ちょっとお待ちを」彼が叫んでいる声が聞こえた。「あのレーズンという女性から電話だ」

ミセス・ブロクスビーが電話口に出てきた。「どうしているの？」

「あまり進展はないわ」

「チャールズはまだそっちにいるの？」

「ええ」

「ジェームズはまだ戻っていないわ。予定が遅れているみたいね」

「そのことで電話したんじゃないの」アガサは言い訳した。「ただ、あなたがどうしているかと思って」

「まったくふだんどおりよ。パブもこれまでと同じだから、あなたもほっとしたでしょ。新しい女性が村に来たの。ミセス・シェパードっていう未亡人で、とっても外交的な人。パブの抗議運動では指揮をとってくれたのよ。婦人会にとって役に立つメンバーになると思うわ。いろいろなことを企画するのが得意みたいね」

アガサは嫉妬で胸に鋭い痛みを感じた。「なんだかいばりたがる人に聞こえるけど」アガサは苦々しく言った。「目に浮かぶようだわ。ツイードの服にサポートストッキング、パーマをかけた髪」

「あら、ミセス・シェパードは四十代よ。ブロンドでとても垢抜《あかぬ》けているわ。ユーモアセンスもあるし。モートンで花屋さんを開いているので、教会のお花をとてもきれいに活けてくれるのよ」

戻らなくては、とアガサは思った。この嫌な女がジェームズを毒牙にかけないうちに。

「そろそろカースリーに戻るころかと思ってたけど」気がつくと、ミセス・ブロクスビーが言っている。

「こっちの暮らしにも少し飽きてきたから、たぶん近いうちに――」

アガサは言葉を切って息をのんだ。

「どうしたの？　大丈夫？」

「また電話するわ」アガサはゆっくりと受話器を置いた。半ば開いたキッチンのドアから、絵の額の金縁が見える。

アガサはキッチンに入っていた。男が馬の手綱をとっている絵がテーブルに立てかけられている。

「チャールズ！」アガサは大声で叫んだ。

二階から眠たげな声が聞こえた。それから急いでチャールズが階段を下りてくる足音がした。彼はキッチンに入ってきた。一糸まとわぬ姿だった。「これは驚いた。スタッブスだ」

「そうよね？」

チャールズは近づいてきた。「何も触らないで」アガサは叫んだ。「警察に電話しなくちゃ。絵は最初からテーブルの脚に立てかけてあったの」

「裏を見るだけだよ」チャールズは四つん這いになった。猫たちは遊びだと思って、彼に体をこすりつけている。絵の裏を見てチャールズは言った。「裏側に封筒が留めてある。ちょっと待って。こう書いてあるぞ。『テレンス・トランピントン＝ジェームズの最後の遺言書』」

「トリーね」

「ああ、覚えてるだろ、新聞で彼の名前がテレンスだと書いてあったのを。トリーなんて馬鹿げたニックネームをつけるのがしゃれていると思っていたんだろう。警察に電話して、アギー」

「お願いだから服を着てちょうだい」

チャールズは体を起こすと二階に上がっていった。服を着ているときと同じように、素っ裸でもまったく意に介していないようだった。アガサがフランプに電話すると、本署に連絡してからすぐに行くと答えた。

アガサはそれからリジーの番号にかけた。大尉が出て、どうして妻と話したいのかと訊くので、アガサはリジーだけに関係のある教会の問題だと辛抱強く言い張った。ようやく大尉は折れて妻に電話を取り次いだ。

「遺言書が出てきたの」アガサは早口でまくしたてた。「スタッブスの絵の裏に貼られていた。ええ、うちのキッチンにあるわ。あなたの言っていた遺言書だったら、警察はあなたに会いに行くでしょうから、まえもって知らせておこうと思って電話したのよ。あなたにスタッブスを遺しても、他のすべてを妻に遺すなら、警察は別に奇妙に思わないと思うわ。たんなる友情のしるしだと説明すればいいわよ」

「すべてに疲れました。警察に真実を話します」

「あら、警察が来たわ」ドアベルの音を聞いてアガサは言った。

電話を切ると、チャールズが服を着て下りてきた。アガサは玄関を開けた。

ハンド、ケアリー、フランプが立っていた。「フランプから電話があったとき、ミセス・ジャクソンのところにいたんです」ハンドが言った。「どこですか?」

「見つけたままにしてあります」アガサはキッチンに案内した。「遺言書が絵の裏に貼り付けてありました」

「何も触ってませんね？」

「ええ」チャールズは言った。「テーブルの下に這っていって裏を見ただけです」

「もう一度家全体を調べさせていただく必要がありますね」ハンドは言った。「鑑識係官を寄越します。あの遺言書に何が書かれているか一刻も早く知りたいが、触るわけにはいきませんからね」

アガサとチャールズにとって長い朝だった。二人は供述をしてしまうと、すわってテレビを見た。そのあいだ警察とつなぎを着た鑑識の人間がキッチンじゅうを調べていた。「こういうイギリスのくだらないテレビショーは嫌いだ」チャールズがあくびを嚙み殺しながら言った。「アメリカのショーもかなりひどいが、イギリスのショーはさらにレベルが低いよ」

「アメリカのショーほど下劣じゃないわよ」アガサが反論した。

「あんなふうに内輪の恥を人前にさらすのは、まるっきりイギリス的じゃないせいだ」

「今はそうでもないのよ。みんなこぞって感傷的になってるから。それにしても、おなかがすいたわ」アガサは言った。「どのぐらいかかるのかしら。わたしたちに用がないなら、外出させてくれるわよね。言わなかったけど、リジーに警告の電話をしておいたわ」

「夫に馬の鞭でひっぱたかれないといいが」

「やりかねないわね。彼女は本当のことを話すつもりみたいだった」

「わたしたちのことを言わないように注意してくれたよね」

「そこまで気が回らなかったわ」

「じゃあ、彼女がわたしたちのことを忘れているように祈るしかないな。さもないと、ハンドの怒りはこっちに向けられるだろう。ここで待っていて。用があるかどうか訊いてくるよ」

チャールズは戻ってきて言った。「ビニールの封筒に入れたあの遺言書を持って、ハンドは出かけている。たぶんリジーのところに行ったんだよ。鑑識の連中はあと数時間はここにいるだろうから、出かけられる。だけど、ハンドがリジーと話すのをこっそり見ていたかったな」

「リジー！」大尉が大声で怒鳴った。「警察だ！」

彼はハンド警部とケアリー部長刑事に向き直った。「どういうことなのか、わたしに説明してもらえないのかね？　書斎にどうぞ」

二人は彼のあとから部屋に入っていった。大尉はデスクの向こうにすわった。ハンドとケアリーは立ったままだった。

長い沈黙が続き、リジーが階段を下りてくるのが聞こえた。彼女が書斎に入ってきた。しゃれたウールの赤いドレスを着て、髪の毛はやわらかい感じにセットされメイクをしている。大尉は妻をにらみつけた。「どうしてそんな尻軽女みたいな格好をしているんだ？」

リジーは夫を無視して、刑事たちの方を向いた。「わたしと話したいそうですね？」

ハンドは大尉に言った。「できたら奥さんと二人きりで話したい……」

「馬鹿言うんじゃやない。リジーに話せて、わたしに話せないことなんてひとつもない」

「主人も同席させてください」リジーは言った。夫に対する恐怖は消えていた。浮気がばれることになるのかも、そういう遺言書があるのかどうかもわからなかったが、今朝、夫の元を去ろうと決心したのだった。

「けっこうです」ハンドは言った。「どうかすわってください」リジーは暖炉のそばの革製肘掛け椅子にきちんとすわり、刑事たちは古い馬毛のソファにすわった。

「スタッブスが戻ってきました」ハンドは口を開き、絵がアガサのコテージのキッチンで見つかり、裏に遺言書が貼りつけられていた顚末《てんまつ》を語った。「新しい遺言書は猟場番人のポール・レッドファーンと家政婦のミセス・エリザベス・ジャクソンが証人でした。ですから、これからどうして何も言わなかったのか、二人を尋問するつもりです。遺言書は古いものとほぼ同じでしたが、ひとつだけちがっていた。スタッブスはあなたに遺されていました、ミセス・フィンドレイ」

「ほう、トリーは実に親切な男だな」大尉が言った。

リジーはまっすぐ夫を見つめた。「スタッブスはわたしに遺されたのよ。あなたではなく。絵はいつもらえますか、警部？」

「しばらく時間がかかるでしょう。この事件をさらに調べ、殺人によって誰も利益を得ないことを確認しなくてはならない。ミスター・トランピントン＝ジェームズが殺された夜、あなたはどこにいましたか？」

「ここにいました。主人以外には証人はいませんし、主人が家にいたかどうかは知りません。寝室は別々ですから」

「ご主人とはすぐあとで話をします。ミスター・トランピントン＝ジェームズはどうしてそんな高価な絵をあなたに遺したんですか？」

「それは簡単に説明できるよ」デスクの向こうで大尉が口を出した。「トリーは狩りに夢中だった。たぶん、わたしたち二人への贈り物のつもりだったんだろう」

「わたしたちは不倫をしていたんです」リジーが言った。彼女の注意深く口にされた言葉は陰気な書斎に石のように投げこまれた。

「おまえ、頭がおかしくなったのか?」大尉がわめいた。

「申し上げたように」リジーは恐ろしいほど冷静に言葉を続けた。「不倫をしていました。彼は離婚するつもりでしたし、わたしも離婚するつもりでした。でも、彼は本気でルーシーと別れるつもりはなかったと思います。離婚手当を払いたくなかったからです」

「そして、その関係はどのぐらい続いていたんですか?」

「一年以上です」

「それからどこで……ええと、その……関係を持っていたんですか?」

「あちこちで」リジーはあいまいに言葉を濁した。夫をまっすぐ見つめた。「あなたがカナダに行ったときに始まったのよ。覚えてるでしょうけど、あなたはわたしを連れていこうとしなかった。余分にお金を払うのはもったいないと言ったわね」

質問は続いた。折りたたみ式の剃刀を持っている人間を知っているか? ミスター・トランピントン＝ジェームズは敵について口にしたことがあるか？

そしてリジーはどの質問にも相変わらず冷静沈着に答えた。ようやく質問が終わると、彼女は立ち上がって言った。「二階に行って荷物をとってきますので、わたしが家を出るまでお二人にここで待っていていただけるとうれしいんですが。あなた方には行き先をお伝えしますが、夫に住所を知られたくないんです。彼は暴力的な人間なので」

「殺しをするほど暴力的なんですか？」ハンドがたずねた。

リジーはちらっと笑みを見せると、まさに夫の胸に短剣をぐさりと突き立てた。「ええ、そうですね」そう答えると、リジーは部屋を出ていった。

「さて、大尉」ハンドは言った。「ミスター・トランピントン＝ジェームズが殺された夜はどこにいましたか？」

大尉は力のない声で質問に答えはじめた。顔は土気色で表情がなく、声は単調だった。

刑事たちは質問を終えると、廊下に出ていった。そこではリジーが大きなスーツケースをふたつ持ってすわっていた。「もう出発できますか？」彼女は陽気に言った。「住所を書いておきました」

「まず本署までご同行願いたいんですが」ハンドが言った。「ケアリーがあなたの車にいっしょに乗っていきます」

「ご親切に」リジーはつぶやいた。「ミスター・ケアリー、スーツケースを積むのを手伝っていただけますか？　ありがとう」

アガサとチャールズはいらだたしい一日を過ごした。猟場番人のところに行ったものの、パトカーに乗せられて本署に連れていかれたあとだった。「何もわからないのは腹立たしいわね」アガサが嘆いた。「もしかしたら猟場番人が犯人かもしれない。ルーシーは猟場番人と浮気していたのかもしれないわ」

「だとしたら、まさにチャタレイ夫人だな」チャールズが言った。「女性たちはどうしたんだ？」

「ハリエットとその仲間たちのこと？」

「そのとおり。この村じゃ野火のように噂が広がっているはずだよ」

「彼女の住んでいるところは知ってるわ。行ってみましょう」

ハリエットは家にいて、友人たちもいっしょだった。夫たちはいつものようにパブにいたからだ。

「入って」ハリエットはうれしそうに言った。「あなたに電話しようかと考えていたところなの。すごいニュースね！　スタッブスがあなたのコテージのキッチンに現れるなんて！」

「どうして知ってるの？」アガサがハリエットのあとからリビングに入っていくと、ポリー、エイミー、キャリーがキルトを縫っていた。

「警官の一人がビールを飲みにパブにやって来て、ロージーと話していったの。で、キャリーがロージーと広場でばったり会って、彼女から話を聞いたってわけ。それに、知ってる？　ミセス・ジャクソンとポール・レッドファーンがパトカーで連れていかれたんですって。あの二人がやったのかしら？」

「いいえ」アガサは言った。「そんなことをする理由がある？　ああ、わかった。二人は遺言書の証人になったんだわ」

四組の目がまん丸になり、アガサを見つめた。チャールズは警告の意味でアガサの足を蹴飛ばそうとしたが、彼女はフル回転で噂話モードに入っていた。

「絵の裏側に遺言書が貼りつけてあったの。そこにはスタッブスをリジー・フィンドレイに遺すって書いてあったはずよ」

「へえ、それなら筋が通るわ」ポリーが言った。

「なぜ？」

「だって、前々からあの二人のあいだには何かあるって言ってたでしょ？　このあいだ狩りのディナーのときに、二人がテーブルの下で脚と脚をからめあっていた、ってピーターに話したの。そうしたら主人は『ぞっとすることを言うな』って。この話を聞いたときの主人の顔が楽しみだわ」

「あら、何かあったなんて思わないけど」アガサはごまかそうとした。

「忠実だけど、もう遅すぎる」チャールズがつぶやいた。

「警察はリジーを逮捕したんだと思うわ」エイミーが言った。

「どうして逮捕するんだ？」チャールズがたずねた。

「大尉の土地の向かいで農場をやっている、あのろくでもないメルトンが、大尉の農地を管理しているジョー・ハードウィックっていう男に会いに行ったんですって。二人でしゃべっていると、リジーがスーツケースを持って出てきて、自分の車に乗りこんだ。でも、その隣に刑事が乗り、もう一人はそのあとを車でついていったそうよ」

「逮捕されたなら」とアガサが言った。「自分の車でスーツケースを積んで出ていくことは許されない。大尉を捨てたんだと思うわ」

「そんな勇気はないわよ」キャリーが息をのんだ。「夫を怖がっていたもの」

「妻がトリーと浮気していると大尉が考えたとしたら、どう？」アガサは言ってから、チャールズににらまれて顔を赤くした。「まあ、そんな考えは荒唐無稽だけど、大尉はそう思い込んでトリーを殺したのかもしれない」

「あなたは狩りのことを知らないでしょ」ポリーが言った。「スポーツじゃないの。宗教なのよ。大尉は基金が集まるなら、喜んでトリーに女房をくれてやるわよ」

「だけど、ミセス・ジャクソンと猟場番人が遺言書についてずっと黙っていたのはどうしてかしらね？」アガサが首をかしげた。

「あら、当然でしょ」キャリーはにっこりした。彼女はすてきな色合いのピンクの口紅をつけていて、ひっきりなしにチャールズの方に視線を向けていた。

「何が当然なの？」アガサはつっけんどんにたずねた。

「遺言が発表されたとき、弁護士はすべてをルーシーに遺すという遺言書を持っていたし、他の遺言書が作成されたことはひとことも言わなかったんだから、二人ともあれが唯一の遺言書だと推測したのは当然でしょ」

「あるいは」とハリエット。「二人は遺言書に署名してくれとだけ言われて、中身を読まなかったのかもしれない。読む理由もないでしょ？　ただトリーに署名が必要だと言われ、質問もせずに署名する。彼がボスだからよ」

「今では妖精についてどう考えているの？」アガサはキャリーを見つめながらたずねた。「ミセス・ジャクソンの子どもたちの仕業だとわかって、馬鹿馬鹿しいと思わない？」

「こういうイギリスの古い土地では、奇妙なことが起きるものなのよ。あなたには理解できないでしょうね」ポリーが話を打ち切るように言った。「ねえ、せっかく来たんだからキルトを縫っていったら？」

「もう行かなくちゃならないの」アガサは言った。「行くわよ、チャールズ」彼女はリビングのドアにすたすた歩いていった。チャールズは前髪をいじりながら、彼女のあとをおとなしくついていった。アガサににらまれているのに気づくと、チャールズは弱々しく言った。「頼むよ、奥さん。ぶたないで」

「ふざけないで！」外に出るとアガサは言った。

「犬みたいに命令しないでくれよ、アガサ。さもないと、あなたのツバメだとみんなに思われかねないよ」

「ツバメになんてなれないわよ」アガサは悪意たっぷりに言った。「年を食いすぎているし、筋肉もないしね」

「パブに行って、噂話を仕入れよう」チャールズが足早に広場を横切っていったので、アガサはあわてて追いかけた。

アガサがパブに入っていくと、チャールズはすでにカウンターにいて、ロージーに笑いかけ、飲み物を注文していた。アガサは彼の隣に行った。「やっと来たね」チャールズは言った。「アギーにはジントニックを大きなグラスで。ああ、見て、あそこにフランプがいる。彼と合流しよう」

警官は隅のテーブルに一人ですわっていた。二人が彼といっしょにすわったとき、アガサは三人の敵意のこもった視線に気づいた。妻たちがキルト作りをしているあいだ、夫たちはまたパブに戻っていたのだ。ヘンリー・フリーマントルについて考えた。彼はアガサを脅したし、かなり気短なようだ。もっと彼について探ってみた方がいいかもしれない。

フランプのグラスはほぼ空だったので、チャールズがお代わりをおごろうと申し出た。「わたしが飲み物を持って戻るまで、ひとことも彼女にしゃべっちゃやだめだよ」チャールズは釘を刺した。

「おれは誰にも何も言っちゃいけないんだ」フランプは不機嫌に答えた。

チャールズが警官のビールを持って戻ってくると、アガサは言った。

「ミセス・ジャクソンとレッドファーンは遺言書に署名したのに、どうして警察に新しい遺言書があることを言わなかったのかしら」

「それなら話せるよ」フランプはビールの大きなグラスを見て機嫌を直したようだ。「単純な話さ。二人とも遺言書を読んでいなかったし、二人の知る限りではそれが唯一の遺言書だったからだ」

「そう」アガサはがっかりした。

「どうしてスタッブスがあんたの家に置かれたんだと思う？」フランプがたずねた。

「それにどうやって中に入ったんだろう？」

「この村じゃ、みんなあらゆる場所の鍵を持っているみたいね」アガサは言った。

チャールズはうしろめたそうな顔になった。「言うのを忘れていた。鍵をかけていなかったんだ」

「なんですって？」

「そうなんだよ。鍵をかけるつもりだったけど、うっかりして。あなたが寝たから、テレビを少し見てから戸締まりをするつもりだった。でも、忘れたんだ」

「だとしても、フランプはいいところを突いてるわ。どうしてわたしたちのところに置いていったの？」

「こんなことは話しちゃいけないかもしれないが」フランプがビールを干して、空のグラスを悲しげに眺めた。

「もう一杯持ってくるよ」チャールズがすばやく言った。彼はなみなみに注がれたグラスを持って戻ってくると、熱心にたずねた。「何を話しちゃいけないことになっているんだい？」

「実は、ハンドはこちらのミセス・レーズンが『お屋敷の死』っていう本を書いているのは妙だと考えているんだ。その本では男が折りたたみ式の剃刀で喉を切られたが、なんとミスター・トランピントン＝ジェームズも喉を切られた。だから、誰かがキッチンにスタッブスを置いていったわけではなく、あんたたちが絵を盗んだものの、処分に困り、誰かがあそこに置いていったという話をでっちあげたんだってね」

「なんて馬鹿馬鹿しい！」アガサは怒りに顔を真っ赤にして叫んだ。

「彼はあんたたちが金にひどく困っていたかどうか、財政状況を調べさせているよ」

「なかなかおもしろくなってきたな」チャールズがふざけて言った。「となると、こういうことかな。われわれが絵を盗んだあと、トリーがわれわれの仕業だと推測して、電話するか何かしてきた。それで、こっちはパニックになり、彼の喉をたまたま持っていた折りたたみ式の剃刀で切り裂いたってわけか」

「ああ、ハンドはあんたみたいな貴族はたいてい旧式の折りたたみ式の剃刀を使うって言ってたよ、サー・チャールズ」

「わたしが考えていることを教えてあげるわ。わたしたちじゃなくて、何者かがパニックになった。でも、ハンドがどう考えているかを知っていたので、売りようがない絵を処分することに決め、わたしたちに罪を着せようとしたのよ」

「見当はずれだよ、そんなの」フランプが言った。

「わたしたちが殺人犯だと考えることの方がずっと見当はずれだし、まるっきり洞察力がないわね」アガサは腹を立てていた。

「落ち着いて」チャールズがたしなめた。「おもしろくなってきたじゃないか」

だがアガサの頭にふいにジェームズのことが浮かんだ。彼は戻って来たの？ それに殺人事件の容疑者になってしまったら、この村を離れられるのかしら？ これまでジェームズのことをあまり考えていなかったが、好きなときにフライファムを出られないとなると、彼のことで頭がいっぱいになった。

「煙草を忘れてきたの」アガサは立ち上がりながら言った。「家に帰ってとってくるわ」

「カウンターで買ってきてあげるよ。すわってて」チャールズが言った。

いつになく気前のいいチャールズに驚いてアガサは一瞬気をそらされたが、彼が煙草を持って戻ってきたとき、携帯電話がバッグに入っていることを思い出した。

「ちょっとトイレに」アガサはやけに明るい口調で言った。「どこだったかしら?」

「あっちだ、〝婦人用〟って表示の下だよ」チャールズは疑わしげにアガサを見ながら教えた。アガサはどうして興奮と罪悪感を漂わせているんだろう?

アガサは巨大なヴィクトリア朝様式の洗面台と真鍮の蛇口があり、巨大な真鍮のチェーンがトイレのわきにぶらさがる旧式の女性用トイレに入っていった。

ミセス・ブロクスビーの番号にかけた。牧師の妻が出てきた。「あら」彼女の声は少しよそよそしかった。「元気?」

アガサはスタッブスを発見したことを報告してから、たずねた。

「ジェームズは戻ってきた?」

「ええ、そうね、今日戻ってきたわ」

「彼と会ったの?」

「実を言うと、たった今帰ったところよ」

「わたしのことを何か訊いていた?」

「殺人事件について訊かれたわ。新聞で読んだんですって」

アガサは電話機をきつく握りしめた。「ジェームズは何よりも謎が好きなのよ。こっちに来るつもりなんじゃない？」

「そのつもりはないって言ってたわ」

「なんですって？　そういうふうに言ったの？『アガサに会いにノーフォークに行くつもりはない』って言ったの？」

「正確な言葉は覚えていないわ。もう行かないと。アルフが呼んでいるから。じゃあね」

アガサはあまりにも落胆したので、片手に携帯電話を握ったままチャールズとフランプのテーブルに戻っていった。チャールズにじっと電話を見つめられると、アガサは顔を赤らめ、あわててバッグに突っ込んだ。

ミセス・ブロクスビーはリビングに入っていき、すわりこんで暖炉の火を見つめた。誰かのためになるときでも、嘘をつくのは罪なのかしら？　ジェームズ・レイシーは実際にはこう言ったのだった。「アガサがいなくて寂しいですね。このフライファムとかいう村まで行ってみようかと思っています」

そして自分がこう言ったことをミセス・ブロクスビーは思い返した。「彼女はサー・チャールズといっしょですよ」するとジェームズの顔が少しこわばり不機嫌になり、そのあとはずっと別の話題に終始したのだった。

ミセス・ブロクスビーはアガサのことが好きだったし、ジェームズ・レイシーはアガサの自立心をだいなしにすると考えていた。でも、ジェームズにチャールズのことを言うべきではなかったかもしれないわ、と惨めな気分で思った。ジェームズがフライファムに行けば、チャールズとアガサのあいだに何もないことは一目瞭然だろう。どっちにしろ、二人は十歳も年が離れている、つまり恋愛関係になるのはありえないってことだわ、とミセス・ブロクスビーは単純に考えた。彼女はため息をついた。ジェームズにチャールズのことを話したことで、アガサの人生に介入してしまった。でも、わたしには介入する権利なんて全然ないのよ。もし「サー・チャールズも向こうに行っているんです」と言ったら、問題なかっただろう。ジェームズはすでに新聞でチャールズの名前を見ていたにちがいないのだから。だけど「彼女はサー・チャールズといっしょですよ」と唐突に、しかも警告するように言ってしまった。それは嘘をつくことだ。夫が入ってくる物音がした。

「何があったんだい？」牧師はたずねた。「暗い顔をしているが」

だが夫にアガサのことは打ち明けられなかった。アルフはアガサを嫌っているから、わたしの気持ちを絶対に理解してくれないだろう。

7

ハンドに疑いをかけられていることを事前にフランプから教えてもらっておいてよかったと、アガサとチャールズは思った。おかげで、パトカーに乗せられて本署に連れていかれたときも、二人ともさほど動揺しなくてすんだ。

二人は別々に取り調べを受けた。アガサはハンドに情け容赦のない質問を浴びせられるうちに、人は圧力に屈服して、やってもいない罪を白状することがあるのかもしれないと思いはじめた。というのも、もう少しでアガサは自分がやったかもしれないと信じかけたからだ。怒りを抑えようと努力したが、ついに切れ、彼にありとあらゆる罵詈雑言を浴びせていると、トリスタン・トムリーがアガサとチャールズの弁護士として到着した。

弁護士がアガサと同席すると、ハンドの質問は威嚇的なところがなくなり、アガサはほっとした。そしてチャールズが思いつくよりも早く弁護士を要求すればよかったと思いながら、あらゆる質問に冷静に答えた。

最後にアガサは供述書を読んで署名し、解放された。「チャールズを待っていないとね」トリスタンがのんきに言った。「彼の尋問に立ち会ってきます」

アガサは受付近くの硬い椅子で辛抱強く待った。自分とジェームズについての夢を思い描こうとしたが、そんなものはまったく浮かばなかった。代わりにジェームズの冷たさや怒り、ひとことも口をきかずにセックスしようとしたことなどが次から次へと思い出された。彼への愛がやっと終わったんだわ、と心の中で思った。

「お茶をいかがですか？」受付の巡査部長がたずねた。

「いいえ、けっこうです」

受付の巡査部長は背筋を伸ばしてうめいた。「関節が痛くて死にそうですよ。われわれの年になると、膝やら足首やらが年中痛くありませんか？」

「いいえ」アガサはそっけなく答えた。よりによってこのぞっとする朝に、太りすぎの警官に自分の年齢を思い出させられるなんて最低だわ。十キロぐらいやせたら関節だってそんなに痛まないでしょうよ。

ようやくチャールズがトリスタンといっしょに現れた。

「終わってほっとしたよ。一杯どうだ、トリスタン？」

「いや、わたしはけっこう。クライアントと約束があるんだ。また連絡するよ」

チャールズはアガサの方を向いた。「最高の笑顔を作って。マスコミが外にいるからね。われわれが質問に答えて警察の手助けをしているって、署内の誰かがリークしたんだ」

「裏口はないの?」

「ああ、潔く困難に立ち向かおう」

「パトカーで家まで送ってくれないのかしら?」

「それもそうだ」チャールズは受付デスクに行き、フライファムまで車を出してもらえないか頼んだ。

「ハンド警部が一台手配しました。わたしの勘違いじゃなければ、ドアの外に停まっています」

外に出たとたん、フラッシュに目がくらみ、アガサはよろめいた。チャールズが彼女の肩を抱き、パトカーに乗せた。

コテージに戻ってくると、チャールズは言った。「猫を連れて、どこかで夜を過ごそう。そして、わかっていることについて考えてみよう。ここにいたら、じきにマスコミがドアをドンドンたたくだろう」

「どこに行くの？　ホテルは猫を泊めてくれないわ」

「道路沿いのモーテルを見つけよう。猫のことは黙っているんだ。鍵をもらったら、誰も見てない隙に猫たちを連れて入ればいい」

二人は大急ぎでふたつのスーツケースに荷物を詰め、猫たちを旅行用ケージに入れると、再び出発した。ノリッチ郊外にモーテルを見つけた。とても高級なモーテルだったが、驚いたことにチャールズがクレジットカードを出して支払いをした。この人はどうしちゃったのかしら？　「財布を忘れる」のが得意だったのに。

部屋まで車を回し、荷物と猫のケージを運び入れた。リビングと大きなダブルベッドのある寝室があった。

「シングルベッドふたつの部屋にするべきだったわね」アガサが言った。

「文句を言わないで」チャールズは床に膝をついて、ホッジとボズウェルをケージから出してやっていた。「大きなベッドだ。あなたはあなたの側に、わたしはわたしの側にいればいい。名誉が汚されると心配なら、猫を真ん中に置こう」

「警察に居場所を言うべきかしら？」アガサが相談した。

「わたしが伝えるよ。それから何か食べた方がいい。最近ろくに食事をとっていない気がするよ」

チャールズは警察に電話し、マスコミを避けたいと説明した。

「暖かくして、何か食べてから散歩をしよう。ここにはレストランがあるよ」

食事をすませると、二人はモーテルの建っている幹線道路から田舎道に入り、歩いていった。強い風に吹き飛ばされた最後の秋の木の葉が足元でくるくる回っている。アイスランドから吹いてくる北東風が吹き荒れる空を、大きなぎざぎざの雲が追いかけっこをしながら流れていく。

アガサはブーツとズボンをはいてきたのでほっとした。二、三キロ歩いてからモーテルに戻った。二人がリビングに入っていくと、猫たちはチャールズに駆け寄っていき喉を鳴らし、ズボンに体をすりつけた。

「あなたが猫にそんなに好かれるっておかしいわね」アガサはコートを脱ぎながら言った。「ジェームズのそばには絶対に甘えて寄っていったりしないのよ」

「趣味がいいよ、あなたの猫たちは」

「あなたはジェームズが好きなのかと思ってたわ」

「彼は男性に好かれる男なんだ、礼儀正しく言うと。彼と結婚したら、あなたを自分の当番兵みたいに扱うだろうね」

「わたしの自立心をいつも尊敬してくれていたわよ」

「恋愛をしているときはね。結婚はちがう。最初のすばらしい浮ついた情熱が冷めると、残るのは……『わたしのソックスをどうしたんだ？』ってせりふだけだ。信じたまえ、彼はシャツにアイロンがけをしてもらい、ディナーをテーブルに並べてもらうことを期待する男だよ」

「そんなことにはならないわよ」アガサはぴしゃりと言った。「この事件について話し合うんじゃなかったのかしら？」

「そうだね。すわって、検討してみよう」チャールズはモーテルの文房具から数枚の便箋をとってきた。「さて、誰が疑わしいかな？　あなたの第一容疑者は誰だい？」

「フィンドレイ大尉は？　彼だったらいいなと思うわ」

「じゃあ、彼はスタッブスも盗んだのかな？」

「かもしれない。狩りの仲間なら当然、スタッブスを所有していることは知っていただろうし。他に容疑者がいる？」

「あの村では想像以上にいろんなことが起きてるよ」チャールズは言った。「最初に戻ろう。ルーシーは夫がロージー・ウィルデンと不倫していると考えた」

「だけど、リジーとの関係で、その考えがまちがっていることが証明されたでしょ」

「そうとは限らない。リジーがトリーの唯一の不倫相手とは断言できないだろう？　トリーはいったん女遊びを始めたら、もっと手広くやろうと考えたかもしれない」

「それで、どうして殺されたの、チャールズ？　リジーはスタッブスを手に入れることになっていたから、殺す必要はないし」

「くそっ。じゃあ、改めてやり直そう。ねえ、ルーシーに鉄壁のアリバイがあるのは残念だよね。どう思う？　またお屋敷に戻って、あの猟場番人に会ってみたらどうかと思うんだが」

「いいわよ」アガサはがっくりしながら言った。「どうやら袋小路に入りこんだみたいね。猫にえさをあげるわ。〝起こさないでください〟っていう札をかけておいた方がいいかもしれない。わたしたちが留守のあいだにメイドが入ってきて、猫たちを怯えさせると困るから」

フライファムめざして出発したときは、真っ赤な太陽が黒雲の陰に隠れ、さらに冷えこんでいた。「もしや雪になるのかな？」チャールズが言った。

「まだ大丈夫よ、絶対に。イギリスでは一月まで雪は降らないわ」

「他の土地ではね。でも、ここはノーフォークだよ。まあ、あなたの言うとおりだろう。滑稽だよね、イギリスのクリスマスにまつわる映画や本ときたら。いつも雪だからな。だけど、ホワイトクリスマスって一度も経験したことがないよ。スイスみたいな土地は別にして」

「ここで雪が降らないことを祈りましょう。それだけは避けたいわ。リジーはどうしているのかしらね。ノリッチのあの部屋に行ったんでしょうね。生活できるだけのお金があるのかしら?」

「いつだって仕事につけるよ。彼女が秘書に採用されたって、大尉が言ったことを覚えてる? 速記とタイプができれば、簡単に仕事が見つかるだろう、年齢にかかわらず」

「どうかしら。最近はすべてコンピューターで処理するから。ともかく、さっさと用事をすませましょう」

「猫たちのことが心配なんだね。大丈夫だよ。暖かいし、えさもあるし、相棒もいて寂しくないだろう」

お屋敷の私道の入り口に近づいていくと、チャールズが言いだした。

「ここで降りて歩いていこう」

「どうして？」アガサは反論した。「凍えるように寒いし、もう今日はいやというほど歩いたわ」

「警察がいるなら、またあれこれ質問されたくないんだ。制服姿が見えたら、さっさと引き揚げよう」

なおもぶつくさ言いながら、アガサは車を降りた。二人は私道を歩いていった。

「お屋敷の手前に地所に入っていく道がある。猟場番人の家はたぶんその道沿いだよ」チャールズは言った。「ルーシーは狩りをするのかな。いい鳥がいるのに、しないのはもったいない。敷地じゅうにキジがいたよ」

「ルーシーは田舎のスポーツに興味があるタイプじゃないと思うわ」

「敷地で狩りをさせて、高い料金をとればいいのに。おっと、あそこに誰かいるぞ」

男がランドローバーのタイヤのわきにすわって、煙草をふかしていた。チャールズは彼に近づいていった。「ポール・レッドファーンのコテージはどこなのか、知っているかい？」

「この道を進んでいってカーブを曲がると、右手にコテージがあるよ」

「ありがとう。きみはここで働いているのかい？」

「メンテナンスをしているんだ」簡潔に答えた。

「警察はお屋敷にいる？」

「さっきまでいたけど、もう帰ったよ」

チャールズが礼を言うと、二人はまた歩きだした。みぞれまじりの雨が降りだし、顔をたたきはじめた。「歩かなければよかった」アガサが不平を鳴らした。「帰り道はかなりあるわよ」

「彼が友好的だったら、門まで車で送ってくれと頼もう。ああ、ここがカーブだな。トリーはこの敷地にかなり金を注ぎこんだにちがいない。とてもよく整備されている。ほら、あれがコテージだ。こういう地所のコテージがたいてい偽チューダー様式だっていうのは不思議だよ。煙突から煙が上がってるぞ。家にいる証拠だ」

チャールズはコテージのドアをノックした。

返事はなかった。急速に夜の闇が迫り、雨はしだいに本降りになってきた。風がふいに止んだ。ドアのわきの月桂樹の葉をたたく雨音しか聞こえない。

「わざわざ来たのに、むだ足だったみたいね」アガサが言った。

「むだ足を踏んだと思うといまいましいな」チャールズはもう一度ドアをノックした。

ドアはきしみながらゆっくりと開いた。

二人は顔を見合わせてから、開いた戸口を見た。

「のぞいてみよう」チャールズが陽気に言った。「少なくとも雨に濡れずにすむ」

「だけど……」アガサが言いかけたが、すでにチャールズは中に入っていた。

アガサはとても狭い玄関ホールに彼のあとから入った。チャールズは右手のドアを開けている。それからすばやく閉めた。「見ない方がいい、アギー。吐きそうだ」彼は外に飛びだしていった。

だがアガサは好奇心に負けて、そのドアを開けた。猟場番人の残骸が肘掛け椅子にすわっていた。頭の大部分は吹き飛ばされている。

アガサはドアにしがみついた。それから、どうにか外に出た。チャールズは蒼白な顔を振りしきる雨に仰向けていた。

アガサはドアの外の階段にいきなりすわりこんだ。バッグを探って携帯電話をとりだすと、緊急番号に電話して警察と救急車を頼んだ。あとになって、どうしてわざわざ救急車を呼んだのだろうと不思議だった。ポール・レッドファーンのためにしてあげられることは、もはや何もなかったのに。

ジェームズ・レイシーは六時のニュースをつけた。ポンドが強くなり、政府は利率を下げることを求められていた。内閣の一員の太ったスコットランド人が政府はやるべきことをやっていると弁明している。ジェームズがリモコンに手を伸ばして消そうとしたとき、ふいにニュースはノーフォークの事件に切り替わった。

「今日、サー・チャールズ・フレイスとミセス・アガサ・レーズンが警察署に行き、取り調べに協力しました。警察はどんな容疑もかかっていないと強調しています」それからチャールズとアガサの映像。チャールズはアガサの肩を守るように抱いている。二人はいかにもカップルらしく見えた。ジェームズはそこでテレビを消し、反対側の壁を見つめた。怒りと孤独を感じていた。

質問、質問、また質問。それから本署にまた行き、供述をとられた。アガサとチャールズは空腹でへとへとに疲れ、モーテルに戻ることを許可されたときはすっかり消耗しきっていた。モーテルへ帰る途中でピザを買い、無言でそれを食べた。

とうとうアガサが言った。「どうして彼が?」

「何かを知っていたからだよ。これでもう二度と、それが何だったのかわからないだろう。あのメンテナンスの男、ジョー・シモンズの犯行かもしれないな。だが、警察の話だと、あちこちの家に行き、わたしたちが会った直前には蛇口を直していたらしい。もう寝よう。あとは朝になって考えることにしよう。あなたが先にバスルームを使っていいよ」

アガサは熱いお風呂に浸かってから、起毛生地のネグリジェを着た。ベッドにもぐりこむと、死んだ猟場番人のおぞましい姿を頭から消すために本をとりあげて読もうとした。

チャールズはお風呂に入ってから、ベッドに入ってきた。彼もベッドわきからペーパーバックをとりあげ、読みはじめた。やがて彼は押し殺した泣き声を聞きつけ、アガサの方を見た。彼女の顔には涙が流れていた。「家に帰りたいわ」彼女はすすり泣いた。

「しいっ、こっちにおいで」チャールズは両腕を伸ばし、アガサをしっかり抱きしめた。

アガサは憑かれたように彼にキスを始めた。紳士は相手の弱みにつけこむべきではない、とチャールズの頭の奥で良心のかすかな声がした。だが、彼も怯えて動揺していた。だから、キスを返した。

朝目覚めると、アガサの頭にたちまち、ゆうべのできごとが甦ってきた。ベッドの足元を探ってくしゃくしゃのネグリジェをとると、頭からかぶり、バスルームに行った。あちこちがこわばり、ひりひりしている。二人の愛の行為はとても激しかった。まるで互いの心から恐怖をひきずりだし、捨てようとしていたかのように。

だが気恥ずかしい思いで寝室に戻ると、チャールズは冷静に言った。

「ずいぶん時間がかかったね。一日じゅうあそこにこもっているのかと思ったよ。これからリジーに話しに行くべきだと思うよ」

「どうして?」

「さあね。でも彼女はまちがいなくトリーと浮気をしていた。彼についていろいろ知っているはずだ。何か聞きだせるかもしれない」

「わかったわ」アガサは彼の顔を見ないようにしてつぶやいた。

「あなたにのぼせあがるつもりはないよ、アガサ・レーズン。でも、情熱的なひとときには、わたしの名前を思い出すぐらいの礼儀があってもいいんじゃないかな」

「なんですって?」

「『ああ、ジェームズ、ジェームズ』」チャールズは真似をした。「車で落ち合おう」

アガサは顔が真っ赤になっているのを感じた。ここから逃げだして、何もかも忘れてしまえればいいのに。

リジー・フィンドレイはアパートの部屋にいた。

彼女は二人を狭いがこぎれいな部屋に通した。「トミーはどうしているのかしら？」

彼女はたずねた。

「トミー？」アガサがたずねた。

「主人よ」

「知らないわ、どうして？」

「わたしなしでどうしているのか気になって」リジーは言った。「あの人は料理もできないんです」彼女はチャールズにはにかんだような笑みを向けた。「男の方たちってほんと、手がかかってどうしようもないわ」

「チャールズは料理ができるわよ」アガサは言った。「わたしたち、誰がトリーを殺したのかずっと頭を絞っていたの。そうしたら今度はポール・レッドファーンでしょ」

「悪夢だわ。ポールを殺したがる人がいるなんて」

「彼は何か知っていたのかもしれない。誰かを脅迫していたのかもしれない」チャールズが言った。「彼はあの遺言書の証人だったんだ」

「結局、ルーシーに戻ってくるわね」アガサが嘆いた。「犯人にうってつけの人物よ」

「だけど、アリバイがあったんでしょ。ルーシーは自分と結婚できてとても都合がよかったんだ、とトリーはいつも言っていたわ」リジーは部屋を行ったり来たりしはじめた。「けんかをすると、ルーシーは出かけていって、彼への腹いせに高い買い物をしたんですって。彼女のクレジットカードを停止して財布のひもを握ったらいいのに、って勧めたんですけどね。主人はクレジットカードを持たせてくれなかったんです。トリーはなんだか煮え切らないことを言って、そのうちどうにかするとごまかしていたわ。最後の方では、トリーはわたしのことをそもそも好きですらないんじゃないかって思いました。たんに妻を裏切るという刺激が気に入っていただけなのよ。それに、まだあるんです。彼が亡くなる直前の狩りのディナーに、ルーシーと腕を組んで入ってきたんですよ。ルーシーは両サイドにスリットが入っていて襟ぐりの深い、まるでエリザベス・ハーレイみたいなドレスを着ていた。男性全員の視線が吸い寄せられ、トリーは妻のことを自慢に思っているってことがわかりました」

「お金はどうしているんですか？」チャールズがたずねた。

「親の遺産が少し残っているし、スーパーマーケットの仕事に応募したんです。年配者でも雇ってくれるので」

「トリーは敵について何か言ってましたか？」

「いいえ、田舎では誰も怒らせないように、いつも相手にとりいってましたから」

「彼の過去の生活については？　何か殺されるような理由がないかしら？」

リジーは首を振った。「彼から聞いた限りでは。トミーがちゃんとやっているといいんですけど」

「どうしてご主人のことをそんなに気にかけているの？」アガサは興味をかきたてられた。「彼はあなたに犬みたいな人生を送らせてきたんでしょ」

「たしかに忙しい日々でした」リジーはため息をついた。「昼間のあいだにやることが山のようにあって。洗濯、料理、教会で売るためにお菓子やパンを焼いて。わたしはだらだら過ごすのに慣れていないんです。仕事につけば、少しましになるかもしれませんけど」

「ご主人がトリーを殺していないことは確かだと思う？」

「トリーは殺したかもしれませんけど、ポールまでは殺さないでしょう。ポールのことは崇拝していました。一流の猟場番人だと言ってたわ」

アガサはリジーをこっそり観察した。リジーがトリーを殺したということはありうるだろうか？　でも、男性の背後から忍び寄って、喉をかき切るにはかなりの力が必要だろう。トリーは物音を聞き、寝室から出て調べに行ったのかもしれない。そこで片方の腕を首に回し、頭を後ろにそらさせ、ザッ！　リジーの冷静な外見の下には、何層もの発見されていない地層があるのだという気がした。

リジーはアガサが自分を観察しているのに気づいたようだ。「かまわなければ、そろそろお引き取りいただきたいんですけど。とても忙しいので」

「何に忙しいの？」アガサは追及した。

「行こう、アギー」チャールズがうながした。

「今の話をどう思う？」外に出るとアガサはたずねた。「あなたはおどおどした主婦の話を鵜呑《うの》みにしたようだけど」

「とんでもない、彼女は腕利きの殺人者になれそうだ、ってずっと考えていたよ」

「わたしもそのことは考えたわ。だけど、トリーを殺すにはかなりの力が必要でしょ」

「彼女の腕と手を見たかい？　半袖のブラウスを着ていたから、力のありそうなたくましい腕と手が見えた。それにポールを殺したなら――彼女はショットガンの使い方も絶対に知っているはずだ」

「すわってじっくり考えてみないと」

「なんだって、ポワロみたいに？　小さな灰色の脳細胞を働かせるのかい、アギー？」

「皮肉はやめて。モーテルに戻って、もう一度検討してみましょう」

猫たちの歓迎を受けると、二人は便箋を広げてすわった。

「黙って考えることにしない？」アガサが提案した。「それぞれが自分の推理を書いて、それから比べましょ」

アガサは発見したことをすべて列挙していった。もっともそれはわずかだったが、書いたことを読み直した。それからちらっとチャールズを見た。彼は鉛筆の先を噛みながら、眉根を寄せてメモを見つめている。アガサはふいに欲望が突きあげてきて、身震いした。もう二度とごめんだわ。気楽なセックスにはとても屈辱的なところがある。おそらく、アガサはそう感じる世代に属しているのだろう。若い女性はそういう罪の意識や後悔を感じない、とどこかで読んだことがある。

情事。リジーとトリーの情事。ルーシーは何かに勘づいていた。ルーシーが夫の不倫を知ったら、離婚を要求し、多額の慰謝料も手に入れられただろう。ルーシーは本当はどういう人間なのだろう。アガサは彼女を頭の悪い尻軽女だと考えている。しかし、人はそれほど単純ではない。人間を既成概念にはめるのは悪い癖だ。その裏にあるものを見落としてしまう。何者かが彼女とチャールズを恐れていた。何者かが何かを暴かれるのではないかと心配していたのだ。でも、それは誰なのだろう？　何もとられなかった。泥棒に見せかける努力もしていなかった。つまり、何者かは非常に自信があることを示している。いや、そうではない。自信のある人間は押し込みをするほど怯えたりしないだろう。それに、どうしてスタッブスを置いていったのだろう？

アガサは「ルーシー」と活字体で書き、じっとその文字を見つめた。だがルーシーはこっちにいなかった。いいだろう。しばらく想像力を羽ばたかせてみよう。ルーシーは遺言について知り、スタッブスを盗んだ。何かが引き金になって、彼女は正気を失う。トリーが離婚を求める。では、そのどこに彼女は逆上したのか？　彼が財産を分与すると仮定してだが。でも、彼女がすべてを手に入れたいと思ったら？

そこでトリーを殺す。でも、どうしてポール・レッドファーンまで？

「何かわかったかい？」チャールズが訊いた。

「メモを交換しましょう」アガサは言った。

彼女はチャールズのきれいな文字を読みはじめた。彼は「なぜミセス・ジャクソンはあんなに忠実なのか？　ルーシーが口を閉じているように金を支払ったのか？　ルーシーはゆすられていた？　だがルーシーは夫を殺せなかったはずだ」と書いていた。

「これだけ？」アガサはたずねた。

「え？　ちょっと待って、あなたのメモを読んでしまうまで。リジーのこともフィンドレイ大尉のことも書いていないんだね」

「大尉はポールを崇拝していた、とリジーが言ったせいよ」

「でも、脅迫のことで、おもしろい考えが閃いたんだ。それはスタッブスを返してきたこととの説明になる」

「それはわからなかったわ」

「いいかい」チャールズはアガサのメモを鉛筆でたたきながら言った。「脅迫について考えてみよう。ミセス・ジャクソンとレッドファーンは、もうひとつの遺言書について知っている。証人になったからね。そこで、レッドファーンがそのことをルーシーにしゃべったとしよう。それで彼女は絵を盗む。それから夫を殺すような何かが起きる。そこへレッドファーンが現れて、こう言う。『金を払わなければ、もうひとつの遺言書のことをしゃべるぞ』お金はわたしのものだ、絵は必要ない、とルーシーは考える。さらに脅迫されるつもりはないわと。そこで絵をわたしたちのところに捨てる。するとレッドファーンがまた現れて、こう言う。『金を払え、さもないとおまえが絵を盗んだと警察に言うぞ』そこでルーシーは彼をショットガンで吹っ飛ばす」

「彼女にあれほど確実なアリバイがなければいいんだけど」いきなりアガサの頭にジェームズのことが浮かんだ。どうして彼は電話してこないのかしら？　もしかしたら今頃かけてきているかもしれない。

「マスコミの熱もそろそろ冷めてきたんじゃないかしら」と彼女は言った。「コテージに戻りましょう。どういう手がかりにしろ、フライファムにあるはずよ」

チャールズはため息をついた。「たしかに、このモーテルの部屋には飽き飽きしてきたよ。でもマスコミはまだ嗅ぎ回っているだろう。あきらめるには惜しいおいしい話だからね。朝になったら出発しよう」

フライファムに戻ったが、アガサはコテージに入っていくのが不安だった。チャールズがすべての部屋を調べて死体がころがっていないか、殺し屋がベッドの下に潜んでいないか調べ終わるまで、外で待っていた。

安全だとわかると、アガサは猫たちを庭に出してやった。バリー・ジョーンズは落ち葉を熊手で掃き集めていた。「勝手に入ったんですけど、かまわなかったですかね」バリーは叫んだ。「ミセス・ジャクソンから鍵を借りて、お茶を一杯飲みにキッチンに入らせてもらいました」

アガサは庭を歩いていき、彼の横に行った。「お母さんのことをいつもミセス・ジャクソンって呼んでいるの？」

「関係を知らない人たちの前だけです。苗字がちがうから、混乱させちまうし」

「お父さんはどういう人だったの？」

「知りません。おれが生まれてすぐに逃げちまったから」

「庭の美青年とおしゃべりかい？」アガサがキッチンに戻ってくるとチャールズがからかった。

「彼は信じられないぐらいハンサムよね？」

「ほら、本物のツバメが登場したぞ」

「そうね、考えてみるわ」アガサは切り口上でやり返した。「これからどうするつもり？」

「テレビで何かくだらない番組を見るよ。事件について考えはじめると、ひたすら考えているだけで、どこにも行き着けない気がするんだ」

アガサは自分の寝室にひっこんでドアを閉めた。階下からテレビの音が聞こえてくるのを待ってから、携帯電話をとりだしてミセス・ブロクスビーに電話した。

「あらまあ、何が起きているの？」

階下でドアベルの音がした。「ちょっと待って」アガサは言った。彼女は寝室のドアから頭を突きだした。「マスコミだ」チャールズの声がした。「ドアを開けるつもりはないよ」

アガサはまた寝室にひっこんだ。「マスコミだったわ」ミセス・ブロクスビーに報告した。

「そっちにいるのはなんだか危険になってきたんじゃない？」ミセス・ブロクスビーが心配そうにたずねた。「あなたがいろいろひっかき回すと、必ず誰かに危害を加えられそうになるでしょ」

「とりあえずは安全よ。村じゅうに警官とマスコミがうようよしているから。カースリーの様子はどう？」

「とても静かだわ」

「ジェームズは元気にしているの？」

「ええ、前に話したミセス・シェパードと仲良くなったみたいね」

「ああ、押しつけがましいブロンドね」

「あらあら、彼女にはまったく押しつけがましいところはないわ。それどころか、とても楽しい人よ。ねえ、何が起きているの？　あなたとチャールズをテレビのニュースで見たけど」

アガサは新しい遺言書について、リジーと大尉のこと、動機と容疑者を探していたら行き詰まってしまったことについて洗いざらい話した。それから事件の全貌について最初から詳しく話した。

アガサはこう言って話をしめくくった。「もう少し調べなくちゃならないかもしれないわ。というのも、もしかしたら犯人は狩りのメンバーの一人かもしれないのよ。それからそのリジーだけど、ちょっと、うさんくさい人だという気がしてきたの。そんなに虐げられ、抑圧されていたわけではないかもしれない。だってチャールズまで誘おうとしたのよ」

「それで、そのことがいらだたしかったの？」

「いいえ、とんでもない。チャールズには興味がないわ。それでも、ちょっとおかしいでしょ」

「家に置かれていたスタッブスのことはどうなの？　つまり、どうやって家に入ったのかしら？」

「チャールズが戸締まりを忘れたのよ」

「じゃあ、その前に家捜しされたときは？　ドアや窓が破られた形跡はあったの？」

「いいえ、鍵を持っている人間にちがいないわ」

「不動産屋の仕事に関係している人がいなかった？」

「ええ、エイミー・ワースね。まさか彼女じゃないわ」

「どうして？」

「どういう動機があるの？」

「その村ではたくさんの人がひそかに情熱をはぐくんでいるように思えるわ。ノーフォークのひどい天候のせいね。夏の訪問客が去ると、そっちの女性たちは悪さをするぐらいしか何もやることがなくなるのよ。悪魔はいつでも怠け者によからぬことを見つけてくれる、って言うでしょ」

「たしかに。いいところを突いてるわ」

「それに、その家政婦は鍵を持っているんじゃない？」

「ええ、だけど、最近手に入れたばかりよ」

「だけど、スタッブスが返される前のことでしょ？」

「たぶんそうね。ともかく、ありがとう。いろいろと考える手がかりをもらえたわ」

「ジェームズから連絡があった？」ミセス・ブロクスビーは先日のことを後悔しながらたずねた。

「今や美徳の権化みたいな女性と楽しんでいるんなら、どうでもいいわ」

ジェームズはミセス・シェパードとカースリーのパブ、〈レッド・ライオン〉にすわっていた。この寒い天候にもかかわらず、彼女はノースリーブの赤いシフォンのドレスを着ている。ブロンドの髪はなめらかでつやつやしていたが、シャンプーの宣伝のモデルのように、ひっきりなしに髪をかきあげていた。ジェームズは刻一刻と退屈していくのを感じた。これが腹が立つほどいらだたしいアガサ・レーズンだったらよかったんだが。アガサには頭にくることもあるが、絶対に退屈させられることはなかった。

アガサはミセス・ブロクスビーが言ったことをチャールズに報告したが、ジェームズについての情報は割愛した。「たくさんの人があてはまるよ」チャールズは嘆いた。「容疑者がたくさんいる。そろそろ家に帰りたくなったな。あなたはどう？　警官だってわたしたちを引き留めておけないだろう」

しかし、アガサは急にカースリーに帰りたくなくなった。彼女の想像の中だと、ジェームズはすでにミセス・シェパードと婚約していた。ただし、チャールズがいないのに、ここに一人残されるのもいやだった。

「あと少しがんばってみてもいいね」チャールズはコートを着ながら言った。

「どこに行くの？」

「かんぬきをふたつ買ってくる。ひとつは裏口用、もうひとつは玄関用。わたしが買い物をしているあいだ、不動産屋に寄って、エイミーと話をしてみたらどうだい？」

「わかったわ。だけど、あの人はキルトと教会の用事以外に何も考えていないと思うけど」

アガサは出かけた。風は冷たく、地面は凍りついて滑りやすくなっている。慎重に広場を横切っていると、パブから名前を呼ばれた。ロージー・ウィルデンが外に立ち、手を振っている。アガサは彼女の方に戻っていった。

「入ってちょうだい、ミセス・レーズン。あなたの香水を用意してきたわ」

「ありがとう」アガサは彼女のあとから暗いパブに入っていった。

「まだお店を開けてないの」ロージーは言った。「どこに行くところ？」

「不動産屋にエイミー・ワースを訪ねようかと思ったの」

「急いだ方がいいわよ。あそこは五時半に閉まるし、そろそろ時間だわ。はい、これが香水よ」

「どうもありがとう。お代は本当にいいの？」

「もちろんよ」

アガサは急いでパブを出ると、香水やごちそうしてもらった食事のお礼に何かロージーにあげなくては、と考えた。

アガサが急いでたどり着いたとき、ちょうどエイミーは戸締まりをしていた。

「何があったの？」エイミーはたずねた。

「特にないわ。もういやというほどいろいろ起きたし。ただちょっとおしゃべりしようと思ったの」

「わたしはハリエットの隣に住んでいるの。いっしょに来て。お茶を飲みましょう」

エイミーの家はハリエットの家よりも小さく、壁に小石を埋めこんである一九三〇年代のこぢんまりした平屋建て住宅だった。フライファムのもっと古い家屋のあいだでは浮いて見えた。

「ご主人は家にいるの？」アガサはエイミーのあとからキッチンに入っていきながらたずねた。

「いいえ、ジェリーは遅くまで働いているわ。すわって。お茶でいい？　コーヒー？　それともアルコール？」

「コーヒーをいただくわ。煙草を吸ってもかまわない？」

「いえ、遠慮してくださる？」

「ああ、わかったわ」アガサはポケットからとりだした煙草のパックをしまった。

「トリーとポール・レッドファーンを誰が殺したのか考えていたんだけど、行き詰まっちゃって」

「それはあなたの仕事じゃないでしょ」エイミーは指摘した。ぶかぶかのスカートからほつれた糸が垂れさがっている。そのことを教えてあげようかとアガサが考えていると、急にエイミーがクスクス笑いだした。「ねえ、あなたとサー・チャールズのことを教えて」

まちがいなく彼女の青い目はみだらな好奇心で輝いていた。

「話すことなんて何もないわ」アガサは弁解するように言った。「この村では誰も彼もが悪ふざけをしているようだから、わたしも同じだと思っているのね」チャールズのきれいに手入れされた手が自分の体を這っていったことがちらっと頭をよぎり、それを消そうとして冗談を口にした。「たとえば、あなただってそうなんでしょ。あなたのことは全部知っているわよ」

エイミーはふたつのコーヒーカップにお湯を注ごうとして、ちょうどやかんを持ちあげたところだった。手からやかんが落ち、熱い湯がキッチンの床じゅうにぶちまけられ、エイミーは飛びすさった。

「この性悪女」エイミーはうなるように言った。「どうやって見つけだしたのよ？あの女、ジャクソンから聞いたのね、そうでしょ？」

アガサはびっくりしてエイミーを見つめた。強い風が窓際の木の裸の枝をカタカタ鳴らしている。どこかで犬が吠え、子どもたちが笑い声をあげた。謎のジャクソン家の子どもたち？

「すわって」アガサは言った。「ねえ、床をふくのを手伝うわ。ちょっとからかっただけで、わたしは何も知らないのよ。でも、今は知りたいと思っている。ただ、考えてみれば、相手がトリー以外なら知る必要はないわね」

エイミーはくずおれるようにテーブルの前の椅子にすわった。足はお湯に浸かっている。

「話した方がいいわね。この事件とは無関係よ。相手はミスター・ブライマンなの」

「不動産屋の上司の？」汗っかきで魅力的とは言えないミスター・ブライマンのことを思い浮かべ、仰天してたずねた。「どこで関係を持っていたの？　ジェリーがいないときに、ここで？」

「いいえ、セシルが——ミスター・ブライマンのことだけど、彼が危険すぎるって言って。暇なときにオフィスでよ」

どこで？　とアガサは訊きたかった。デスクの上？　ファイルキャビネットの陰？

唖然としていた。

「誰にも言わないでね」エイミーがすがるように言った。「ただのおふざけなのよ」

「言わないわ。だけど、そこにどうミセス・ジャクソンが関係してくるの？」

「彼女に見つかったのよ。週に一度オフィスを掃除してもらっていたけど、ある晩、いきなり入ってきて、その最中だったのを見られたの。子どもの一人がトラブルを起こして明日の朝学校に呼びだされたから、前の晩に掃除しておこうと思ったって言ってたわ。もちろん、ミセス・ジャクソンは鍵を持っていた」

「ミセス・ジャクソンは村じゅうのいろいろな場所の鍵を持っているようね。ねえ、このお湯をふくわ」

「大丈夫。わたしがやるわ」

「それで、ミセス・ジャクソンはどう言ったの？」

「そのときは何も。だけど、ある日、セシルが留守のときに来たの。ご主人が知ったら大変でしょうね、とほのめかされた。脅迫のつもりかどうかわからなかったけど、万一を考えて、わたしはこう言った。『口に気をつけた方がいいわよ。今の言葉、テープレコーダーで録音しているし、ゆするつもりなら、まっすぐ警察に行くわ』録音なんてしてなかったけど、彼女にはわからなかったみたい。ものすごく狼狽《ろうばい》して、どうしてそんなひどいことを考えるのかわからないと弁解してたわ。自分は信心深い人間だとかなんとか。あら、大変、ジェリーが帰ってきた。もう帰った方がいいわ。パブのあの夜のことで、主人は絶対にあなたを許さないって言ってるの」

「ちょうど失礼するところよ」アガサがキッチンに入ってきたジェリーにおどおどした笑みを向けると、彼はにらみつけてきた。

広場を横切っていくとき、アガサの頭の中ではさまざまな考えが渦巻いていた。チャールズに話さなくては。誰にも言わないという約束にはチャールズは含まれていなかった。

なぜかしら二件の殺人の答えが頭の隅っこに浮かんでいた。答えを手に入れるには、物事を別の角度から眺めればいいだけの話なのだ。

8

アガサがリビングに飛びこんでいったとき、チャールズはソファに寝そべり、猫たちを膝にのせていた。「何かつかんだと思うの」アガサは叫んだ。「だけど、それが何かがわからないのよ」

チャールズは猫たちをやさしく床に置くと、脚を下ろして体を起こした。

「すわって、アギー。コートを脱いで、目をそんなに丸くするのはやめるんだ。飲み物を持ってこよう」

アガサはソファにすわった。チャールズはジントニックを渡してくれ、自分にはウイスキーの水割りを注いだ。「最初から話して。それほど興奮するなんて、エイミーから何を聞いてきたんだい？」

アガサはわかったことを慎重に話していった。「これでおもしろくなってきたな」チャールズは言った。「彼女の不倫じゃないよ。そっちは想像するだにぞっとする。

ミセス・ジャクソンのことだ。ミセス・ジャクソンがゆすり屋だったとしよう。彼女は誰を脅迫したんだろう？」

「ルーシーよ。これでふりだしに戻るわね。それでも、まちがった見方をしているという気がしてならないの」

「かもしれない。ミセス・ジャクソンは新しい遺言書の証人だ。彼女はルーシーに遺言の内容を話す。ルーシーのアリバイのことはちょっとおいておこう。殺人が起きたあとで、ミセス・ジャクソンはルーシーを脅す」

「じゃあ、ポール・レッドファーンとはどうつながるの？」

「わからない。むずかしい質問をするのはやめて、ちょっと考えさせてくれ」

二人は何度も検討したが、結局あまり進展はなかった。

とうとう食事をして早めに寝ることにした。だがアガサは眠れなかった。なんて奇妙なのかしら、あのエイミーの浮気は。アガサは自分がロマンチックな淑女で、いつも夢の中で生きているような気がしてきた。良心もとがめずに気楽なセックスにふけるのは、若者だけではないのかもしれない。もっとも、エイミーはあのセシルに恋をしているのかもしれないわ。

それからルーシーのことを考えた。ルーシーは夫がロージー・ウィルデンと不倫していると考えていた。ただし相手はロージーではなく、リジーだったが。でもルーシーはそのことを口にしたのを忘れたいようだった。それに、そもそもどうしてルーシーはアガサに夫を調べてほしいと頼んだのだろう？　探偵として成功したと自称している見ず知らずの女性に？　隠れ蓑《みの》？　なぜ？

たんなる仮定だけど、不倫しているのはルーシーの方だったら？　すべてを逆から眺めてみよう。ルーシーが不倫をしていた。彼女はお金がほしいし、恋人と逃げたかった。まずミセス・ジャクソンから遺言書のことを聞き、スタッブスを盗む。恋人に夫を殺させる。ここまではいいだろう、辻褄が合っている。だけど絵を持っているうえに保険金まで入るのに、どうして絵を手放そうとしたのだろう？　それにポール・レッドファーンのことは？　別の遺言書が発見されたあとで殺された。彼は何か知っていたのかもしれない。もしかしたら彼自身が脅迫をしようとしたのかも。

アガサはうめいてベッドから出た。チャールズの部屋に行き、彼を揺すぶり起こした。

「アガサ」彼はにやっとした。「あなたから求められるとは思っていなかったよ」

「そうじゃないの、チャールズ。ねえ、わたし、何かをつかみかけているのよ」

彼はため息をつくとベッドから出た。「下に行って、何がわかるか検討してみよう」

リビングに行くと、チャールズは暖炉の熾火《おきび》に薪を放りこんだ。「じゃあ、聞かせてほしい」

アガサは混沌とした考えを繰り返し、「だからね、もしルーシーに愛人がいるなら、すべて筋が通るのよ」としめくくった。

「あのミセス・ジャクソンのことは好きになれなかったんだ」チャールズは言った。「もしルーシーに愛人がいるなら、わたしたちが会ったこともない狩りのメンバーの一人かもしれないから厄介だな」

アガサは肘掛け椅子にすわった。「ちょっと待って。狩りのメンバーたちはたいていお金を持っているわ。だからルーシーはトリーと離婚しても、愛人と結婚できる」

「相手は既婚者なのかも」

「だったら、トリーを殺す意味はないでしょ」

「たしかに。じゃあ、村の若者かな?」

二人は顔を見合わせた。

「庭師のバリー・ジョーンズはどう?」アガサは叫んだ。「それに彼はミセス・ジャクソンの息子よ。ミセス・ジャクソンはルーシーとトリーが愛し合っていたと言いふらしているけど、どこから見てもルーシーは彼女を嫌っている。だけど、もしルーシーがバリー・ジョーンズと不倫しているなら、ミセス・ジャクソンはそれを隠そうとするでしょうね。バリーが裕福なルーシーと結婚すれば、ミセス・ジャクソンにもお金が入るわけでしょ。だから、ポール・レッドファーンが何かを知りルーシーを脅迫しようとしたので、彼女はそれをミセス・ジャクソンに話し、バリーがレッドファーンを黙らせるために撃ち殺した。警察に電話した方がいいんじゃない？」

「落ち着いて、アギー。頭がおかしくなったと思われるのがおちだよ。バリーがルーシーと不倫しているという証拠があるのかい？」

「この村の誰かが知っているはずよ。こんな狭い土地ですもの。バリーは庭師としてお屋敷で働いていた。簡単に関係を持てただろうし、トリーはリジーと会うためにしょっちゅう留守にしていた。トリーは丸々ひと月リジーと過ごしていたのよ。ルーシーにどういう口実を伝えたのかしら？　それともリジーとは昼間だけ会って、夜には家に帰ったのかしらね？」

チャールズは嘆息した。「今夜はこれ以上何もできそうもないよ。こうしよう。朝になったらパブが開く前にロージー・ウィルデンと話してみよう。彼女ならあらゆる噂を知っているにちがいない」

アガサが目覚めると外は真っ白になっていた。ゆうべのうちにびっしり霜がおりたのだ。弱々しい日差しに、あたり一面がきらきら輝いている。キッチンのドアの外にあるやぶにかかった蜘蛛《くも》の巣ですら、完全に霜に覆われていた。

コテージは冷凍庫のようだった。アガサはガスヒーターをつけ、コーヒー用のポットのスイッチを入れてからチャールズを起こした。家が暖かくなるまでチャールズがベッドに入っている理由はないと思ったのだ。アガサ・レーズンは一人で耐えるのが好きではなかった。

「ゆうべは何もかも筋が通っているように思えたの」アガサはがっかりしたように言った。「今はたわごとにしか思えないわ」

「心配いらないよ。ロージーに確認しよう。それから、出かける前にちゃんとした朝食をとろう」

二人は一時間後に出発した。頭上の太陽は小さな丸い目玉のようで、うっすらとした雲の陰に隠れている。「ここであと何回殺人事件が起きても、もうどうでもいいよ」チャールズが言った。「クリスマスには家に帰りたいな」

「クリスマス」アガサは繰り返した。「ここはもうクリスマスカードみたいに冬景色よ」

「パブの入り口をノックしても誰も出てこないだろう」チャールズは言った。「ロージーに酔っ払いだと思われるかもしれない。裏口から訪ねよう」

二人はパブの横の小道を進んでいき、門を通り抜け、椅子やテーブルが散らばった裏庭に出た。「夏にはこの庭を使っているにちがいないわ」アガサは言った。

キッチンから皿の音がした。チャールズはドアをノックした。アガサは髪にカーラーを巻いたみっともないロージーが出てくることをちらっと期待したが、ドアを開けたロージーはあらゆる男性の理想の女性像そのものだった。豊かなブロンドの髪は頭のてっぺんでまとめてあった。糊《のり》のきいたコットンのブラウスとスカートの上にフリルのついたエプロンをかけ、片腕でミキシングボウルを抱えている。

「どうぞ入って」母親は言った。「ちょうど休憩をとろうとしていたところなの」広いキッチンは心が和み、暖かく、何かを焼いている匂いとスパイスの香りが漂っていた。二人が入っていくと、年配の女性が立ち上がった。「母よ」ロージーが言った。

「二階に行くわね」母親は編み物の道具を集めた。

「すわってちょうだい」ロージーが勧めた。「ちょうどコーヒーが沸いたところよ」

「噂話を聞かせてもらおうと思って来たの」アガサがいきなり本題に入った。これまでもたびたび感じたように、今回もアガサ・レーズンは突進していくサイなみの如才なさしかないな、とチャールズは心の中で嘆息した。

「あら、それならお答えできることは何もないわ、ミセス・レーズン」ロージーは言いながら、ふたつのフランス風カフェオレボウルにコーヒーを注ぎ、アガのオーブンレンジから熱々のスコーンのトレイをとりだした。「噂話はいろいろ耳にするけど、忘れる方が安全だと思っているの。わたしの言いたいことはおわかりよね」

テーブルに金色のバター入れを置き、皿にスコーンを空けた。「お好きなだけ、どうぞ。そうねえ、これには自家製のブラックカラント・ジャムが合いそうよ」

ロージーは二人といっしょにすわると、チャールズにゆっくりと温かい微笑を向けた。なぜかその微笑が神経に触り、アガサは単刀直入にたずねた。「ルーシー・トランピントン＝ジェームズは村の誰かと不倫していたの？」

いまやロージーのブルーの目にはベールがかかっていた。雲が太陽を隠すように。少しためらってから、ロージーは口を開いた。「もしそうだとしても彼女の問題でしょ。わたしの言いたいことはおわかりよね」

「ねえ、話してもらえない？」アガサがせがんだ。

「話すのは無理よ。みんなの私生活をべらべらしゃべったら、一人もお客がいなくなるわ」

「だけど、もちろんルーシーはパブでは飲まないわよね？」

「ええ、でも他の人たちは飲みに来ているわ」

「つまり、彼女には愛人がいて、彼の方はパブで飲んでいるってことね」アガサは叫んだ。「それで範囲がせばまったわ。あなたのパブで飲むのはありふれた村人たちだけで、狩りのメンバーたちは来ないもの」

「あら、金持ちの貴族だけが狩りをするみたいに思っているようね」ロージーがたしなめた。「ミスター・フリーマントル、ミスター・ダート、ミスター・ワース。全員が狩りをするわ。ミセス・キャリー・スマイリーもね。狩猟服姿の彼女は本当に魅力的よ」

アガサは身をのりだした。「だけど、知っているんでしょ」

「何も知らないわ」ロージーはぴしゃりと言った。「コーヒーが冷めるわよ」

チャールズが口を開いた。「猫たちを庭に出してきただろう、アガサ。霜で前足が傷つくんじゃないかな。帰って家に入れてやった方がいいよ」チャールズはアガサをじっと見つめた。このままでは何も聞きだせないので、自分に任せた方がいいという意味だとアガサは察した。

心配そうな表情を作ると、アガサは言った。「ごめんなさい、ロージー。猫たちのことを忘れていたわ。帰らないと」

外に出ると、これからどうしようかと考えた。チャールズを待ってパブの外をうろついているわけにはいかない。それでも、コテージには戻りたくなかった。村を出て湖まで歩いていき、頭をすっきりさせて考えを整理してみようと考えた。

村から出る道に入ったとき、あたりがとても静かで、動くものがひとつもないことに驚嘆させられた。

両側の松の木々は白い霜に覆われてクリスマスの準備をしているように見える。アガサはぐんぐん歩いていき、再び丘の頂上に出ると、ノーフォークの広大で平らなしんと静まり返った風景を眺めた。

湖に着くと、大きな平たい石にすわった。岸辺の水に氷が張っている。完全に凍りついたら、ここでスケートをするのだろう。スケートパーティーを開いたら、ロージーがホットワインとミンス・パイをふるまうのかしら？　わたしみたいなよそ者がそういう場面に出くわしたら、どうなるのだろう？　彼らがうらやましかった。典型的な英国風の安全な生活を送っていると信じこんでいて、秘められた情熱にも気づかずにいる人々が。そよ風が鏡のようになめらかな湖にさざ波を立て、寒さに震えながらアガサは立ち上がった。証拠がなければ、これ以上推理を進められない。お屋敷の門に近づいたとき、ふとメンテナンスの男のことを思い出した。なんという名前だったっけ？　ジョーなんとか。メンテナンスの男も地所にコテージを持っているのだろうか？　私道を進み、レッドファーンのコテージに通じる分かれ道に着いた。カーブを曲がると、警察のテープがはためいていて、その外でフランプが警備についている。寒さを締めだそうとして、足踏みをして腕をこすっていた。

アガサは引き返した。警官に話しかけているところをハンドに見られたくなかった。再び分かれ道まで来ると、小型トラックがわきに停まった。メンテナンスの男だった。

「何か探しているのかい？」彼はたずねた。「警察がマスコミや不法侵入者に神経を尖らせているんだ。あれ、待てよ、ポールが撃たれたときにあんたに会ったな」

「わたしが死体を発見したの」

「じゃあ、何の用でここをうろついているんだ？　ミセス・トランピントン＝ジェームズは詮索屋にうんざりしている」

アガサはいくつか質問がしたかったと言おうとしたが、思いとどまった。相手は疑い深く、とてもけんか腰になっている。

「わたしはルーシー・トランピントン＝ジェームズの友人なの」横柄に答えた。「道をまちがえたみたいね」

「そっちだ」彼は肩越しに親指で指し示した。アガサはお屋敷の方に歩きはじめた。トラックから少し離れると、立ち止まって振り返った。男はまだトラックをそこに停めて、バックミラーでアガサを観察している。仕方がない、ルーシーを訪ねるしかなさそうだ。

お屋敷の窓は太陽で赤く染められていて、無数の赤い目にとがめられているかのようだった。

ベルを鳴らすと、すぐにルーシーがドアを開けた。厚手のアランセーターにジーンズをはいている。髪の毛はシフォンのスカーフでまとめ、メイクもしていなくて、いつもよりもずっと若く、柔和に見えた。

「あなたが私道を歩いてくるのが見えたの」ルーシーは言った。「作業を休んで一杯やる口実ができたわ」

玄関ホールに入っていくと、梱包用の箱がたくさんあった。「もう引っ越すの？」

「できないのよ。家じゅうに警官がいて、殺人事件が解決するまで引っ越すのを許してくれないの」ルーシーは客間に入っていき、アガサもあとに続いた。「何を飲みます？」

「ジントニックをお願いするわ」

「氷はないけど」

「かまわないわ。今日はものすごく寒いし」

ルーシーは飲み物をアガサに渡すと、自分にはたっぷりブランデーを注いだ。「よかったら煙草を吸ってかまわないわよ」ルーシーは言った。「わたしもまた吸いはじめたの」

「うれしいわ」アガサは言うと、煙草のパックをとりだした。「お元気かしらと思って、ちょっと寄っただけなの」

「あまり順調とは言えないわ、正直なところ。ここを売って出ていき、ロンドンに戻るのは簡単だと思ってたの。だけど、警官たちは、わたしが殺人に関係がないことを確認しようとしてしつこいったらないのよ」

アガサは飲み物をひと口すすった。それからたずねた。「警察はどうしてそんなに疑っているのかしら？」

「わたしが遺産を相続するからよ。ある刑事には、犯人はたいてい夫か妻だと平然として言われたわ。信じられる？」ルーシーは落ち着かない様子で煙草をふかした。

「ちゃんと解決に向かってたのよ。だのに、馬鹿者たちがポールを射殺した」

「馬鹿者たちって?」

「密猟者よ。わたしは警察にそう話したの。ポールは何人か地元の人間を訴えているし、このあたりの連中はそう簡単に恨みを忘れそうにないって」

「トリーがリジーと浮気していたってご存じ?」アガサはもはやリジーに忠実でいる義理はないと判断した。だいたいリジーは夫を捨て、スーツケースを持ってパトカーに乗りこんだのだから、当然、浮気のことも警察に話したにちがいない。そうアガサは自分を正当化した。

「いいえ、それってお笑い草よね?」ルーシーは苦々しげに吐き捨てた。「よりによってリジー・フィンドレイなんて。だのに、このわたしは尼僧のように暮らすことが期待されているわけでしょ。トリーはどうしてわたしとセックスしなくなったんだろうって不思議だったの。これでわかったわ。主人が浮気しているとは思ってもみなかった」

「あら、疑っていたじゃないの」アガサが反論した。「浮気しているか探りだしてほしいって、わたしに言ったわ」

「ああ、あれ。ロージーと関係があると思ったの。残念、あの男と離婚して、弁護士のところに連れていけばよかった。彼のお姉さんが葬儀に現れて、一悶着あったのよ」

「葬儀がおこなわれたのも知らなかったわ！」

「警察が公表しなかったから、わたしもそうしただけ。マスコミにはもううんざり。ノリッチで火葬にしたわ。お代わりはいかが？」

「まだこれも飲み終わってないけど」ルーシーは立ち上がり、アガサからグラスを受けとった。

「注ぎ足すわ。わたし、一人で飲むのが嫌いなの」

「リジーの夫がご主人を殺したんだと思う？」

ルーシーはなみなみと注いだグラスをアガサに渡すと、自分のグラスにもさらにブランデーを注ぎ足した。

また椅子にもたれかかった。「どうでもいいわよ」面倒くさそうに言った。ろれつが少し回らなくなっている。一人で飲むのは嫌いだと言っていたが、ずっとそうやって飲んでいたにちがいないとアガサは推測した。

「だけど、誰がご主人を殺したのか知りたくないの？」

「まあね。そうなれば、わたしはここから出ていけるわけだから」

「ご主人を愛していなかったの？」

「愛してると思ってたわ。お金と安定を求めていたし、信じられないかもしれないけど子どももほしかった。だけどトリーは子どもを作れない体だったの。結婚後にわかったのよ。ここにひっこむと、トリーはとても退屈な人間だとわかった。トリーはライファムの地主として人生を送っていこうと決意していたのよ。彼の名前はテレンスでロンドンではテリーで通っていた。だけど、こっちに来ると、くだらないニックネームで呼びあっている幼稚な狩り仲間の間では、トリーがふさわしいだろうって考えたの。あの連中は永遠に幼稚園から卒園できないのよ」

アガサのジントニックはとても強かった。「家を売るまでどのぐらいかかりそう？」

「ああ、全然わからないわ。あまり長くかからないといいけど。この屋敷を維持していくのに莫大な費用がかかるのよ、いやになっちゃう。あと一週間したら、家畜を売るつもりよ。羊と雌牛がいるの。すでに狩猟場は貸したわ。警察だって、それは止められないでしょ」

「フライファムは奇妙な土地ね。だって、まず妖精、お次は殺人事件。ありふれた外見の下にさまざまな情熱が秘められている」

ルーシーはにやっとした。「情熱と言えば、おいしそうなチャールズはどうしてるの？」

「いつもどおりよ。それに、ただの友人だし」

「それならわたしが誘ってみようかしら。彼はお金持ちなの？」

「そうだと思うけど、レストランで支払いのときになると都合よくお財布を忘れるタイプの人間よ」

「じゃあ、どうして彼に我慢しているの？」

「彼に頼っていないから」

「なるほど。それで二人で事件を調べているのね？」

「まあ、やってみてはいるけど」

「何かわかったの？」

「あと少しで何かつかめる気がしているわ。すべての手がかりがひとつにまとまりかけているのよ」アガサはもったいぶって言った。このジントニックはとても強いわ。

「ポール・レッドファーンは何かを知っていたと思うし、お金をもらえなかったので警察にばらそうとしていたんじゃないかしら」

「そろそろ作業に戻らないと」ルーシーはグラスを干すとテーブルに置いた。

アガサは酒の残りはそのままにして、立ち上がった。コートを脱がなかったのに、あまり暑く感じられないことに気づいた。

「セントラルヒーティングが壊れているの?」アガサはたずねた。

「パイプに空気か何かが詰まっているみたい。明日、修理に来てもらうわ」

アガサは玄関ホールに出ていった。「じゃあ、またね、ルーシー」

「いろんなことに首を突っ込まない方がいいわよ。さもないと痛い目にあうかもしれない」ルーシーが言った。

アガサは手をドアノブにかけたまま、立ち止まった。「それ、脅しなの?」

「あなたは悪人を探してベッドの下までのぞくタイプでしょ。たんなる友人としての警告よ」

アガサは家を出て、長い私道を歩いていった。頭をはっきりさせようとして、深呼吸した。ルーシーが言ったことを思い返してみる。たいしたことは聞けなかった。だが、馬鹿者たちがポールを殺したと言ったとき、本当に密猟者のことを指していたのだろうか? 都会人のルーシーが密猟者についてどうして知っているの? 大がかりな密猟者は暴力的になることもありうる。アガサもそのぐらいは新聞で知っていた。サケの養殖場をダイナマイトで吹き飛ばしたりする密猟者たちだ。しかし、ウサギをわなで捕らえたり、たまにキジを獲ったりする連中が殺人? まさか。

チャールズと話し合ってみよう。彼は何か探りだせたかしら?

ふいに空腹を覚えた。強い酒を飲んだ酔いは醒めかけていた。

ようやく自分のコテージに着き、大きなドアの鍵をとりだし錠前に入れた。ドアには鍵がかかっていなかった。チャールズが帰っているにちがいない。アガサは入っていって呼びかけた。「ただいま」玄関ホールのテーブルにはまだかんぬきの袋がふたつ置かれたままだ。「まだかんぬきをとりつけていないみたいね」アガサは叫んだ。「ロージーから何か聞きだせたの？　ルーシーは浮気していたの？」

二匹の猫たちが駆け寄ってきたが、背中の毛が逆立っている。アガサはしゃがんで猫たちをなでた。「よしよし」猫たちをあやした。「何が怖かったの？　チャールズはどこ？」

そのとき固い物が背中に押しつけられ、男の声が言った。

「リビングに入れ、ミセス・レーズン」

アガサは体をひねった。バリー・ジョーンズがショットガンを手に立っていた。

彼女はリビングに入っていきながら、怯えた頭をフル回転させた。ミセス・ジャクソンが暖炉のそばの椅子にすわっていた。「すわって、おとなしくしな」ミセス・ジャクソンは言った。

「あんただったの！」アガサは向かいの椅子にすわりこんだ。

バリー・ジョーンズはソファの後ろに立ち、ショットガンをアガサに向けている。

「あんたの友だちを待ってるのさ」ミセス・ジャクソンは言った。

「どうして」アガサは白くなった唇から言葉を発した。

「今にわかるよ」

「ルーシーは馬鹿者たちがポールを射殺したって言ってた。それはあんたと息子のことだったのね」

「彼女から電話があって、あんたがだんだん真相に近づいてきたって言ってきたんだよ。だいたい家を荒らして脅してやったのに、手を引かないのが悪いんだ」

アガサはバリー・ジョーンズを見た。ハンサムなバリー。だが、石のように冷たく目をぎらつかせた今のバリーはハンサムには見えなかった。

「わたしとチャールズを殺すなんて無理よ」アガサは言った。「二人殺しても逃げられると思っているのかもしれないわね。でも四人なんて！」

「証拠は何もないからね」ミセス・ジャクソンは言った。「あんたたちはただ消えるの。それから、荷物といっしょに埋めればいい」

アガサはふいに猛烈な尿意を催した。だが、この殺人者たちの前でおもらしをするわけにはいかない。ひとまず自分の身の危険のことは忘れ、この二人がどうしてそんなことをしたのか考えようとした。

もう一度バリー・ジョーンズを見る。ルーシーのような高級志向の女性を養えるだけのお金のないハンサムなバリー・ジョーンズ。もっとも……。

アガサはバリーを見つめて言った。「あんた、ルーシーと関係を持っていたのね。ルーシーがあんたにトリーを殺させた。ちょっと待って。そっちのベティ・ジャクソンがルーシーに遺言書のことをしゃべったんでしょ。だからルーシーはスタッブスを盗み、あんたたちのどちらかに隠させた。それからどうなったの？　トリーとけんかをした？　遺言書をまた変更して、すべてをリジーに遺すと言った？　あるいは彼はルーシーとバリーのことを知ったのかしら？　ともかく、ルーシーがロンドンに行ってアリバイを作っているあいだに、ここにいるバリーがトリーの喉をかき切った。だけど、どうしてスタッブスをわたしのところに放置したの？　焼いてしまえば、ルーシーには保険金がおりたのよ」

「教えてやってもいいだろう」ミセス・ジャクソンが言った。「あんたのところに置いてくれれば、警察の注意があんたとリジーに向くとルーシーが考えたんだよ。絵は手放しても惜しくないって、ルーシーは言っていた。地所を売ったらたんまりお金が入るしね」

「あんたは自分がとても抜け目ないと思っているんでしょうね」アガサは言った。「でも、あんたが言ったように、わたしたち二人を行方不明にさせて逃げることはできないわ。チャールズは准男爵だし、新聞がさかんに書き立てるでしょう。事件はいつまでも世間の関心を集める。ルーシーはお金を手に入れるまで、とんでもなく長いあいだ待たなくちゃならないわね。つまり、あんたたちも待つことになる。それにあんたたちは愚かよ。わたしが何か知っているなんて、どうして考えたの?」

「ルーシーが電話してきて、ポールがあたしたちを脅迫していて、警察に言おうとしていたことをあんたが知っているって言ってたからね」

アガサは猫たちが玄関ホールに飛んでいき、ゴロゴロ言いながら鳴いているのに気づいた。チャールズだわ。彼に警告できたらいいんだけど。そのとき猫が静かになった。

アガサは両手の震えを止めようとして、ぎゅっと握りしめた。この連中はわたしを殺そうとしている。どうにか逃げられるだろうか?

「トイレに行きたいんだけど」

「すわりな!」ミセス・ジャクソンが怒鳴った。「あんたが行けるのは墓場だけだよ」

「二人とも撃つなんて無理よ」アガサは訴えた。「ショットガンの銃声が近所に聞こえるわ」

「誰に？」バリー・ジョーンズがにやっとした。「ここは小道の突き当たりだ。近くには教会しかないよ」

アガサは目を閉じて祈った。恐怖のあまり耳が聞こえなくなっていた。聞こえるのは耳の中のごうごうという音だけ。この窮地から救ってください。そうすれば、煙草を止め、もっといい人間になり、善行をほどこします。これまではあまりいい人間ではありませんでした。ああ、神さま、どうか命を救ってください。そうすれば聖人のようになります。そのとき、尿意をもはやこらえきれなくなり、うめきながら目を開けた。だが目の前の光景が信じられず、まばたきして、もう一度よくよく見た。

リビングには警官があふれていた。バリー・ジョーンズはのろのろとショットガンをソファに置いた。バリーと母親は手錠をかけられ、ハンド警部がアガサに近づいてきた。

「どこに行くんですか、ミセス・レーズン？」アガサが猛烈な勢いでリビングのドアから飛びだしていくと、ハンドは叫んだ。

「トイレ！」アガサは叫び返した。

午前二時に、チャールズとアガサは警察本署から帰ってきた。

「これでやっと一件落着だ」チャールズはリビングに入っていき、たきつけと薪に火をつけながら言った。「信じられなかったよ。あなたはドアを開けっ放しにしていたんだ。何かが起きてるってすぐにわかった。猫たちの毛が逆立っていたからね。後戻りしてリビングの窓をのぞいた。ハンドと部下たちがパブにいるのは知っていたから、全員をここに呼び集めた」

「ええ、その顚末はすべて聞いたわ。だけど、ルーシーとバリーが関係を持っているのを知っていた、森に二人がいるのを見かけたと、ロージーがどうしてあなたに打ち明けたのかは話してくれてないわよ。警察に言わなかったのに、どうしてあなたに話したの？」

「親しくなったんだよ」チャールズはアガサに背中を向けてマッチをすって火をつけた。

「ピロートーク？」

「まあそうとも呼べるな」

「道徳心がないのね」

「何言ってるんだ、アガサ。彼女は何か知っているにちがいないとにらんだからだよ。

クリスマスのためにわたしだけ引き揚げて、あなたをここに一人残していきたくなかったんだ。あなたのためにしたことだよ」

「次はイギリスのためにした、って言いだすんでしょうよ！」

「それもあるよ。怒らないでくれよ、アギー。いいかい、ロージーがバリー・ジョーンズについてしゃべると、わたしはすぐにパブにいた警官にそれを知らせたんだ。ロージーはカンカンに怒ってたよ。わたしの目をえぐりだそうとして、ろくでなしって呼んだ」

アガサはすわると、両手を炎にかざした。「でも、まずわたしに話すまで待てなかったのね。名誉を独り占めしたかったのよ」

「あなたがどこにいるのか知らなかったんだ。あなたを探しに戻ってきたんだよ」

「あなたっていう人がよくわからないわ、チャールズ」

「他人のことがわかる人なんているかな？」チャールズはさらりと言った。「全部解決したよ。あなたが警察に言ったとおりだ。だから栄光はあなたのものだよ。ルーシーはバリーにトリーを殺させたんだ。疲れているだろう。もう寝よう。あなたはひどく怖い目にあったものね」

疲れてはいたが、アガサは長いあいだ眠れずに目を覚ましていた。ジェームズ。彼女の頭は再びジェームズ・レイシーのことでいっぱいになっていた。ジェームズはチャールズのようないい加減な女たらしではなく強い男性だ。今のアガサはジェームズがチャールズと同じように女遊びができることをけろっと忘れていた。ジェームズの姿がまざまざと目に浮かんだ。力強い顔立ち、明るいブルーの目、長身で手足が長い体型、こめかみに白いものが交じるふさふさした黒髪。急にカースリーに帰りたくてたまらなくなった。彼を謎のミセス・シェパードの毒牙から取り戻さなくては。

翌朝は、チャールズが叫ぶ声で九時に起こされた。供述をするために本署に行くことになっていたが、警察の車が迎えに来たのだ。急いで顔を洗って服を着ると、ぶつくさ言いながら一階に下りていった。「もうゆうべのうちにすべて話したと思うけど」

アガサはハンド警部に供述をとられた。彼はまたもや、きのうの行動を繰り返させた。それからこう言った。「サー・チャールズに良識があり、われわれに連絡をとったので、あなたは幸運だった。情報を自分だけのものにしておいたせいで、きわめて危険な状況になったんです」

「わたしは何も知らなかったんです！」アガサは叫んだ。「知らないのにあなたに報告できないわ」

「ミセス・トランピントン＝ジェームズにポール・レッドファーンが脅迫者だと言ったせいで、あなたはあわや殺されるところだった。それがたまたま真実だったのでね」

「ふと閃いただけなのよ」アガサは憤慨した。「ただ頭に浮かんだっていうだけで、あなたに話せないでしょ？」

「今後のために覚えておいていただきたいのですが、警察の捜査には首を突っ込まないでください」

「わたしたちが捜査に首を突っ込まなかったら、今も殺人犯を探していたでしょうよ」アガサはやり返した。「さらに供述をとりたいなら、わたしはカースリーにいますから。もう家に帰ります」

チャールズと合流したとき、アガサはまだ腹を立てていた。「安心して」アガサの怒った顔を見てチャールズはなだめた。「わたしもひどい目にあわされたから。警察はせめて感謝してくれてもいいのに、と思うよね。何か食べに行って、リジーに会いに行こう」

「どうしてリジーに会うの？」

「ねえ、アギー、そうするのが親切なことだと思うよ」

ランチのあいだじゅう、アガサは恩知らずな警察の尋問について文句を並べていた。

ランチがすみ、二人がリジーのアパートに歩きはじめると、ミセス・タイトにばったり会った。偽のコーヒーについての市場調査で二十ポンドを渡した女性だ。

「またあたしに会いに来たの？」ミセス・タイトはたずねた。

「実はミセス・フィンドレイを訪ねるところなんです」

「ああ、あのかわいらしいミセス・フィンドレイは出ていったよ」

「どこに行ったかご存じですか？」

「田舎の親戚のところに行くとか言ってたね」

二人は彼女に礼を言って、向きを変えた。

「きっと家に帰ったんだよ」チャールズがいきなり言った。

「いったいどうして？」

「ずっとそうするだろうと思ってた」

「だけどせっかく逃げてきたのよ。新しい生活に」

「あまりにも長く鎖につながれていたせいだよ。人質が監禁者を愛するようになるストックホルム症候群みたいなものだ」

「あなたって、あらゆることで自分が正しいって思っているのね。彼女が大尉のそばには近づいていないってことに五ポンド賭けるわ」

「乗った」

なんとブレークハムに行くと、リジーがドアを開けた。彼女はエプロンをつけ、片方の頬には小麦粉がちょっぴりついている。「キッチンにどうぞ。教会で売るためにお菓子を焼いていたんです」

「大尉はどこなんですか?」アガサはそわそわしながらたずねた。

「ああ、農場のどこかです」

「どうしてご主人のところに戻ったの?」

リジーはかがんで、小さなスポンジケーキのトレイをオーブンから引きだした。

「あの人がわたしなしではやっていけないと知っていたからよ」リジーは明るいブルーのコンタクトレンズをはめ、やわらかなかわいらしいヘアスタイルにしていた。

「今回のことは主人にとても効き目があったわ」

「じゃあ、スタッブスを売ってここを出ていかないのね?」

「あら、まさか。スタッブスは売るつもりですよ、もちろん。でも、屋根は修理が必要だし、それからたぶん二人でクルーズの旅に出かけると思います。コーヒーか何か召し上がります？　実はとても忙しいんですけど」

外に出ると、アガサは五ポンド紙幣をとりだし、チャールズに渡した。

「いまだに信じられないわ」

「あの二人は絶対にクルーズに行かないだろうな」チャールズが推測した。「彼はじょじょにまた妻を支配するようになり、リジーにとって、もう次のチャンスはないだろうね」

「自業自得ね。もともと彼女のことは好きになれなかったわ」

フライファムに戻ると、アガサは不動産屋を訪ね、朝になったら出発するので手付金と家賃の残額を払い戻してほしいと言った。ミスター・ブライマンは手付金は返金するが、家賃の残金は返せないと答えた。だがアガサは怒りをぶつける相手が現れたので、喜々としてフライファムとその殺人事件についてどう思っているかを歯に衣着せずにまくしたて、少額裁判所にひきずりだすと言ってやった。とうとう彼は折れて、小切手を送ると言った。

アガサはなおもチャールズに腹を立てていた。彼がロージーをベッドに誘ったことで、彼と夜を過ごした自分がおとしめられた気がしたのだ。ひっきりなしにジェームズのことが頭に浮かんだ。

その晩、チャールズは消えかけた暖炉の前でぐっすり眠りこんでしまった。アガサは庭に行き、もっと薪をとってくることにした。

霜のおりた裏庭に出たとたんに、棒立ちになって目をみはった。さまざまな色の小さな光が庭のはずれでちらちら揺れていたのだ。かすかな笑い声も聞こえた気がした。しかも声は頭の中と外から響いたかのようだった。

アガサは家に戻るとハリエットに電話した。「あのミセス・ジャクソンの子どもたちがまたいたずらをしているのよ」彼女は文句を言った。「庭のはずれでライトを点滅させているわ」

「そんなはずないわ。子どもたちはケントにいるミセス・ジャクソンの妹に引き取られたから。妖精にちがいないわ。ところで、結局どうしてルーシーが犯人だって考えたの?」

だがアガサは話をするどころではなく気もそぞろだった。あの奇妙な妖精の笑い声がまだ聞こえていたのだ。

ようやく受話器を置くと、庭を見た。そこにはもう何もなかった。

だが、あまりにも恐ろしくて、もう薪をとりに行けなかった。チャールズは消えかけた暖炉の前で寝かせておいて、自分はベッドにもぐりこんだ。

9

翌日、アガサはチャールズに奇妙な光について話す気になれなかった。彼はジャクソン家の子どもでなければ怒った村人だろう、と言うに決まっていた。誰もが殺人事件に傷ついた、と女性巡査長が言ったのをアガサは思い出した。

それにたしかに、荷造りを始めると、電話が次々に鳴りはじめた。名前を名乗らない土地の訛《なま》りのある怒りのこもった声がおまえはお節介だ、たぶん自分で殺したんだろうとアガサを責めた。三人目のときにアガサは電話のプラグを壁から抜いた。

チャールズはスーツケースを持って一階に下りてきた。「おめでとう、と言うために電話をかけてきたのかい？」

「わたしたちを血祭りにあげたい地元の連中よ」

「どうして？」

「みんなの大切なやさしいミセス・ジャクソンを逮捕させたからでしょ。あなたが先

頭で走ってくれる、チャールズ？　待ち伏せが怖いから」

二人は車に荷物を積みこみ、アガサは猫たちをやさしく旅行用ケージに入れると後部座席に置いた。

パックス・レーンから広場を回り、フライファムから出る道に入ると、ロージーが村人たちといっしょに立っているのが見えた。チャールズの車が近づいていくと、ロージーの美しい顔が怒りでゆがんだ。彼女はレンガを彼の車に投げつけた。助手席の窓が粉々に砕ける。チャールズはアクセルを踏み、アガサもそれにならった。

たちまち二人はフライファムから猛スピードで遠ざかっていった。十キロほど走ったところで、チャールズは駐車場に乗り入れた。アガサもそのあとに続いた。

「大丈夫だった？」アガサは自分の車から降り、彼の車の様子を見に近づいていった。

「怪我をしなくてついてたよ」チャールズは言った。

「はい、携帯電話。警察に電話して」

「いや、ロージーは利用されたと思ったにちがいない。わたしが警察にバリーを逮捕させたことを知ったんだろう。ランチのときにガラス修理屋に電話するよ。最近はとても迅速なんだ。レンガは記念品としてとっておこう」

「じゃ、先に進みましょう。追いかけてくるんじゃないかと不安だわ」

二人はさらに十キロほど行ってからランチに立ち寄った。チャールズは電話して、ガラスを修理してくれるように頼んだ。

ランチをとりながら、アガサはチャールズを険悪な目つきで眺めた。「ロージーに愛しているとかそういうことは言わなかったのよね？」

「そうはっきりとはね。そんなふうににらむのはやめてくれ、アギー。あの呪われた村じゃ、誰が誰と寝ているかわかったものじゃないよ」

「そのレンガは、ズボンをやたらに下ろしちゃいけないってことを思い出させてくれる形見としてとっておくべきね」

「へえ、そうかい？　じゃあ、あなたの命を救ったのは誰だったんだ、恩知らずな人だな」

「ええと……」アガサは口ごもった。

「家に帰れてうれしい？」

「ええ」

「ジェームズは待っているかな？」

「ジェームズの話はやめましょう」

「するべきだと思うな。ねえ、わたしが話したセラピストに会いに行った方がいいよ」

「セラピストなんて必要ないわ」

「ジェームズ・レイシーの件では、頭を整理してもらう必要があるよ」

「しつこく言わないで。考えてみるから」

ガラス修理屋が入ってきて書類にチャールズのサインをもらい、ものの数分で窓は修理できたと言った。

「そろそろ出発しよう」チャールズがようやく言った。「よかったらお勘定は払ってくれるかな、アギー。わたしはちょっと金欠だから」


アガサはカースリーに続く田舎道に曲がったときには疲れ果てていた。なぜかカースリーは暖かく太陽がさんさんと照っていると想像していたが、すでに夜の帳《とばり》がおり、道沿いの木々の枝には霜がきらめいていた。

ライラック・レーンに曲がった。ジェームズのコテージには明かりがついていて、息が止まるほどの興奮が胸にあふれた。だが冷たい対応をされるのではないかという恐怖から、彼のコテージで車を停め、すぐに会いに行く気にはなれなかった。

アガサは掃除婦のドリス・シンプソンに電話して、戻ることを予告しておいた。おかげでコテージに入ると、中は暖かかった。ドリスがセントラルヒーティングのスイッチを入れておいてくれたのだ。キッチンのテーブルにはミセス・ブロクスビーの歓迎の手紙がついたキャセロールが置かれている。

「どうして村を出たのかしら？」アガサは声に出して言った。猫たちをケージから出してやってから、スーツケースをとりに外に出ていった。

長身のブロンド女性がちょうどジェームズのコテージから出てきた。あれがミセス・シェパードにちがいないわ、とアガサは不機嫌に考えた。その女性はアガサの方に近づいてきた。「おかえりなさい。あなたがアガサ・レーズンね。わたしはメリッサ・シェパードです」

「はじめまして」アガサは愛想がいいとはとうてい言えない態度で応じた。

「荷物を運ぶのをお手伝いしましょうか？」

アガサはきっぱりと「けっこうよ！」とはねつけようとしたが、思い直した。この女性がジェームズとどのぐらい親密なのか、どうしても知りたかったのだ。

「ご親切にありがとう」アガサはそう答えた。

メリッサ・シェパードはブロンドで四十代、スリムだったが、アガサが想像していたような妖艶な女性ではなかった。

「荷物は玄関ホールに置いておいてください」アガサは言った。「あとで片づけるわ。コーヒーでも？」

「あまりお手間じゃなければ」

「いいえ、全然。どうぞキッチンにいらして」

「今、お隣さんを訪ねていたんですよ」メリッサは言った。「スポンジケーキを作ってお持ちしたの。独身男性はちゃんとしたものを召し上がってませんものね」

「ジェームズは自分のことは自分でできる人だと思っていたわ」アガサはケトルのスイッチを入れた。

「ジェームズはあなたといっしょにいくつかの犯罪を調査したんだそうですね。なんてわくわくするのかしら！　それにまた別の殺人事件に巻きこまれたとか。『あの年になって、なんてお気の毒に』ってわたしは言ったんです。でもジェームズは『アガサのことは心配いらないよ。手強い人間だから』って」それからメリッサはハスキーな笑い声をあげた。

「急に疲れが出てきたみたい」アガサは言った。「コーヒーはまた別の日にしていただいてもかまわないかしら？」

「ええ、もちろん。しょっちゅうジェームズのところにいるので、また頻繁に顔を合わせるわね」

アガサは彼女を送りだすと、ドアを不必要なほど力をこめて閉めた。

それから電話をとりあげ、チャールズの家にかけた。彼が電話口に出てくると、たずねた。「例のセラピストの名前を教えてくれない？」


翌日、アガサは牧師館まで歩いていった。フライファムに劣らぬほど寒かった。ノーフォークの天候をけなす人は、イギリスの冬は別の土地だともっとひどいと自分を慰めようとしているのだろう。

ミセス・ブロクスビーはうれしそうにアガサを迎えた。「入ってちょうだい。あなたの冒険を聞きたくてうずうずしていたのよ」

アガサは牧師館のリビングで暖炉の前の肘掛け椅子にほっとしながらすわった。

「お茶を持ってくるわ」ミセス・ブロクスビーは言った。

アガサは来週にセラピストの予約を入れた。セラピストのところに行ってカースリーに戻ってきたときには、きっとジェームズ・レイシーに対する執着が消えているはず、と期待していた。

ミセス・ブロクスビーは重そうなお茶のトレイを運んできた。「このフルーツケーキ、とてもおいしいのよ。ミセス・シェパードからのプレゼントなの」
「ああ、あの人。ゆうべ会ったわ。ジェームズの気をひこうとしているみたいね」

ミセス・ブロクスビーの良心が痛んだ。ジェームズはミセス・シェパードに昼も夜もつきまとわれてうんざりしているはずよ、とアガサに言うべきだった。でも、ミセス・ブロクスビーは、過去にジェームズがアガサを悲嘆のどん底に投げこんだことを知っていた。それに、そもそもジェームズの方からミセス・シェパードを「誘った」のだから、彼女に追いかけられる羽目になったのはジェームズの不手際だ。そこで、それについては触れず、代わりにこう言った。「さあ、フライファムのことをすっかり話してちょうだい」

そこでアガサは洗いざらい話し、冒険の最後まで来たとき、ふいにミセス・ブロクスビーに妖精の光について打ち明けたくなった。「ホレイショー、この天と地のあいだには人智の思いもおよばぬことがいくらもあるのだ」ミセス・ブロクスビーは言った。

「いったいホレイショーって誰なの?」アガサはたずねた。

「『ハムレット』からの引用よ。もしかしたら、ちょっとちがっているかもしれないけど。ようするに、奇妙なこともときには起きるっていう意味よ。ところで、あなたの言うように村人がとても腹を立てているなら、脅かそうとして彼らがやったのかもしれないわね」

「その可能性はあるわ。だけど、光だけじゃなかったの。妙な笑い声がかすかに聞こえたのよ。頭の中からも聞こえたみたいだったわ」

「そう、あまり心配しないで。もう家にいるんだし。チャールズのことを話して。ずっとそばについていたなんて、あなたにとても好意があるにちがいないわ」

「チャールズがわたしをどう思っているかはわからないわ。このケーキはとてもおいしいわね。あの嫌みな女はおいしいケーキを作る腕は確かみたい。まあね、チャールズはすぐに退屈するから、ずっと向こうにいただけよ。殺人事件は彼にとって気晴らしだったんでしょ」

「それって、ちょっと冷たい言い方じゃないかしら」

「ジェームズがわたしをどう思っているかわからないのと同じように、チャールズがどう思っているかもわからないわ」

「いろいろな男性にもてるのね、ミセス・レーズン」

「女性はわたしの年になるともうだめよ」

「まさか、そんなこと。あなたはジェームズに対する思いに縛られているから、他の人に目が向かないだけよ」

アガサは今度セラピストを訪ねることを話そうかと思ったが、やめておくことにした。セラピストに頼るのは、弱さをさらけだすことのように思えたのだ。アガサの精神におかしいところがあり、自分の力では対処できないように思われるだろう。

教区の問題について話し合ってから、アガサは立ち上がって暇《いとま》を告げた。

「もう、ジェームズのことは乗り越えたのよね？」ミセス・ブロクスビーが戸口でたずねた。

「ええ、もちろんよ」アガサは言ったが、ミセス・ブロクスビーと目を合わせず、うつむいたまま早足で帰っていった。

家に帰ると掃除婦のドリス・シンプソンが待っていた。「ワイカーデンの猫は元気にしている？」アガサはたずねた。以前の「事件」のひとつでワイカーデンから猫を連れ帰ったのだが、三匹だと多すぎると思っているところに、新しい猫がドリスにとてもなついたので、ドリスがひきとったのだった。

「相変わらず幸せそうですよ」ドリスは言った。「今日はお掃除をしますか？」

「大丈夫みたい。二日ぐらい掃除しなくてもいいわ。それに、まだ荷物をほとんど開けていないの」

ドアベルが鳴った。「出ましょうか?」ドリスがたずねた。

「いいえ、大丈夫。もう帰って、明日来てもらえるかしら」

アガサはドアを開けた。メリッサ・シェパードが立っていた。「ジェームズはこちらにいます?」彼女は陽気にたずねた。「ほうれん草のパイを作ってきたの」

アガサは表側の庭に出ていき、ジェームズのコテージの方をのぞいた。中二階の踊り場で顔がちらっと見えたがすぐに消えた。「ドアベルを鳴らしたの?」アガサはたずねた。

「ええ。だけど出てこなかったんです」

あの窓辺にいたのはジェームズにまちがいないわ、とアガサは思った。ふいに希望がわきあがった。

「たぶんドライブにでも出かけたんじゃないかしら」

「車はそこにあるわ」メリッサは指さした。

「あら、そうね。この時間だと、たいてい歩いて新聞を買いに行ってるわよ」

「じゃあ、そっちに行ってみます」メリッサは足早に立ち去った。

アガサは家に戻った。受話器をつかんでジェームズに電話をかけたくてたまらなかった。でも、ジェームズの方から電話をかけてくるべきだ。そっけない応対にはもう耐えられなかった。

アガサは二階に行き、スーツケースの服を整理し、洗濯物をバスケットに入れた。ドアベルがまた鳴った。アガサは階段を駆け下り、ドアを開けた。友人のビル・ウォン部長刑事が戸口に立っていた。「生きて戻れたようですね」彼は言った。

「どうぞ入って。コーヒーをどうぞ。話をすっかり聞いてちょうだい。あら、そろそろランチの時間ね。まだ買い物をしていないの。でも何か冷凍庫に入っているはずだから、電子レンジにかけるわ」

「ゆっくりできないんです」ビルは言った。「あのハンド警部はあなたのことをかなり嫌っているようですね」

「あら、彼のために事件を解決してあげたのに」

「警察もすでに同じ結論にたどり着いていたから、あなたが自分の身を危険にさらす必要なんてなかったと主張していますよ」

「まあ、そう言うしかないんじゃない？　自分の無能さを隠すために」

「かもしれません。じゃあ、すべて話してください」

ビルはアガサの事実に基づいた淡々とした説明に、おや、っと思った。以前のアガサなら、自慢たらたらで、かなり尾ひれをつけて語っただろう。もっとも、アガサの頭の中がほぼジェームズのことで一杯だったのをビルは知るよしもなかった。

「そろそろ仕事に戻った方がよさそうです」ビルは言った。「あなたが戻ってきてうれしいですよ。来週にでもディナーをどうです？」

「すてき。電話をちょうだい」

アガサは彼にさよならと手を振ると、洗濯物をキッチンの洗濯機まで運んでいった。またもやドアベルが鳴った。もう出るのをやめようかとちらっと思った。だが、玄関に行きドアを開けた。

ジェームズ・レイシーがそこに立っていて、アガサを見下ろした。

アガサはまばたきした。数え切れないほど何度も彼がそこに立っていることを夢想してきたので、まばたきすれば彼の姿は消え、ごくありふれた郵便配達人か何かの姿が現れるのではないかと思ったのだ。

「コーヒーをもらえるかな、アガサ？」ジェームズは言った。「何か目に入ったのかい？」

「いえ、大丈夫。どうぞ。メリッサがあなたを探していたわよ」

「ああ、あの退屈な女」

「ケトルのスイッチを入れていただける、ジェームズ？　二階にちょっと用事があるの」

アガサは寝室に飛びこむと、慎重に顔をメイクし、豊かな髪に艶が出るまでブラッシングした。

それから下に行った。ジェームズは背中をこちらに向けて、マグカップにインスタントコーヒーを入れているところだった。

彼は振り向いた。ああ、あの微笑！「それで、あなたの巻きこまれたこの殺人騒ぎはどういうことだったんだい？」

そこでアガサはすわって、また話を繰り返した。

ジェームズはコーヒーのマグカップを渡してくれ、長い脚を投げだして自分も向かいにすわった。アガサが話し終えると、ジェームズは言った。「チャールズとずいぶん親密なようだね」

「あら、とんでもない」アガサは否定した。「ただの友人よ」

「キプロスではただの友人同士じゃなかった」

「あれは一度限りのことよ」アガサは顔を赤らめて言った。「わたしは動揺していたし、あなたにとても冷たい態度をとられたから」アガサはふいに惨めな気持ちになった。ジェームズは怒っているようだ。じきに彼は立ち上がって出ていき、それっきりだろう。

「ノーフォークに行きたかったんだが、ミセス・ブロクスビーがあなたとチャールズはつきあっていると言うから」

「うそ、まさか！」アガサは仰天した。「彼女がそんなこと言うはずないわ。ミセス・ブロクスビーに限って！」

「よく考えてみれば、ほのめかしただけだった」

「そういう関係じゃないし、今後も同じよ。だいたい、あなたに関係ないでしょ？」

「実はあなたをロマンチックなディナーに誘いだして、その席で言おうと思っていたんだ。でも、まいったな、今言うよ。アガサ・レーズン、わたしと結婚してくれないか？」

アガサはキッチンのテーブルをつかんで体を支えた。「聞きまちがいじゃないわよね？ あなた、わたしと結婚したいの？」

「ああ」

「なぜ？」

ジェームズはいらだっているようだった。「あなたがいないと人生はとても退屈だし、メリッサみたいな退屈な相手につきまとわれるからだ」

アガサの頭の中にわずかに残っていた良識が、ジェームズは愛しているとはまったく口にしていないと叫んでいた。だが、彼女はその声を無視した。

「ええ、いいわ。いつ？」

「クリスマスが終わってから。一月ぐらいかな。ミルセスターの登記所に行き、手続きするつもりだ」

「教会での結婚式はしたくないの？」

「うん、あまり」

「あらそう、ならいいわ」

ジェームズは立ち上がった。「ディナーに行こう。八時に迎えに来るよ」

「ええ」

彼はアガサの頭のてっぺんにキスすると帰っていった。

アガサは呆然としてすわっていた。

さんざん待ち、願い続けた結果、ついに夢が現実になったのだ。誰かに話さなくては。再びドアベルが鳴った。

メリッサ・シェパードがまたもや立っていた。「ジェームズがここに入っていったと人から聞いたから」彼女は言った。

「ええ、ここにいたわ」アガサの顔は幸福で輝いていた。「わたしたち、結婚するのよ」

「なんですって！　そんなことありえないわ」

「あら、どうして？」

「彼、わたしとずっと寝ていたのよ」

「帰って！」アガサはメリッサの鼻先でドアをたたきつけて閉めた。両手が震えていた。いいえ、メリッサのことでジェームズを問いつめるつもりはないわ。彼はアガサ・レーズンと結婚するんだし、それで充分。どんなことがあろうと、誰だろうと、それを邪魔させるつもりはないわ。

アガサは家事をして心を落ち着けようとしたが、無理だった。チャールズに電話した。

「わたし、あのセラピーをキャンセルするわ。ジェームズとわたしは結婚することになったの」

「まちがってるよ。彼はあなたをリジーのようにするつもりでいるけど、それは無理だ。だから、あなたたちは犬と猫みたいにしじゅうけんかすることになるよ」

ろう。

「たわごとよ。良識があるから、あなたは結婚式に招かないけどね」

「何があっても見逃したくないな。いい葬儀は大好きなんだ」

頭から湯気を出さんばかりに腹を立て、アガサは電話を切った。次にミセス・ブロクスビーのことを思った。やさしいミセス・ブロクスビーなら幸せを祈ってくれるだろう。

コートを着ると、牧師館に意気揚々と歩いていった。「どうしたの？」ドアを開けるなり、ミセス・ブロクスビーがたずねた。「何か動揺しているみたいね。入ってちょうだい」

「わたしは世界でいちばん幸せな女性なの」アガサはきっぱりと言った。

「どうして？」

「ジェームズとわたしは結婚するのよ」

「ああ、ミセス・レーズン、あなたは馬鹿よ」

「どういう意味？」

「悲惨な結果になるわよ。ええ、彼はすてきな人だわ、それは認める。でも、女性に対しては冷たくて利己的な人よ。彼はミセス・シェパードを口説いたあげく、とても退屈な女性だと感じると冷たくあしらった。お願いだから、求婚を受け入れないで」

「あなたは友だちだと思っていたわ」アガサは金切り声をあげた。「みんな、地獄に落ちればいい。わたしはジェームズ・レイシーと結婚するし、それは誰にも止められないわ」

そのとおり、誰にも止められなかった。アガサ・レーズンとジェームズ・レイシーは寒い一月にミルセスター登記所で結婚した。花嫁は蜂蜜色のしゃれたウールのスーツに粋な帽子をかぶった。披露宴は開かず、二人はすぐにウィーンに新婚旅行に発つ予定でいた。

サー・チャールズ・フレイスが「葬儀」と呼んだ集まりは牧師館で開かれ、ミセス・ブロクスビーがアガサの友人数人をビュッフェランチに招待した。

「気の毒なミセス・レーズン」ミセス・ブロクスビーは嘆息した。「不運の前兆みたいな結婚式に招かれて驚いたわ」

「アガサは少しも幸せそうに見えなかったな」かつてアガサの下で働いていたPR業界の男、ロイ・シルバーが言った。

「あの人はちょっといばってると思いますよ。アガサは自分のコテージをそのままにしてあるんです」ドリス・シンプソンが言った。「アガサが自分のコテージでジェームズの物を洗濯していたら、彼が入ってきて、白い物と色物を別々に洗わなかったと言って怒りはじめたんです」

「彼に身の程を思い知らせてやる人間がいるとしたら、ぼくらのアギーだろうね」ロイが言った。

チャールズがケーキをひとつとった。「アギーは彼を殺すかもしれないな」

ショックで場がしんと静まり返った。

「ただの冗談ですよ」チャールズは言った。「このケーキ、すごくおいしいですね」

アガサ・レーズンの初めての事件

Agatha's First Case
by M. C. Beaton

1

アガサ・レーズンはどうにかメイフェアで働けるようになっていた。歳は二十六、この半年間は、バターフリック宣伝会社のジル・バターフリックの秘書として働いている。オフィスはサウス・オードリー・ストリートにあった。給料はあまりよくなく、労働時間は長かった。でも、野心家のアガサは生まれ育ったバーミンガムのスラム街と飲んだくれの両親から逃げだし、ジミー・レーズンとの破滅的な結婚生活を捨て、過去ときっぱり決別したいと願っていた。

ジミーと正式に離婚した方がいいのかもしれないと考えることもあったが、先送りにしていた。そうこうしているうちに、きっと今頃は酒で命を落としているだろうと考えるようになった。アガサの飲んだくれの両親と同じように。アクトンにワンルームの部屋を借りるぐらいしか懐に余裕はなかったが、リサイクルショップで慎重に選んでデザイナーズブランドの服を買い、できる限りバーミンガム訛りを消すように努力していた。

目はクマみたいに小さいものの、アガサの外見は魅力的だった。スリムでとても脚が長く、艶のある茶色の髪はページボーイカットにしていた。

ジルは横暴で、理由もないのにしばしばアガサを遅くまでオフィスに居残りさせた。クライアントは全員が実は「パパの友だち」で、さもなければ無能なジルでは一人もクライアントを獲得できなかっただろう。アガサはそれをたちまちにして見抜いていた。宣伝担当社員は社交界にデビューしたばかりの女性三人で、やる気がなく、ろくに仕事をしなかった。

オフィスの雑用はアガサがほぼ一手に引き受けていた。我慢していたのは、メイフェアの雰囲気を吸収したかったからだ。でも、じきに別の会社に移ってやるつもりだった。そうなればジルは、少なくとも三人の従業員を雇わないと仕事が回らなくなるだろう。

有名な一流PR会社に転職しようとしたこともあった。面接はうまくいったと思ったし、ボスは結果を知らせると言ってくれたが、アガサが帰ると同時にボスは秘書を呼び入れた。アガサは秘書のデスクのわきでメイクを直そうとして立ち止まったが、なんとボスがこう言っているのが聞こえてしまった。「あの女は使えないよ。ちょっと頑固だし、われわれの会社にはがさつすぎる。二日後に断りの手紙を送っておいてくれ」悔しさに顔を真っ赤にして、アガサはオフィスを出た。心の中でふたつのアガサが戦っていた。弱気なアガサは野心を捨てたがっていた。だが、もう一人のアガサは毒づいた。「いつか見返してやる！」

しかしまさにいま、アガサ・レーズンの人生は変わろうとしていた。

ある朝、ジルが彼女を呼んだ。

心の中の声は「意地悪女ったら、今度は何なの？」と言ったが、アガサは礼儀正しく指示を待った。

ジルは馬面で、とても大きな歯をしていた。巧みに染めたブロンドの髪を最新流行のスタイルにしている。つまり、たった今ベッドから出たばかりのように見えるスタイルだ。

「問題が起きたの」ジルは言った。「マーチャント・バンカーのサー・ブライス・テラーの事件を知っている？」

「新聞で読みました。奥さんを殺害した容疑で逮捕されそうだと書いてありました」

「ええ、実は彼は父の友人なのよ。そんなこともあって、うちの会社がマスコミ対応を引き受けているの。でも、わたしはこの会社の評判も考えなくてはならない。彼のところに行って、できたら二人だけの席で、こういう事情だと今後は広報担当は引き受けられないと伝えてちょうだい。幸運を祈るとか、まあ、適当に言っておいて。ウイグモア・ストリートに住んでいるから、歩いてすぐでしょ。これが住所よ」

胸をドキドキさせながら、アガサはジルのオフィスを出るときに朝刊を何紙も手にとり、小口経費から十ポンドをとりだした。「それ、認められるの?」サマンサという社員が眠そうにたずねた。

「じゃなかったら、困るわ」

アガサはそう答えると逃げだした。六月の晴れた日だった。外にテーブルの出ているカフェを見つけ、サンドウィッチとコーヒーを注文した。サンドウィッチを食べ終えると、煙草に火をつけ、新聞を開いて殺人事件についての記事にすべて目を通した。事実ははっきりしていた。サー・ブライスが妻に怒鳴っている声が聞かれていた。妻は翌朝、チーズワイヤーで絞め殺されているのが発見された。家政婦のバーサ・ジョーンズによると、凶器はキッチンからなくなっていたものだった。その晩、バーサ・ジョーンズは休みをもらってドーセットの妹を訪ねていたし、サー・ブライスの従僕のハリー・ブリスは劇場に出かけ、帰ってくると自分で鍵を開けて家に入り、そのまま寝てしまった。しかし、暖かい夜でライス家のすべての窓が開いていたので、サー・ブライスが妻に怒鳴り、殺してやると言っているのを、隣に自宅兼医院があるドクター・ウィリアムソンという人物が聞いたと証言していた。

サー・ブライスは慈善活動に熱心だったので、基金集めの舞踏会やパーティーを宣伝する仕事をジルに依頼していたのだった。サー・ブライスと妻のナイジェラの写真が載っていた。トロフィーワイフね、とアガサは皮肉っぽく思った。ナイジェラはほっそりしたブロンド女性で、三十歳のときに二番目の妻になった。そのときサー・ブライスは五十九歳、最初の妻は癌で亡くなっていた。アガサは彼の写真をじっくり見た。銀髪で聡明そうな目をしている。

小さくため息をつくと、新聞の山は置いていくことにした。ますます暑くなってきていて、ウィグモア・ストリートまでこれを抱えていく気になれなかったからだ。リサイクルショップで買ったくすんだ緑色のシルクのスーツにハイヒールのサンダルをはいて歩きはじめたとき、ふいに自分がこんなに野心的でなければよかったのに、と後悔した。アガサの秘書としての技能は完璧だった。どうしてもっと居心地のいいオフィスに移らなかったのだろう？　でもアガサには夢がふたつあったのだ。ひとつはメイフェアで働くこと。もうひとつは、いつかコッツウォルズにコテージを買うこと。子どものとき、キャンプ休暇で両親とコッツウォルズを訪ねたことがあった。両親は何もすることがなくて退屈で飲んだくれ、いつものように行楽地に行けばよかったとぼやいていたが、幼いアガサはコッツウォルズの美しさと平穏にすっかり魅せられた。

気がつくとウィグモア・ストリートに出ていた。アガサはオフィスに戻って、サー・ブライスは家にいなかったと嘘をつければ楽なのにと思った。太陽の光が専門医たちの真鍮の表札で反射している。どうしてこれほど裕福なマーチャント・バンカーがこんな界隈に住んでいるのだろう、と不思議だった。高級住宅地のリージェンツ・パークやハムステッドやメイフェアの方がずっとふさわしいだろうに。めあてのエドワード朝様式のタウンハウスの前に到着した。通りは静かだった。店舗や人が多く騒々しいオックスフォード・ストリートのすぐそばだということが信じられないほどだ。

アガサは真鍮のベルを鳴らして待ちながら、誰も出てきませんようにと祈った。だが黒いスーツに地味なネクタイをした男性がドアを開けた。髪が薄くなりかけ、ボクサーのような顔をしている。これが従僕のハリー・ブリスにちがいない。

「ジル・バターフリック社の者ですが、サー・ブライスにお目にかかりたくてうかがいました」

ブリスはアガサを通してくれた。このタウンハウスは息が詰まりそうだわ。アガサはすぐにそう思った。四角い玄関ホールには分厚い絨毯が敷かれ、長い窓にはブラインドが下ろされていて、日差しを締めだしている。ブリスはアガサを二階に案内していき、家の表側にも裏側にも窓のある長い部屋に通した。

「PR会社の女性です」ブリスが伝えると、奥の窓辺のデスクにすわっていた男性がゆっくりと立ち上がり、アガサの方を向いた。写真よりもずっと年老いてやつれているように見えた。

「すわりなさい」彼は命じた。

アガサはふかふかの肘掛け椅子の端っこにちょこんとすわった。他の椅子やソファもやはりふかふかで、ふだんは使われていないのかもしれない。ブラインドは下ろされ、窓には厚手のブロケード織りでシルクの裏地がついたカーテンがかけられている。片方の壁際にはヴィクトリア朝様式の暖炉、その上には金縁のついた重厚な鏡があり、サイドテーブルには花瓶に活けられた花が飾られている。暖炉と反対側の壁には書棚が並んでいた。

ブライスは彼女の向かいの肘掛け椅子にすわった。見事な仕立てのスーツに白いシャツ、シルクのネクタイを合わせている。

「名前は？」彼はたずねた。

「アガサ・レーズンです」

「で、身分は?」

「ジル・バターフリックの秘書です」

「彼女の大切な会社がわたしの広報担当をおりると伝えるために遣わされたのかね?」

アガサは息をのんだ。「ええ、そうです」

「コーヒーをどうかな?」

「はい、ありがとうございます」

アガサは隣のテーブルに大きなクリスタル製の灰皿が置かれているのに気づいた。ふいに煙草を吸いたくてたまらなくなった。二人はお互いをじっくりと観察した。わたしは殺人犯と向かい合っているのかもしれないんだわ、とアガサは思った。しかし、彼はとても親切そうでちゃんとして見えた。そのとき、その後もとても役立つことになる直感が閃いた。なぜか彼の犯行ではないと確信したのだ。

「実はこんな仕事はいやなんです」彼女は口を開いた。ブライスを見てにやっとする。「わかりますか? これで最後です。わたしは契約も交わしていないし、会社に戻ったら辞めるつもりでいます。せいせいするわ!」

ブライスはベルを鳴らした。ブリスが現れると、彼はコーヒーを頼み、アガサに言った。

「よかったら煙草を吸ってもかまわんよ」

アガサが火をつけるのを待ってから、彼は言った。「きみのことを話してくれ」

アガサは愛情深い両親とのコッツウォルズでの幸せな子ども時代について作り話をしようとしたが、自分を観察している抜け目のない灰色の目を見て思い直した。そこで、真実を洗いざらい話した。

「どうしてジルのところで働いているんだね？」彼はたずねた。

「PR業界について勉強したかったんです。わたしならうまくやれると思います。ジルには才能がまったくありませんけどね。彼女はジャーナリストをもてなすときに、わたしを雑用係として連れていくんです。だからわたしはジャーナリスト全員について、ひそかにファイルを作っています。彼らの弱点をつかんでいますから、どうやったらプレッシャーをかけられるかもわかっています」

「怖い女性だな。ああ、コーヒーが来た。ミルクや砂糖は？」

「ブラックでお願いします」

ブリスが立ち去ると、ブライスは言った。「それで、今回の件はきみならどうするね？」

「〈スケッチ〉紙のジェリー・ロスモアがあなたにいちばん批判的な記事を書いています」アガサは言った。「たまたまわたしは彼が不倫していることを知っているんです。彼とランチをとっているときに、ジルが化粧室に立ったら、彼はわたしなど存在しないかのようにふるまいました。そしてシンシアという女性に電話しに行き、セックスについてしゃべっていたんです。奥さんはベリルという名前です。調べました。手始めに、彼からですね。わたしが広報担当だったら、あなたを食い物にする連中を追い払えるんですけど」

ブライスは目の前のけんかっ早そうな顔を見て、ふいににっこりした。

彼はまたベルを鳴らし、ブリスがやって来ると言った。

「できるだけ早くここに来るようにジョージに伝えてくれ」

ブリスが出て行くと、ブライスはアガサに向き直った。

「ジョージはわたしのコンサルタントなんだ。サウス・モルトン・ストリートは知っているかい？」

「はい」

「あの通りに売ろうと思っていた物件があるんだ。店舗の上のオフィスでね。きみに自分のPR会社を立ち上げ、わたしの広報担当になってほしい。スタッフを雇ったり宣伝をしたりする資金は出そう。ただし、きみがあまり有能でなければ、手を引くかもしれない。どうだ、挑戦してみる気はあるかい？」

「ええ、もちろんです！」アガサは言ったが、自分の耳が信じられなかった。「でも、ひとつ条件があります。もしあなたを担当するなら、奥さんの殺人事件についての弁明をうかがっておきたいです」

「もちろんだ。煙草を一本わけてもらえるかな？　本当は吸ってはいけないことになっているんだがね」

アガサは立ち上がってパックから一本渡し、震える手で火をつけてあげた。

「たしかに妻とけんかをした。窓は開いていたんだ、お節介な隣の医者に筒抜けだっただろう。妻は高価な品をあれこれ買っていたんだ、ロレックスのオイスターとかね。だが、買った物を見せろと言っても出せなかったので、愛人のために買っているにちがいないと思ったんだ。彼女と結婚したことを後悔していたが、離婚訴訟になり、金を支払う羽目になるのはどうしても避けたかった。殺してやる、小遣いも減らすと脅すと、妻は怒って出ていった。かなり不利な状況だろう？　わたしはベッドに入って、その後、物音ひとつ聞かなかった。朝起きてここに入ってきたときに、もう少しで妻の死体につまずきそうになった。暖炉のそばで首に針金のようなものを巻きつけて倒れていた。針金の端には木製の取っ手がついていた。チーズを切るのに使う道具だ。警察は状況証拠しかつかんでいないが、隣の医者の証言は致命的だ。さらに悪いことに、わたしはチーズが好物で、その晩チーズを切るのに、そのカッターを使ったんだ。

わたしの指紋が取っ手から検出された。それに、押し入られた形跡はなかった。ふだんから自分でチーズを切っているから、指紋が取っ手についているのは当然だし、殺人犯は手袋をしていたんじゃないかと指摘したんだが、警察はそれなら指紋がもっとぼやけているはずだと主張するんだ。どうだ、かなりまずい状況だろう？」

「たしかにまずいですね。どうしてあなたは逮捕されなかったんですか？」

「いつ逮捕されてもおかしくないな。わたしにはいい弁護士と権力のある友人たちがついているとはいえ」

「妙ですね」アガサは言った。

「何が妙なんだ？」

「何者かが奥さんを襲って絞殺したのなら、悲鳴とか、足をばたつかせて床に打ちつける音とか、何かしら聞いているはずです。あなたは睡眠薬を飲んでいるんですか？」

「そうだ」

「そのことを警察に話しましたか？」

「いや。訊かれなかったからね」

「サー・ブライス、あきれたわ！」

「ブライスと呼んでくれたまえ」

ドアベルがしばらく鳴っていた。「無視しておけばいい」ブライスが言った。「マスコミが毎日しつこくやって来るんだ」

アガサはすばやく考えをめぐらせた。「さっそくマスコミ連中の相手をした方がよさそうですね。お酒をたっぷりあてがって、彼らを入れておけるような部屋がありますか？」

「階下の玄関ホールのはずれにひとつ部屋が空いてるよ。でも……」

「その睡眠薬の処方箋はありますか？」

「ああ、デスクに入っている」

「それをわたしにください。そしてハゲワシどもはわたしに任せて。ちょっと待って。家政婦は留守だったとして、ブリスはどうして何も物音を聞かなかったんですか？」

「彼は最上階で寝ているし、暑いので一晩中うるさい扇風機をつけているんだ」

半時間後、七人の記者たちがさまざまな酒の入ったグラスを手にしているところに、アガサはつかつかと入っていった。

勇気がしぼんでいくのを感じた。なぜか声が出なかった。アガサが記者たちを見ると、彼らはアガサに視線を向けた。

「あんた、メイドか何かかい？」誰かが訊いた。

屈辱のせいで、いきなり声が出るようになった。メイドとはね。この連中に思い知らせてやる。

「みなさんにお知らせがあります」アガサは言った。「わたしはサー・ブライス・テラーの広報担当で、アガサ・レーズン宣伝会社の社長をしております。殺人のあった夜、サー・ブライスは睡眠薬をかなり飲んでいました。それで何も物音を聞かなかったのです。担当医は三軒先のガイルズ・フレンド医師です。照会してください。これが処方箋です。目を通したら、こちらに戻してください。さて、わたしからさらに情報を手に入れたかったら、お行儀よくして、彼を悩ませるのをやめてください」

「どうやってあんたに連絡をとったらいいんだ？」〈デイリー・メール〉の記者がたずねた。

アガサが口ごもったとき、ドアが開き、ブリスが入ってきた。彼は名刺をひと箱アガサに渡した。アガサは満足そうにそれを眺めた。よくこんなに早く用意できたものね。もっとも、オックスフォード・ストリートにある店の機械で作れそうな安っぽいものだった。彼女は名刺を配った。

「今日は以上です。ミスター・ロスモアは別よ。ちょっとお耳に入れたいことがあるので」

他の記者たちが引き揚げると、ジェリー・ロスモアは言った。「おい、何だよ？」

「もちろん、奥さんにシンシアのことを知られたくないわよね？」

愕然として彼はアガサを見つめた。「まさか話す気じゃ！」

「すてきな記事を書いてくれれば、言わないわ。さもないと、きっと話すでしょうね。じゃ、もうお帰りください」


アガサが客間に戻ってくると、ブライスのコンサルタント、ジョージ・サウスが彼女を待っていた。彼は近くのハイド・ストリートにあるオフィスに来て、必要な書類にサインしてほしいと言った。ジョージは感じのいい親切な人で、頭はほとんど禿げ、一分の隙もない服装をしていた。アガサは恐怖で胃がぎゅっと縮んだような気がした。この若さで、自分の会社なんて経営できるものかしら？　ハエが窓に体当たりしながら逃げ道を探してブンブンいっている。アガサは自分も囚われの身になったような気がして、ハエに同情した。

手続きがすべて終わると、アガサは逃げだしてジントニックと煙草をのみたくなったが、オフィスを点検して、鍵を受けとらなくてはならなかった。アガサの新しい王国は宝石店の上にあった。五部屋のオフィスだ。ジョージはメモをとりながらオフィス内を歩き回った。

「デスク、コンピューター、文房具といったものが必要ですね。しかし、すべてわたしにお任せください」ようやく彼が帰ると、アガサは戸締まりをして、サウス・オードリー・ストリートまで行き、ジルの会社に戻ってマスコミについての自分のファイルと他の所持品をまとめはじめた。

「いったい何をやっているの？」ジルが叫んだ。

「この強制労働収容所を出るんです」アガサは答えた。

「そんなことさせないわ！」

「契約書は交わしてませんよ。あなたはこう言った。『あんたが力不足なら、わたしはいつでもクビにできるのよ』って。ですからね、こういうことなの、馬面女。あんたをわたしがクビにするの！」

アガサに会社を立ち上げさせようとしたのはまちがいだっただろうか。ブライスは自分の衝動的な行動を後悔しはじめていた。しかしこれまでも、持ち前のビジネス感覚で多くの人を支援してきたが、一度も判断をまちがったことはなかった。翌朝、ブライスは従僕にすべての新聞を見せるように言った。活字を追ううちに、彼は笑顔になった。事件当夜、彼が睡眠薬をかなり飲んでいたことを全紙が報道していた。さらに驚いたのは〈スケッチ〉紙で、記者のジェリーはブライスの慈善事業について詳細に記し、警察はそろそろ別の線を探るべきだと書いていた。

アガサ・レーズンはサウス・モルトン・ストリートの新しいオフィスを歩き回り、興奮のあまり胃が痛くなっていた。ジョージ・サウスがまた電話をかけてきた。彼女のために口座を開いたのでクレジットカードをくれると言う。ジョージは彼女のために秘書まで雇ってくれた。フリーダ・デマーという中年女性で、物静かで礼儀正しかった。

「すべての新聞に宣伝担当者募集の求人広告を出して。とりあえず社員二人と雑用係の少年が必要だわ。資金はたっぷりあると言われているから」

「はい、ミス・レーズン」

「わたしのことはアガサと呼んでちょうだい。さて、これからどうしましょう？　誰が奥さんを殺したのかわかればいいんだけど。サー・ブライスに電話して」

ブライスが電話口に出てくると、アガサは彼のお礼の言葉を興奮してさえぎった。

「奥さんは夜の外出のときの足に何を利用していたんですか？　タクシー？」

「いや、リムジンサービスを利用していた。メイフェア・リムジンだ。ピーター・ブラックが担当の運転手だよ。クラージズ・ミューズで車庫が見つかるだろう。何を追っているんだね？」

「奥さんがいつもどこに行っていたのかを突き止めるんです。家政婦とも話せますか？」

「彼女は辞めた」

「そうでしたか。どこに住んでますか？」

「ちょっと待ってくれ、住所を探してくる」アガサが辛抱強く待っていると、ようやくブライスが電話口に戻ってきた。「これだ。バーサ・ジョーンズ、イースト・ハイ・ストリート、ミルヒル二〇一A」

一時間後、ハイ・ストリートを歩きながら、こんな高いヒールをはくのはやめなくちゃ、とアガサは後悔していた。暑さのせいで足首がむくんでいる気がする。家政婦の住所を突き止めると、賭け屋の地下の部屋だった。

「バーサ・ジョーンズさんですか？」小太りで灰色の髪の女がドアを開けると、アガサはたずねた。

「マスコミには何も話すつもりはないよ」彼女は言うと、ドアを閉めかけた。

アガサはすばやく片足をはさんだ。「わたしはマスコミじゃない。サー・ブライス・テラーの広報担当なの。あなた、恥ずかしくないの？」

「あたしには恥じることなんてひとつもないね」

「あら、あるわ。いちばん必要とされているときにボスを見捨てたのよ」

ドアがまた開いた。「バートのせいだったんだよ、夫の」バーサは言った。「夫に辞めろって言われたの。次はおまえが狙われるって、バートが言うもんだから」

「そう、彼はまちがっているわ。今朝の新聞を見たら、サー・ブライスは睡眠薬を飲んでいたから物音は何ひとつ聞こえなかったんだってわかるわよ」

「入ってもらった方がいいね。あたしはすっかり震え上がっちゃったんだ」

アガサは彼女のあとからリビングに入っていくと、そこは夏がよけて通っているかのようにひんやりして湿っぽかった。しかしきれいに片付き、居心地よくしつらえられていた。

「本当に知りたいのはね」とアガサが言った。「レディ・テラーはどんな人だったかということなの」

「雇い主の悪口を言うのは気が進まないね」バーサはすまして言った。

「今は雇い主じゃないし、あなたは辞めたことで気の毒なサー・ブライスにひどい仕打ちをしたのよ。さあ、聞かせて。ありのままを」

「すわってちょうだい」バーサは言うと、肘掛け椅子にすわりこんだ。「奥さんは嫌な女だったね、とにかく。床に汚れた服を放りだして、あたしに拾わせて洗濯させたりね。クリスマスにもひどい言葉以外何ひとつくれなかった」

「彼女が浮気していたかどうか知ってる？」

「知らない。ただ、一人でしょっちゅう出かけていたし、夜中過ぎまで帰ってこなかったよ。なんだか、あんたのせいで自分のしたことが恥ずかしくなってきた。辞めなければよかったよ」

「また仕事をしたいの？」

「できたらね。無理やり辞めさせるなんて、あんたを二度と許さないってバートとけんかしたよ」

「電話はある？」

「窓のところに」

アガサはブライスに電話して言った。「お宅の家政婦の家にいるんです」

「そうか、彼女を二度と雇うつもりはないよ」

「でも、そうしてください。マスコミに話すことが必要なんです。こんなふうに。恥を知った家政婦がこれまでに仕えたなかで最高の雇い主のもとに戻ってきた。『自分のおこないを心から恥じています』きのう、彼女はそう語った」

「ああ、なるほど」

アガサは電話を切ると、バーサに言った。「荷物を持って。外はとんでもなく暑いの。キングス・クロス駅までまた電車に乗るつもりは金輪際ないわ。タクシーを拾いましょう」


バーサを降ろし、セルフリッジズで買い物の配達を頼むと、アガサはオフィスに戻り、新聞社に片っ端から電話をかけ、バーサが戻ったことを伝え、「ミセス・テラーはふしだらな女でした」とバーサがすすり泣いた、という言葉でしめくくった。

「さて、今度は例の車庫ね。もう帰っていいわ、フリーダ」

「よろしければ残っています」

「いいえ、明日の朝また来てちょうだい。疲れているようだわ」アガサは小口現金から何枚かのお札を抜きだした。「さあ。地下鉄に乗るには暑すぎるわ。タクシーを使って」

フリーダのお礼の言葉を聞き流してさよならと言うと、アガサは一階に向かった。

車庫ではついていた。ピーター・ブラックがちょうど仕事のために出勤してきたのだ。最初のうちピーターはクライアントについては話したくないとそっけない態度だったが、アガサはハンドバッグを開いて、お札がぎっしり詰まっているのをちらっと見せた。「一杯飲みに行きましょう。リッツ・ホテルはどう?」

ピーター・ブラックは長身で手足が長く、狐のような顔で、ふさふさした茶色の髪をしていた。アガサは不安な様子をこれっぽっちも見せずにリッツ・ホテルのバーに入っていったが、実はありったけの勇気をかき集めていたことにピーターはまったく気づかなかった。彼はハイボールを、アガサはジントニックを頼み、二人は小さなテーブルについた。

「情報料はお支払いするわ。わたしはサー・ブライス・テラーの広報担当なの。で、レディ・テラーはどこに行っていたの？」

「〈ピンク・レディ〉だよ」

「それ、何なの？」

「シャーロット・ストリートにあるクラブだ」

アガサはすばやく考えた。ピンク色はしばしば同性愛者に好まれる色だ。

「もしかしたらレズビアンクラブ？」

「ああ。金をくれるんだろうね？」

「まだよ。じゃあ、彼女は殺害された夜もそこに行っていたの？」

「そうだ。彼女を降ろしたが、迎えの電話はとうとう寄越さなかったんだ。きっとタクシーを拾ったにちがいない」

「ねえ、彼女がレズビアンだとしましょう。女性といっしょのところを見たことがある？」

「いや。リムジンで店に行くが、一度も迎えに呼ばれなかったんだ。彼女は両刀遣いだったんじゃないかと思うよ。ある晩酔っ払って、おれに迫ってきたこともあった。もちろん誘いには乗らなかったよ。おれはサー・ブライス・テラーが好きだしね。本物の紳士だよ。気の毒にな。金は？」

「あとちょっとだけ。警察から話を聞かれた？」

「いいや」

アガサは札束を渡し、彼を解放した。

彼女はうっとりと周囲を見回した。ここにわたしはいるのよ。リッツ・ホテルに！驚きよね。

アガサは隣のテーブルの長身でハンサムな男性が微笑みかけてくるのに気づいた。背が百八十センチ以上あり、濃い黒髪で、情熱的なブルーの瞳をしている。アガサはおずおずと微笑み返した。

男性はアガサのテーブルにやって来ると腰をおろした。

「あなたみたいなかわいい女性が一人きりでどうしたんですか？」

「わたしはPR会社の経営者なんです」アガサは誇らしげに言った。「ちょうどビジネスの打ち合わせがすんだところよ」

「わたしはコリン・フィッツウィリアムだ。はじめまして」

「あなたは何をされているんですか？」アガサはたずねたが、鏡を通り抜けて不思議な世界に入りこんでしまったような気がしていた。その世界では、イートン校出身者独特の話し方をするハンサムな男性とリッツ・ホテルでおしゃべりするのがごく自然に思えた。

「近衛騎兵隊の一員でね。今夜は非番なんだ。ねえ、あとで会わないかい？　一杯やっておしゃべりでも？　今夜は羽を伸ばしたい気分なんだよ」

「いいわ」アガサは慎重に答えた。「どこで？」

「ジャーミン・ストリートの〈ジュールズ・バー〉に八時では？」

アガサはにっこりした。「じゃ、またあとで」

彼女はコリンが立ち去るのをうっとりと眺めていた。ポーターがコリンを引き留め、何事かささやいた。彼はぎくりとしたようで、ちらっとアガサを振り返ってから足早に立ち去っていった。


アガサがオフィスに戻ると、フリーダはまだ残っていた。

「どうして家に帰らなかったの？」アガサはたずねた。

「あなたを待っていようと思ったんです。というのもちょうど帰ろうとしたときに、大きな荷物が届いたので。セルフリッジズからです。それに、明日マスコミ会見があるとかおっしゃっていたので、わたしも同行した方がいいかと思いまして」

「ええ。ありがたいわ、さあ、今日はもう帰ってちょうだい！」

フリーダが帰ると、アガサは大きな包みを開いた。エアマットレス、掛け布団、枕、シーツが入っていた。それらをオフィスの裏の小部屋にしまった。その部屋にはアクトンから運んできたすべての所持品を詰めたスーツケースふたつも置いてあった。アガサの好きに使えるようにとブライスとコンサルタントが用意してくれた潤沢な資金には、セントラル・ロンドンに借りる部屋代も含まれているとは思ってもみなかったのだ。アガサの倹約癖はなかなか抜けなかった。エアマットレスをふくらませ、シーツをかけてから、フリーダのコンピューターをチェックした。あらゆる記者が明日の朝十時半にブライスの家での記者会見に招かれていた。アガサはスタッフが揃って完全な態勢が整うまで、記者たちをオフィスに呼びたくなかったのだ。

用心深い小さな声が、馬鹿な真似はよせ、〈ジュールズ・バー〉に八時に電話して行けなくなったと言え、と頭の中でささやいている。進んで誘いに乗ったが、上流階級と思えるものにアガサはとても弱かったのだ。

そこで八時ちょうどに彼女は〈ジュールズ・バー〉に入っていき、テーブルにすわり、そわそわしながら待ちはじめた。さんざん待った。

そのころケンジントンでは、自宅にいるコリンが妻のディナーパーティーを忘れそうになったことで、自分を責めていた。あの娘は〈ジュールズ・バー〉で待っていることだろう。ああ、やれやれ。運命は過酷だ。

アガサは八時半にバーを出たが、自分がとても幼く世間知らずに思えて恥ずかしかった。オフィスに戻る前にサンドウィッチとコーヒーを買い、寝る用意をした。ありがたいことにオフィスにはトイレとシャワーがついていた。スーツケースからタオルを二枚と石鹸をとりだし、シャワーを浴び、ようやくベッドにもぐりこんだ。

エアマットレスは大きなおならみたいな音を立てた。大きな野心を抱いた娘に神さまが審判を下しませんように、と祈りながらアガサは眠りに落ちていった。

2

記者会見のために用意したプライス邸の部屋は、人であふれんばかりだった。バーサは彼らの方を向いて肘掛け椅子に不安そうにすわっている。そのぽっちゃりした顔はテレビカメラのライトを浴びて上気していた。

バーサはしゃべろうとして、わっと泣きだした。アガサはティッシュの箱を渡すと、ささやいた。「しっかりして！」

バーサは涙を呑み込み、弱々しい声で言った。

「あたし、とても恥ずかしく思っています。ご主人さまのようなりっぱな方が人殺しをするとどうして信じたんでしょう？　ご主人さまは許してくださいました、神の祝福を」

「亡きレディ・テラーについてはどう思われますか？」記者がたずねた。

バーサは眼鏡をかけ、アガサが言うべきことを書いてくれた紙に目を落とした。

「亡くなった方のことは悪く言いたくありません。でも、奥さまはとても残酷でした。いつも意地悪く、文句ばかり言い、ご主人さまをゴミみたいに扱っていました。夜はほとんど家にいませんでした」

アガサは「ご主人さまをゴミみたいに扱っていました」と書いたのをすぐさま後悔した。「動機をテレビで放映しているようなものじゃないの！」

そろそろ記者どもにえさをまいて、注意を喚起しなくては。

「信頼できる情報源によると」とアガサは言った。「レディ・テラーは頻繁にレズビアンクラブに通っていました。しかし、女性ばかりか男性にも誘いをかけていたのです」

「どのクラブですか？」いくつかの声が叫んだ。

「わたしが調査を完了したらお知らせします」アガサは言った。

「それは警察に任せておくべきなんじゃないですか？」女性記者がたずねた。

「なぜですか？」アガサはやり返した。「これまでのところ警察は視野が狭く、ちがう可能性を考えようともしなかった。でもわたしはちがう。今日は以上です、みなさん」

さらに質問が出たが無視して、アガサはバーサをせきたて、フリーダを従えて部屋から出ると、一階のトイレにこもり、わっと泣きだした。鉄の女に見せかけようとしていたが、本当のアガサは繊細な若い女性だった。彼女は顔を洗い、ていねいにメイクし直した。

フリーダが心配そうにトイレの外でコンサルタントのジョージ・サウスといっしょに待っていた。

「きみのオフィスに行ったよ、アガサ」ジョージは言った。「部屋のひとつに簡易ベッドがあったね。どうしてアパートを借りないんだ？」

「オフィスの近くに部屋を借りても当然だ、と思ってもらえるぐらい稼いでからにしようと思ったんです」アガサは答えた。

「きみは自由に資金を使ってよかったんだよ。ともかく、これがチェルシーにブライスが持っている物件の鍵だ。できるだけ早くそこに引っ越すように提案するよ」

アガサはしどろもどろになって感謝の言葉を口にしてからたずねた。

「ブライスに会えますか？」

「検査のために入院している」

「どうしたんですか？」

「彼の口から聞きたまえ」

昼に記者会見の模様がニュースで流れた直後、ロンドン警視庁では、マイク・トッピング警視正がジム・マクドナルド警部とフレッド・バクスター部長刑事を呼びつけていた。

「おまえたち二人は何をやっていたんだ？」トッピング警視正は怒鳴った。「これまで聞いたこともない娘に一本とられて平気なのか？」

マクドナルド警部は無愛想なスコットランド人だった。

「単純な事件に見えたんです。絶対に夫の犯行だと思いました」

「そのレーズンという娘のオフィスに行き、話を聞きだしてこい。とりあえず、情報源は誰で、そのいまいましいクラブの名前は何かを」

ランチを終えたとき、フリーダが言いだした。

「警察がオフィスで待っている気がします、アガサ」

「どうして？」

「会見がお昼のニュースで放送されました。あなたに山のように質問したがると思いますよ」

アガサは髪の毛をかきむしった。「そこまで考えが回らなかったわ。さっそく今夜あのクラブに行きたかったのに」

「新しいお部屋を見に行くのに、今はいいタイミングじゃないかしら」フリーダが提案した。

「いい考えね。家具があるといいけど」

その部屋はスローン・スクエアの一角にあった。ポーターがアガサを待っていて、部屋は二階だと教えてくれた。二人はエレベーターで上がっていった。錠前はふたつあり、鍵を挿しこむとドアが開いた。

狭い廊下には厚い絨毯が敷かれ、その左右に部屋がある。アガサは呆然としながら室内を歩き回った。リビング、ダイニング、キッチン、バスルーム、寝室が三つ。それにお客用に玄関近くにもトイレがひとつ。家具はそろっていて、備品も申し分なかった。アガサが廊下で側転を三回してみせると、フリーダは笑いだした。

「これがすべて妖精の金みたいに消えてしまわないことを祈るわ」アガサは言った。

「あなたはどこに住んでいるの、フリーダ？　聞いたけど忘れてしまったわ」

「エッジウェアの方です」

「賃貸？」

「ええ」

「ここに引っ越してきたらどう？　わたしと暮らすのは耐えられないかもしれないから、お部屋はそのままにしておけばいいわ。うまくいくようだったら、ここに家賃無料で住んでもかまわないわよ」

それから感激したフリーダの言葉を無視して続けた。

「今夜は服をとりにオフィスに戻れそうもないわ。リサイクルショップを回ってみるけど、華やかな服が置いてあるといいわね」

「アガサ、ジョージはあなたの倹約ぶりを不思議がってましたよ。ボンド・ストリートに行って、アルマーニか何かをお買いなさいな」

「そうねえ」


夏の夜の十時、アガサは〈ピンク・レディ〉の前でタクシーを降りた。力のありそうな二人の女性用心棒がドアを守っていた。二人はアガサをじろじろ見た。アガサはとても丈が短く、襟ぐりが深いゴールドのスパンコールをちりばめたドレスを着て、ゴールドレザーのハイヒールサンダルをはいていた。お金を浪費することをためらい、ノッティング・ヒルの小さなブティックで買い物をしたのだった。大金をはたいたのは、肩までのブロンドのウィッグのほうだった。

「あんた、会員なの?」用心棒の一人がたずねた。

「いいえ、でも仲間になりたいの」アガサは言った。

「五十ポンドを中の受付で払って」

用心棒はドアを開け、アガサを中に入れた。クラブは地下にあった。アガサは会員登録料を払うと、階段を下りた。何人もの視線が彼女の方に向けられた。お客たちは女同士でダンスをしていた。ほとんどの女性が華やかな外見だった。アガサはバーに行き、ジントニックを注文した。

「友だちのナイジェラがこの場所を教えてくれたの。殺された人よ」アガサは言った。

「あなたも一杯どうぞ」

「ありがとう」バーカウンターの向こうの女性が言った。彼女は用心棒に劣らずタフに見えた。

アガサはテレビニュースに出ていた女性だと気づかれないように祈りながら、ウィッグをつけてきてよかったと胸をなでおろした。

「ナイジェラは誰かにお熱だったのよね。そのお相手って、今夜来てる?」

「ヘティ・クラークソンがいちばん新しい彼女よ。あそこの白いドレス」

アガサはスツールの上で体をひねった。ヘティは長身でスリム、長い黒髪をしていた。おそらく三十代だろう。彼女はアガサを見つけて、まばゆい微笑を浮かべた。

ヘティは連れに何か言うと、立ち上がってバーのアガサのところにやって来た。天井の回転するクリスタルボールの光にアガサのドレスがまぶしく反射する。

「一杯いかが？」アガサが勧めた。

「ダイキリをいただくわ」

アガサはそれを注文したが、自分はジントニックのグラスをもてあそんでいるだけだった。「こっちに引っ越してきたばかりなの？」ヘティがたずねた。

アガサは昔のバーミンガム訛りを丸出しにした。

「来て間もないんだ。ほんと、どこもかしこも華やかだね」

「バーミンガムではどこのクラブに行ってたの？」ヘティがたずねた。

「行かなかった。勇気がなくて。父さんと母さんと暮らしていたから、わかるでしょ。だから、こっちに引っ越してきたんだ」

『夜のストレンジャー』が流れはじめた。「踊らない？」ヘティが誘った。

「もうちょっとしたら」アガサは言った。

「で、どうしてこのクラブのことを聞いたの？」

「〈タイムアウト〉の広告よ」アガサは答えながら、クラブがその雑誌に広告を出していますようにと祈った。

「あたし、ヘティ・クラークソン。あんたの名前は？」

「アガサ・デマー」アガサはフリーダの苗字を拝借した。

ぞっとしたことに、女性バーテンダーがヘティに言った。

「彼女、ナイジェラの友だちだって」

ヘティは黒い目をしていた。何を考えているか読みとるのがむずかしい目だ。

「へえ、驚いた。あんたみたいなバーミンガム出身の女の子がどうしてナイジェラと知り合ったの？」

恐怖のせいでアガサの想像力が羽ばたいた。

「ご主人の慈善パーティーの席で知り合ったんだ。夜はウェイトレスの仕事をしていたんだけど、ナイジェラとたまたま話をする機会があって、とても同情してくれたの。で、パーティーのあとでバーでいっしょに飲もうって誘われた。結局、一晩いっしょに過ごしたの。あれはこれまでの人生で最高にすばらしいできごとだったな」

「あの女、そんなこと、ひとこともあたしに言わなかった」ヘティが歯がみした。

「あたしが最愛の人だっていつも言ってたくせに。これで、それがたわごとだってことがわかったわ」

「そうなの？」アガサはたずねたが、音楽が止まりませんようにと必死に祈っていた。音楽のおかげでバッグの中の大きなテープレコーダーの回る音がかき消されているからだ。「彼女はとってもやさしかったの。本物のレディだった」

ヘティは肩の力を抜いたようだった。「あんたって、うぶなのねえ」片手をアガサの膝に置く。アガサは逃げだしたいという衝動をこらえた。

「さあ、ダンスしましょ」ヘティが誘った。

ありがたいことに、ロマンチックな音楽は止んで、ヴィレッジ・ピープルが『ＹＭＣＡ』を元気いっぱい歌いあげていた。そこでアガサはヘティと少し体を離してバップダンスを踊ることができた。

ヘティはアガサの若い肉体と長い長い脚をなめるように眺めていた。ダンスが終わると、ヘティはささやいた。

「ここはうるさすぎるわ。あたしの家に行きましょう」

アガサはちょっとだけためらった。「いいよ」

〈ピンク・レディ〉の外に停めた目立たない車の中で、マクドナルドとバクスターの二人の刑事はこれからどうしようか迷っていた。用心棒たちに令状がなければ入れないとはねつけられたのだ。「すでに三軒もクラブを回ったんだ」マクドナルドが嘆いた。

「二人組が出てきました」バクスターが言った。「あれ、あのブロンド。レーズンっていう女の写真を見せてください」

「あまりはっきりしてないが。テレビ画面を写したから」

「あれは絶対にブロンドのウィッグをつけた彼女ですよ。つかまえましょう」

「いや。あとをつけて、あの女が何を企んでいるのか突き止めよう」

アガサとヘティを乗せたタクシーはヴィクトリア様式のマンションの前で停まった。ヘティが先に立ってミニマリズムで装飾された広々とした部屋に入っていった。リビングに置かれた大きなゴムの木の鉢植えふたつと壁にかけられた大きな抽象画以外は、何もかもが白と黒だった。

アガサはタクシーの中で喉元に舌を這わせられるのを我慢した。彼女のセックスについての知識はごくわずかだった。ジミー・レーズンはしらふでなければ不器用にいじり回して気絶してしまったし、いざとなってもあっという間に終わり、そのあとはいびきをかいて眠りこんだ。レズビアンは何をするのだろう？　運がよければ、キスしてちょっといちゃつくだけですむかもしれない。

「ラウンジでテレビを見たいな」ヘティが言った。「キッチンは右手よ。ブランデーを持ってきて、ダーリン。ボトルはカウンターの上にあるわ」

リビングにバーがあるのかと思ったわ。それに「ラウンジ」っていう言い方はふつうなのかしら。お金はどこから入ってくるんだろう。そうしたことをつらつら考えながら、アガサはブランデーのボトルに手を伸ばしかけ、はっと凍りついた。カウンターの上には丸いチーズが置かれ、そのかたわらにチーズカッターがあった。細いワイヤーに木製の取っ手がふたつついた道具だ。

「何をぐずぐずしているの？」ヘティが叫んだ。

「グラスが見つからなくて」

「ボトルを持ってきて。グラスはこっちにあるわ」

アガサは敷居で棒立ちになった。部屋には大きなテレビがあり、画面にはマスコミ相手にしゃべっている彼女自身の顔が映しだされている。

ヘティはソファから飛びだしてくると、アガサの頭からウィッグをはぎとった。それから横っ面をひっぱたいた。

「出ていきな！　このずる賢い小娘め！」彼女はわめいた。

アガサはブランデーのボトルを床に落として逃げだした。階段を駆けおりると、下でポーターが待っていた。

「あなたに関係のあることなんですが」彼は言った。「二人の男性が警察だと言って入ろうとしているんです。令状はあるのかとたずねると、ないと言うので、外で待つように言いました。実際には令状がなくても入ってきてドアをノックできるんですが、あなたが出てきたら教えてくれと言われました。彼らはミセス・クラークソンの部屋に行きたがっています。ただ、この建物には裏口があります」彼は片手をさりげなく差しだした。アガサはバッグからお札をつかみだして、手に握らせた。

「案内して」アガサは言った。

ポーターは通路を先導していき、ゴミ箱だらけの裏庭に出た。鍵束をとりだすと、高い裏門を開ける。そこは路地で、奇跡のようにライトをつけたタクシーが一台ゆっくりと走ってきた。アガサはそれを呼び止め、新しい部屋への道順を伝えた。警察を避けるべきではないと承知していたが、育ちのせいで警察への恐怖心が染みついていた。父親は酔っ払って騒ぎ、数え切れないほど逮捕されたし、母親も万引きで何度も逮捕された。

アガサは寝る前に新聞協会に電話して、ミセス・ヘティ・クラークソンこそ、生きているレディ・テラーを見た最後の人物だと伝えた。朝刊には間に合わないだろうが、ラジオとテレビはそれを報道するだろう。

朝、きれいになったきのうの服を洗濯乾燥機からとりだして身につけた。足の裏がズキズキ痛い。暑い夏にハイヒールをはいていたせいだ。

コーヒーを飲んでいると、フリーダがキッチンに入ってきた。アガサは食料品を買っておいてくれたことに礼を言ってから、オフィスの小口現金でまかなって、と伝えた。それからゆうべの冒険について詳細に語った。

「すぐに警察に行かなくちゃ！」フリーダは叫んだ。

「まだ行かない。ブライスのところに行って、彼に話すわ」

「警察がオフィスに電話してきたら、どう言いますか？」

「ああ、居場所を伝えて。弁護士を雇うためにブライスに会わなくちゃならないわ。証拠を隠蔽したとか何かでわたしを告発しようとするでしょうからね」

ひどい夏だわ！　アガサが家を出たのはまだ朝早かったが、すでに太陽がじりじり照りつけていた。タクシーを停めて座席に寄りかかった。身の程知らずのことをしているせいで、またもや疲労と不安がこみあげてきた。あまりにも矢継ぎ早にいろいろ起きていた。ついこの前まで雑用係を務めていたと思ったら、いまや自分の会社を経営し、殺人捜査の真っ只中にいるなんて。ブライスの家の前でタクシーを降りた。夏の暑い日はさすがの節約家のアガサもタクシー代をケチる気になれなかった。

従僕のブリスがドアを開け、ご主人は検査のために病院にいると言った。

「本当はどうしたの？」アガサは追及した。

「ご主人さまは話そうとしないんです」彼は言った。「バーサは今外出しています。あなたとちょっと話したいことがあったんです。キッチンでコーヒーを飲みましょう」

コーヒーのマグカップを前にして、ブリスは口を開いた。

「バーサを仕事に復帰させてあげたのは親切なことでしたが、まちがっていたかもしれません。彼女は横柄な態度をとるので、ご主人さまは解雇することを考えていました。でもレディ・テラーはいつもバーサをかばっていたんです」

「だけどバーサはレディ・テラーをけなしたのよ！　それにバーサは純粋でやさしそ

うに見えるわ」

「それは芝居だと思いますね。しかも、庇護者はいなくなったから、もうレディ・テラーのご機嫌をとる必要はないんです。それに実はちょっと気になることがあったんです。以前レディ・テラーはダイヤモンドのブローチをなくし、警察が呼ばれたんです。ブローチはバーサの部屋から見つかりましたが、レディ・テラーはバーサにあげたのを忘れていたと言い訳しました」

アガサはまばたきして、ブリスの顔を見つめた。

「脅迫ね。バーサはナイジェラがレズビアンであることを知っていたし、愛人についてもすべて知っていたにちがいないわ」

ドアで鍵が回る音が聞こえた。「彼女が帰ってきた」ブリスが言った。「ご主人さまのところに持っていく新聞をとってこなくては」

アガサはバッグにまだテープレコーダーが入っていることを思い出した。急いでリビングに行き、スイッチを入れると、ソファの後ろに置いた。バーサは大きな買い物袋をふたつさげて入ってくると、キッチンに向かった。

「おはようございます」バーサが言った。「コーヒーを淹れましょうか？」

「もういただいたわ」アガサは言った。「あなたも自分の分を淹れて、こっちですわらない？」

「足を休められるとありがたいですね。まったく、この暑さったらないですよ」

アガサはそわそわと待っていた。彼女は常に自分の直感を誇りにしていて、人を見る目があると思っていた。どうしてバーサの行動に気づかなかったのだろう？　あるいは本当はブリスが犯人で、煙幕を張るために家政婦に汚名を着せようとしているのか？

ようやくバーサがコーヒーとケーキをのせたトレイを持って戻ってきた。彼女はアガサの向かいの肘掛け椅子にすわった。

「これで楽になった。また何か発見したんですか？」

「〈ピンク・レディ〉に行って、ヘティ・クラークソンと会ったわ」

「そのあばずれなら知ってますよ。サー・ブライスが留守のときに、ある晩、奥さまはその女をここに連れこんだんです」

「どうしてそれを言わなかったの？」

「言ったでしょう。忠実さは大切だって」

アガサは大きく息を吸いこんだ。単刀直入に攻めてみよう。

「実はね、あなたがレディ・テラーをゆすっていたことを知っているのよ」

「誰がそんなことを言ったの？」

「別に。根拠のある推測よ。わたしはこれからロンドン警視庁に行き、その疑いについて話すつもりよ。連中は真実を探りだすまで、根掘り葉掘りあなたに質問するでしょうね」

「あんたは馬鹿な娘だね」バーサは言った。「好きなだけあたしの悪口を言えばいい。隠すことなんてひとつもないよ。この家にはもう足を踏み入れないでちょうだい。さっさと出ていって。あたしにはアリバイがあるの。ドーセットで妹といっしょだったんだからね」

アガサは立ち上がった。テープレコーダーを取り戻す機会はなさそうだ。

「今にわかるわよ」

リビングのドアに向かったとき、サンダルのストラップがはずれたのに気づき、アガサは直そうとしてかがみこんだ。おかげで頭に振り下ろされたコーヒーポットは肩に当たった。

アガサは悲鳴をあげた。「助けて！」声を限りに叫びながら、家政婦につかみかかろうと振り返った。それが失敗だった。今回はコーヒーポットはまともに額にぶつかった。彼女は意識を失って床にくずおれた。

外ではジム・マクドナルド警部がベルを押そうと手を伸ばしたところだった。彼は手を止めた。「誰かの悲鳴が聞こえた」背後にはマスコミ連中が群れをなしている。

ブリスが新聞の束を抱えて背後から現れた。「ドアを開けろ」マクドナルドが命じた。

ブリスとマクドナルドとバクスターは家に走りこむと、アガサが床に倒れていた。マクドナルドは脈をとった。

「大丈夫だ。ここで何が起きたんだ？　ブリス、すぐに救急車を」

バーサがエプロンに何かを押しこみながら現れた。

「自分を守ろうとしたんです。彼女が急におかしくなって襲ってきたんですよ。仕方なくコーヒーポットで殴りつけました」

アガサの目がひくついて開いた。ブリスがかがみこみ、額に冷湿布をあてがった。

「テープレコーダー」彼女はささやいた。「ソファの裏に」

「何を言ってるの？」バーサが叫んだ。「すべて嘘っぱちよ。こんな馬鹿な女の言うことを信じないで」

「ミス・レーズンはソファの裏にテープレコーダーが隠してあると言っているんです」ブリスが言った。

バーサは金切り声をあげて、玄関から逃げようとしたが、警察に続いて家に入ろうとしたマスコミ連中に押し返された。

バクスター部長刑事がバーサをつかまえ、手錠をかけた。

救急車が到着すると、ブリスはアガサの体を起こした。「いやよ」救急救命士たちにアガサは言った。「そのテープに録音されていることを聴かなくちゃならないの」

テープレコーダーのスイッチが入れられた。アガサがバーサを追及している言葉に刑事たちはむっつりしながら耳を傾けた。それから彼女が頭を殴られたあとで長い静寂が続いた。もう録音されていないかと思ったとき、バーサの声がまた聞こえてきた。

「あんたのためにすてきなチーズワイヤーを手に入れておいたよ。どこに捨てるか決めるまで、死体はあたしの部屋に隠しておこう。どうにかしてこれもご主人のせいにするか」それからマクドナルドとバクスターたちが飛びこんでくる物音がした。

バーサがアガサ・レーズンに対する殺人未遂罪で逮捕されると、カメラのフラッシュがいくつも光り、アガサはストレッチャーに乗せられて病院に搬送されていった。

その日遅く、マクドナルドとバクスターはトッピング警視正に呼びだされた。

「バーサ・ジョーンズがようやくレディ・テラー殺害を認めました」マクドナルドが報告した。「アガサ・レーズンが完全に回復するのを待って、警察の捜査を妨害し、正義をねじ曲げたかどで逮捕するつもりです」

「この馬鹿者！　彼女は時の人だぞ。広報課は感謝の言葉を発表することになっている。サー・ブライス・テラーがこれほど身分が高くなく、優秀な弁護士がついていなかったら、逮捕してしまったかもしれないんだぞ。わかってるのか？　記者会見は事実をゆがめて、ほとんどの手柄は警察のものにするつもりだ。本来おまえたちには与えられるべきものではないがね。このバーサはドーセットにいたというが、アリバイをちゃんとチェックしたのか？」

「はい」マクドナルドは言った。「妹はずっと姉がいたと誓ったんです。しかしバーサは白状しましたよ。レディ・テラーが亡くなる前の晩にとても酔っ払って、バーサの脅迫状を二通とってあるから、バーサのことを横柄だと日頃から文句を言っている夫に見せると言ったそうです。あんたはクビになるわと。するとバーサが、お金も宝石も全部とってあるから、ドーセットから戻ったときに返すと泣きついたので、レディ・テラーはそれまで待つことを承知した。そこで、バーサはチーズワイヤーを買い、サー・ブライスに罪をなすりつける計画を立てた。まず妹に電話して、ずっと自分がそっちにいたと証言するように頼んだ。それからレディ・テラーが帰ってくるまで家の向かいで見張っていて、彼女が家に入ると殺害した。というわけで、この事件は解決しました」

「つまり、アガサ・レーズンが解決したんだろ。もう出ていけ！」

「あのレーズンっていう娘はいまいましいな」マクドナルドは外の廊下に出るとつぶやいた。のちに多くの刑事や警官たちが感じることを自分が代弁しているとは、そのとき知るよしもなかったが。アガサ・レーズンは一見錯乱した蜂みたいに飛び回っているだけだったのに、どうして事件を解決できたのか、彼らにはさっぱりわからなかった。

その日遅く、幸いとても固い頭だったから無事だった、面会を許そう、とアガサは脳外科医に言われた。午前中はずっと警察に取り調べを受けていたが、脳外科医は刑事たちを面会者には分類せず、たんに必要悪とみなしていた。最初にフリーダがブドウを持ってやって来た。

「本当に大変でしたね」彼女は言った。「ジョージ・サウスがあなたのために、宣伝担当の社員を二人雇いました。いくつかの会社がすでに興味を示して、宣伝担当になってもらえないかと打診してきています」

アガサはふいに自分の若さと弱さを感じ、うろたえた。メイフェアでPR会社なんてやっていけるものだろうか？

泣きそうになったとき、ジル・バターフリックが大きなバラの花束を抱えて病室に入ってきた。「ダーリン」彼女は甘ったるい声で呼びかけた。「まさにヒロインね！すばらしいニュースがあるの。あなたをわが社のトップ宣伝担当として迎え入れるわ」

アガサは心のどこかで健全な怒りがふくらむのを感じた。これまでの不当な仕打ちを残らず思い出した。大きな声ではっきりと、アガサは告げた。

「あなた、あのオフィスでよく言っていたわね、〝失せろ〟って」

「何ですって？」ジルはその言葉が自分以外の誰かに向けられたのではないかと病室を見回した。

「とっとと出ていって、鈍い女ね！」アガサは叫んだ。

ジルは顔を真っ赤にした。「まあ、このずる賢い雌狐、破滅させてやるわ」

ジルはバラをつかむと、足音も荒く出ていった。

彼女が帰ると、アガサはにやっとした。

「楽しかった。でもちょっと疲れたわ、フリーダ。午前中ずっと警察に調書をとられていたから」

「わたしはオフィスに戻ります」フリーダが言った。

「ちょっと待って。ブライスが来るんじゃないかと思うわ」

フリーダはためらってからこう言った。「悪い知らせです。もっと回復してからお話ししようと思っていたんですけど」

「すぐに教えて」

「彼は膵臓《すいぞう》癌で余命わずかなんです」

アガサの頭にまず浮かんだのは、これで自分の夢もおしまいだという利己的な思いだった。だが、たちまち人生で初めて彼女に親切にしてくれた人を失う悲しみがどっとあふれだした。それから、その悲しみを跳ね飛ばした。この病院を出て、すぐに仕事にとりかかり、お金が続くあいだに利益をあげなくては。どうにかして事業を成功させなくては。ブライスにはそれだけの恩を受けていた。

「彼はどこにいるの？」アガサはたずねた。

「ハーレー・メディカルです。ハーレー・ストリートの個人病院です」

「わたしといっしょに来て、フリーダ。退院手続きをして、そこに行くのに手を貸して」

「ああ、メイク用品を持ってきましたよ。マスコミが外で待っていますから」

ていねいにメイクしても、マスコミを前に会見したとき、アガサは弱々しく緊張して見えた。好戦的な態度だけでなく、新たに外交術も学んでいたので、マクドナルド警部とバクスター部長刑事に命を救ってもらったお礼を言った。

彼女とフリーダはタクシーを拾ってハーレー・ストリートに行った。いまでは体が縮んだように見えるブライスが病院のベッドに寝ていた。その姿を見ると、アガサの心は沈み、野心も忘れてしまった。ブライスは笑みをこしらえた。

「きみはすばらしいよ、アガサ。世界一の広報担当だ」

「一生懸命働いて、お金はすべてお返しすると約束します」アガサは喉につかえているものを飲みこもうとしながら言った。

「その必要はないよ。遺産はすべて甥に行くが、これから五年分の経費相当分はきみに遺すつもりだ。それに部屋とオフィスもきみのものだよ。ジョージがすべてとりはからってくれるだろう」

アガサが感謝の言葉を並べはじめると、ブライスはそれを手を振ってさえぎった。

「こちらこそ感謝している。さあ、行きなさい。わたしは少し眠らせてもらうよ」

アガサはようやく自分のオフィスに着き、新しい二人の宣伝担当社員に会った。女性はジェシー・リッチといい、青年はシーム・フィッツジェラルドだった。ジョージ・サウスもアガサを待っていた。クライアントからの依頼がどんどん入ってきている、と彼は言った。彼女のためにさらに二人のスタッフを雇うつもりだし、すべてが整ったら、優秀な会計士とビジネスコンサルタントを推薦しようとも言った。

「あなたがやってくださるわけにはいきませんか？」アガサはたずねた。

「わたしを雇うのは金がかかりすぎるし、クライアントをたくさん抱えているんでね。ブライス一人のために働いているんじゃないんだよ」

「ブライスが治ってくれればいいんですけど。何か打つ手がないんですか？」

「残念ながらないんだ」


その夜、ブライスは息をひきとった。その知らせを聞いて、アガサは泣きに泣いた。とうとうフリーダが励ますように言った。

「彼の思い出のためにできるいちばんいいことは、ビジネスを成功させることですよ。

うちひしがれていては、それは絶対に実現できません」

葬儀が終わると、アガサは勤勉に働き、香水会社、ポップグループ、さまざまなファッションブランドの宣伝をした。かつての繊細な娘は強面の外見の下に押しこめられた。とりわけ高級誌のジャーナリストたちは、アガサのような宣伝担当と出会ったことがなかった。アガサは彼らの弱点を嗅ぎつけ、クライアントのために宣伝するように情け容赦なく圧力をかけた。

そんなふうにして十年ほどが過ぎ、ある晩、フリーダが言いだした。「わたしは自分だけの部屋を見つけようと思います」

「どうして？」アガサはたずねた。

「ねえ、あなたはまだ若いんだし、そろそろボーイフレンドを作ってもいいんじゃないかと思いますよ。そのうち一人の空間が必要になるでしょう。わたしみたいなおばあさんがここにいたんじゃ、誰かを家に連れてきてロマンチックな夜を過ごせませんよ」

「気にしないで。わたしは男性にはもうこりごりなの」

だがその晩、眠りにつく前に、アガサは長身でハンサムな男性の夢を見た。彼はアガサの心と人生を奪ってしまうだろう。それからジミー・レーズンのことを考えた。

今どこにいるのだろう？　離婚できるように、彼を探しだすべきかもしれない。自分が世間に露出したことで、またジミーが現れるのではないかとずっと怯えていた。

自分でも認めたくなかったが、アガサはジミーが酔ったときの癇癪を恐れるようになっていた。ジミーとはめくるめくような恋に落ちたが、それもジミーが配管工の仕事を辞め、一日じゅう飲んだくれてアガサのお金を当てにするようになると現実に引き戻された。初めてジミーに拳をふるわれたとき、アガサは泣いた。二度目のときはフライパンで殴り返した。その後ついに荷物をまとめると、集めておいたアルコール依存症のパンフレットの山を、酔っ払ってベッドに伸びていた夫に投げつけ、結婚生活から逃げだしたのだった。最近になってようやくアガサは肩の力が抜けはじめていた。これまで現れなかったのだから、ジミーはきっとすでに死んでいるにちがいない。

たぶんフリーダの言うとおりだ。フリーダにどこか部屋を見つけてあげるべきだ。アガサはすでにたくさんのお金を稼いでいたうえ、ブライスの遺言で多額のお金を遺されていた。

朝になると、青白いニキビだらけの顔にモヒカン刈りの新しい雑用係の青年が、郵便物をアガサのデスクに置いていった。

「はい、どうぞ!」彼は言った。そのロンドンの下町訛りと外見のせいで、まるで子どものように見えた。

「あんた、いくつなの?」アガサはたずねた。「子どもは雇わないわよ」

「十五歳」

「名前は?」

「ロイ・シルバー」

「そう、ロイ、今はメイフェアで働いているんだから、それらしくしてね。フリーダに言って、お金をもらったら美容院に行って、そのトサカみたいな髪の毛を剃り落としていらっしゃい」

「だけど、ぼくはただの雑用係ですよ」

アガサはじろっと彼をにらみつけた。

「わかりました、ボス。そうします」

ある日曜、アガサはキングス・ロードをぶらぶら歩いていた。珍しくジーンズとTシャツを着て、ローヒールのサンダルをはいていた。暗くなってきた空を不安そうに仰ぎ見て、傘を持ってくればよかったと後悔した。天気が崩れるというようなことをフリーダが言っていたのに。ワールズ・エンドの近くに来て、絵が飾られた店のウィンドウの前でちょっと足を止めた。目をひいたのは、門のわきに高いタチアオイが生えている、茅葺き屋根のコッツウォルズのコテージの絵だった。ドアの表示は「閉店」になっていたが、誰かが店内にいるのが見えた。アガサはドアをたたいた。

男は近づいてきて首を振った。アガサはウィンドウの絵を指さして、両手で拝む仕草をした。彼はためらったが、ドアを開けてくれた。

「あの茅葺き屋根のコテージの絵をどうしても買いたいんです」アガサは言った。

「いくらですか?」

「百五十ポンドです。画家は有名じゃないので、それほど高くないんですよ」

「買います!」

「じっくり見なくていいんですか?」

「ええ、今すぐ持っていきます」

「ちょっとお待ちください」彼は奥の部屋に入っていった。

彼は絵を気泡シートにくるみ、ていねいに茶色の紙とひもで包装した。ドアがノックされた。

「ランチの相手です」男は言うと、友人を入れた。「奥の部屋に来てくれ、ラリー」

奥の部屋に入ると、彼はささやいた。「あのうんざりするほど陳腐なコテージの絵を売ったところなんだ。きみが絶対に売れないって言ってた絵だよ」

「アメリカ人なのかい？」

「いや。でも滑稽だな。ただ、彼女をどこかで見かけた気がするんだが」

二人は出てきて、アガサに包みを渡した。彼女は古いクレジットカードをとりだし、その口座に残金がありますようにと祈った。この絵を買うのに、ビジネス用のお金を使うのは正しくないと感じたからだ。

全員がそろって店を出たところで、雨がざあっと降ってきた。友人のラリーは大きなゴルフ用傘を広げ、二人は振り返りもせずに歩き去った。

アガサは戸口に立っていた。「ろくでなし」彼女はつぶやいた。「せめてタクシーを拾ってくれてもいいのに」

道の向かいのレストランで、ラリーは額をぴしゃりとたたいた。

「彼女が誰だかわかったぞ。あの女。アガサ・レーズン。やり手のアガサだ。町でいちばん手強い宣伝担当者だよ。彼女にいくら払わせたんだ？」

「百五十ポンド」

「あの女の機嫌を損ねたらまずいぞ。五十ポンドかそこらを返金しておけ」

目もくらむ稲光に続いて雷が落ち、さらに雨脚が激しくなった。アガサは戸口にうずくまり、大切な絵を抱きかかえていた。いつかこの絵に描かれているようなコテージを買おう。いつの日か。

夢を抱きしめながら、アガサは雨が止むのを待っていた。

訳者あとがき

英国ちいさな村の謎シリーズも、本書で十冊目になりました。前作の『アガサ・レーズンと禁断の惚れ薬』で、失意のアガサは占い師からノーフォークに愛があると言われ胸をときめかせます。その後、いったんカースリー村に戻ったものの、隣に住む愛するジェームズ・レイシーの家には若いブロンド女性が住んでいました。旅行中のギリシャで知り合った女性のようで、なにやらジェームズととても親しげです。おまけにジェームズはまだギリシャにいて、いつ帰ってくるかもわかりません。そこでアガサはジェームズを忘れるために、ノーフォークのフライファムという村にコテージを借り、しばらく過ごすことにしました。占いどおり新しい恋が見つかるかもしれないし、なにより旅行から帰ってきたジェームズが自分の留守を寂しがるのではないか、とひそかに期待していたのでした。

フライファムに着くと、さっそく村の女性グループに所属する四人の女性が訪ねてきました。そのうち既婚の三人の夫は村のパブに入り浸り、美人店主のロージーにうつとり見とれているという話を聞きます。お節介なアガサは四人の女性を引き連れ、夜は女性禁制という古くさい慣習があるらしいパブに乗りこみます。そして誕生日だと偽って、派手なシャンパンパーティーを開くのです。妻たちも楽しんでいるところを夫たちに見せつけ、妻の存在を再認識させようという計画でした。いつもながら気前がよく太っ腹で、お節介だけど困っている人を放っておけないアガサの面目躍如たる場面です。

やがて、村のお屋敷で高価な絵画が盗まれるという事件が起き、がぜんアガサは素人探偵としての好奇心をくすぐられます。さらに、暇にまかせてお屋敷の夫婦をモデルにミステリ小説を書きはじめると、まったく同じ手口でお屋敷の主人が殺されてしまうのです。退屈してアガサを訪ねてきたサー・チャールズ・フレイスと組んで、二人はあれこれ調べはじめるのですが、警察に犯人の疑いをかけられる始末……。

いつものようにあちこちに首を突っ込み、ひっかき回し、気がつくと人々の暗い秘密を暴いているアガサの姿に、随所でにやりとさせられました。せっかくジェームズを忘れるためにノーフォークまで来たのに、アガサはチャールズと過ごしているときにまで、ふとジェームズのことを考えてしまいます。牧師の妻ミセス・ブロクスビーもチャールズも、ジェームズは冷たい男性だから忘れた方がいいとアドバイスしますが、アガサは耳を貸さず、ひたすらジェームズに恋焦がれ続けるのです。五十代のアガサですが、こういう描写を読むと、世間知らずの少女のようだと思わずにはいられません。

アガサが無事に事件を解決したあと、今回はあっと驚くラストが待っています。乞うご期待。

また、本書には『アガサの初めての事件』という短篇も収録しました。バーミンガムの飲んだくれの両親から逃げだしロンドンにやって来て、どうにかメイフェアで働きはじめた二十六歳のアガサが、ＰＲ会社を経営するに至った顛末が描かれています。若いときのアガサも、今と同じように行動力があり、頭の回転が速く、強引なようでいて繊細な部分を持ち合わせています。アガサの恩人とも言うべき人物との交流は胸を打ちました。本篇は二〇〇〇年出版ですが、短篇は二〇一五年に発表されました。長いシリーズを書き続けていく過程で、ビートンは若いときのアガサを描いておきたくなったのかもしれません。現在のアガサを形作ったものを知る上でも貴重な作品だと思います。

八十代のM・C・ビートンは国内はもちろん海外各地のサイン会に行ったり、フェイスブックでライブインタビューを放映したりと相変わらず精力的に活動しており、二〇一八年五月現在はブックエキスポ・アメリカのためにニューヨークに飛び、新刊のプロモーションをしているようです。ニューヨーク行きの飛行機内で肺が苦しくなり、酸素を吸入したそうですが、到着後はおいしいディナーを編集者たちと楽しんでいるようでほっとしました。

アガサを主人公にした本シリーズの新作も毎年発表していて、二〇一八年十月にシリーズ二十九冊目の*The Dead Ringer*が出版予定です。翻訳の方は十一冊目*Agatha Raisin and The Love from Hell*が二〇一八年十二月に刊行予定です。本書の驚愕のラストがどういう展開になるのか、訳す前からわくわくしています。みなさんも期待してお待ちください。

コージーブックス

英国《えいこく》ちいさな村《むら》の謎《なぞ》⑩

アガサ・レーズンの不運《ふうん》な原稿《げんこう》

著者　M・C・ビートン
訳者　羽田詩津子《はたしずこ》

2018年　7月20日　初版第1刷発行

発行人　成瀬雅人
発行所　株式会社　原書房
〒160-0022 東京都新宿区新宿 1-25-13
電話・代表　03-3354-0685
振替・00150-6-151594
http://www.harashobo.co.jp
ブックデザイン　atmosphere ltd.
印刷所　中央精版印刷株式会社

落丁・乱丁本はお取り替えいたします。
定価は、カバーに表示してあります。
 ISBN978-4-562-06082-5 Printed in Japan